줄무늬
파자마를
입은
소년

줄무늬 파자마를 입은 소년

존 보인 글 | 정회성 옮김

비룡소

| 차례 |

줄무늬
파자마를
입은
소년

이사

어느 날 오후였다. 학교에서 돌아온 브루노는 깜짝 놀랐다.

가정부 마리아가 버젓이 브루노의 방에 들어와서 짐을 꾸리고 있었다. 브루노의 물건에 손을 대기는커녕 항상 고개를 숙인 채 묵묵히 집안일만 하던 마리아가 브루노의 물건들을 모두 꺼내 놓은 것이었다. 브루노가 아무도 모르게 옷장 안쪽에 보물처럼 깊숙이 숨겨 둔 물건들까지 몽땅 밖으로 나와 있었다. 마리아는 그것들을 커다란 나무 상자 네 개에 챙겨 넣었다.

"지금 뭐 하시는 거예요?"

브루노가 정중한 말투로 물었다. 당연히 기분은 좋지 않았지만 참았다. 자기가 없는 동안 남이 자기의 물건들을 함부로 꺼내 놓았는데 어느 누가 기분 좋을까? 화가 났지만 어머니의 말을 떠올렸다. 어머니는 평소에 브루노에게 아버지처럼 마리아를 함부로 대하지 말고, 항상 예의를 갖추라고 당부하곤 했다.

"내 물건이니까 건드리지 마세요."

브루노가 다시 정중하게 말했다. 그러자 마리아는 고개를 설레설레 젓고는 턱으로 브루노의 등 뒤에 있는 계단 쪽을 가리켰다. 어머니가 계단을 올라오고 있었다. 어머니는 늘씬하니 키가 컸다. 붉은 머리카락은 치렁치렁하게 길었는데, 오늘따라 머리 뒤쪽에서 돌돌 말아 헤어네트로 단정하게 고정시킨 모양새였다. 어머니는 두 손을 깍지 낀 채 안절부절못했다. 말하고 싶지 않거나 믿고 싶지 않은 무슨 일이 생긴 듯한 표정이었다.

브루노가 어머니에게 한 걸음 다가서며 물었다.

"엄마, 무슨 일이에요? 왜 마리아 아줌마가 내 물건들을 몽땅 꺼내 놓은 거죠?"

"짐을 싸는 거란다."

"네? 짐을 싼다고요?"

브루노는 순간적으로 지난 며칠 동안의 일들을 되짚어 보았다. 자신이 못된 짓을 했거나, 나쁜 말을 입 밖에 냈기 때문에 그 벌로 집에서 쫓겨나는 건가 싶었다. 그러나 아무리 돌이켜보아도 특별히 말썽을 피운 적은 없었다. 지난 며칠 동안, 브루노는 모든 사람들 앞에서 깍듯이 예의를 갖추어 말하고 행동했다. 사소한 말썽도 부리지 않았다. 브루노는 억울한 생각이 들었다.

"왜요? 제가 뭘 잘못했나요?"

브루노가 다시 물었지만, 그새 어머니는 어디로 갔는지 보이지 않았다. 브루노는 어머니의 방으로 가 보았다. 그곳에서도 집사인 라스가 짐을 싸고 있었다. 어머니는 라스 옆에 서 있다가 갑자기 크게 한숨을 내쉬었다. 그러고는 모든 것을 단념한 사람처럼 두 팔을 힘없이 늘어뜨리고 다시 계단 쪽으로 걸어갔다. 브루노는 어머니를 졸졸 따라갔다. 무슨 일인지 반드시 알아내고야 말 참이었다.

"엄마, 대체 무슨 일이에요? 우리 이사 가는 거예요?"

"일단 아래층으로 내려가자. 거기서 얘기해 주마."

어머니는 그렇게 말하고 넓은 식당을 향해 앞장서서 내려갔다. 그 식당은 지난주에 퓨리 씨와 함께 저녁 식사를 했던 곳이었다.

브루노는 급한 마음에 어머니보다 먼저 계단을 뛰어 내려갔고 어머니가 식당 안으로 들어섰을 때, 이미 식탁 앞에 앉아서 어머니를 기다리고 있었다. 브루노는 아무 말도 하지 않은 채 어머니의 얼굴을 물끄러미 바라보았다. 어머니는 아침에 화장도 제대로 하지 못한 것 같았다. 눈 주위가 평소와 달리 벌겋게 물들어 있었다. 브루노도 말썽을 일으켜서 혼쭐이 난 뒤 엉엉 울고 나면 눈 주위가 그렇게 되곤 했다.

"브루노, 걱정할 일은 아무것도 없어."

어머니가 의자에 앉으며 차분히 말했다. 그 의자는 지난 주 저녁 모임 때 퓨리 씨와 함께 왔던 아름다운 금발 미녀가 앉았던 의자였다. 브루노는 자기를 향해 손을 흔들던 그 미녀를 떠올렸다.

"말하자면…… 이번 일은 일종의 모험 같은 거란다."

"모험요? 그러니까 제가 멀리 떠나야 한다는 얘기인가요?"

"아니, 너 혼자 떠나는 건 아니야."

어머니의 얼굴에 가벼운 미소가 스쳤다. 그러나 목소리만은 여전히 심각했다.

"우리 가족 모두가 떠난단다. 아버지와 나, 그레텔, 너까지 네 식구가 다 함께 가는 거야."

가족이 다 함께 간다는 말에 브루노는 얼굴을 찌푸렸다. 그레틸 누나가 집을 떠나는 것은 반가운 일이었다. 걸핏하면 브루노의 속을 뒤집어 놓는 누나는 그야말로 꼴도 보기 싫은 존재였다. 그런데 누나만이 아니라 식구들 모두 함께 여기를 떠나야한다니, 그것은 아무리 생각해도 옳지 않아 보였다.

"어디로 가는데요? 정확히 어디로 가는 거죠? 그냥 집에 있으면 안 돼요?"

브루노가 물었다.

"아버지가 하시는 일 때문이란다. 너도 아버지 일이 얼마나 중요한지 잘 알잖니. 안 그래?"

"물론 알기야 하죠."

브루노는 고개를 끄덕였다. 이 집에는 손님들의 발길이 끊이지 않았다. 특히 멋진 제복을 입은 남자들과 타자기를 든 여자들이 거의 매일 드나들었다. 그들은 항상 아버지에게 공손했다. 그들이 나누는 이야기를 들어 보면 아버지는 전도유망한 인물이었다. 그런데 퓨리 씨가 아버지를 염두에 둔 중대한 계획을 세웠다는 것이다.

어머니가 말했다.

"때때로 어떤 사람이 대단히 중요한 인물이다 싶을 경우에는, 상관이 그에게 어딘가로 가라고 요구하기도 한단다. 그곳에서 해야 할 아주 특별한 일이 있을 때 말이야."

"그게 어떤 일인데요?"

브루노가 물었다. 브루노는 정직한 사람이 되려고 노력하는 아이였다. 그런데 정직하게 말해서, 아버지가 정확히 어떤 일을 하는 사람인지 알지 못했다.

언젠가 학교에서 각자 아버지에 대해 이야기한 적이 있었다. 칼은 자기 아버지가 채소 장수라고 말했다. 실제로 칼의 아버지는 시내에서 채소 가게를 하고 있었다. 그러니까 칼의 말대로 채소 장수가 맞았다.

다니엘은 아버지가 교사라고 했다. 브루노는 다니엘의 아버지가 학교에서 다루기 힘든 사춘기 소년들을 가르친다는 것을 알고 있었다. 다니엘의 말도 사실이었다.

마틴의 아버지는 요리사라고 했다. 마틴의 아버지는 가끔씩 마틴을 데리러 학교에 오곤 했다. 그런데 그때마다 마치 방금 전까지 주방에서 일하다가 나온 사람처럼 늘 하얀 제복에 격자 무늬 앞치마 차림이었다. 따라서 마틴의 아버지는 요리사가 틀림없었다.

친구들은 브루노에게도 아버지의 직업에 대해 물었다. 브루노는 대답을 하려고 입을 열었지만 말이 나오지 않았다. 아버지가 무엇을 하는 사람인지 잘 모르기 때문이었다. 결국 브루노가 할 수 있는 말은 아버지가 전도유망한 인물이라는 것, 퓨리 씨가 아버지를 염두에 둔 중대한 계획을 세웠다는 것뿐이었다. 아버지에게 멋진 제복이 있다는 사실은 뒤늦게 생각났다. 그렇지만 그게 아버지가 어떤 일을 하는지 알려 주는 건 아니었다.

어머니가 잠시 머뭇거린 끝에 말했다.

"음, 뭐랄까……. 아무튼 아버지의 일은 대단히 중요한 일이란다. 아주 특별한 사람만이 할 수 있는 일이야. 브루노, 너도 이해할 수 있겠지?"

"어쨌든 우리 가족이 모두 가야 한다는 거죠?"

브루노가 다시 한 번 확인하듯 물었다.

"그렇단다. 너도 아버지가 낯선 곳에 혼자 가서서 외롭게 일만 하시길 바라지는 않잖니?"

"그럼요."

"우리가 모두 함께 따라가지 않으면 아버지가 우리를 무척 보고 싶어 하실 거야."

어머니가 차분한 목소리로 말했다.

"누구를 더 보고 싶어 하실까요? 저요? 아니면 그레텔 누나요?"

"둘 다 똑같이 보고 싶어 하실 거다."

어머니는 자식들을 편애해서는 절대 안 된다고 생각하는 사람이었다. 브루노는 그런 점에서 어머니를 존경했다. 어머니가 그레텔 누나보다 자기를 더 사랑한다는 것을 알게 된 뒤로는 더욱 그랬다.

"그럼 우리 집은 어떻게 되는 거예요?"

브루노가 물었다.

"우리가 없는 동안 누가 이 집을 관리하죠?"

어머니는 한숨을 내쉬며 집 안을 둘러보았다. 마치 다시는 영원히 집으로 돌아오지 못할 것처럼 아쉬움이 가득한 눈빛이었다. 아름다운 집을 몹시 그리워하리라는 것을 이미 아는 듯한 표정이었다.

브루노의 집은 지하실과 꼭대기의 좁은 복도까지 포함하여 오 층짜리 주택이었다. 지하실은 요리사가 음식을 만드는 주방으로 쓰였다. 가정부 마리아와 집사 라스는 주방 한쪽의 작은 탁자 앞에 마주 앉아서 서로 천박한 별명을 부르며 종종 말다툼을 벌이곤 했다. 지붕 바로 아래의 좁은 복도 쪽에는 비스듬히 경사진 창문이 나 있었다. 브루노는 이따금씩 창틀을 꽉 붙잡고 까치발로 서서는 창밖을 내다보곤 했다. 그러면 베를린 시

전체가 한눈에 확 들어왔다.

어머니가 말했다.

"집은 당분간 자물쇠로 채워 둘 거란다. 하지만 반드시 언젠가는 돌아올 거야."

"그럼 요리사는 어떻게 되는 거예요? 또 라스 아저씨와 마리아 아줌마는요? 더 이상 이 집에서 살지 않는 거예요?"

"우리와 함께 갈 거야. 이제 질문은 그만 하고, 이 층으로 올라가서 마리아가 짐 싸는 것을 도와주렴."

브루노는 자리에서 일어났지만 밖으로 나가지는 않았다. 아직 이해가 되지 않는 부분들이 있기 때문이었다.

"우리가 가는 곳이 아주 먼가요? 아버지의 새 일터 말예요. 여기서 일 마일도 더 넘게 떨어진 곳인가요?"

"브루노, 너도 참……."

어머니가 말끝에 웃음을 터뜨렸다. 전혀 즐거운 것 같지 않은, 이상한 웃음이었다. 어머니는 어린 아들의 시선을 피하려는 듯 고개를 돌리고 말했다.

"그래, 브루노. 일 마일보다 더 멀리 떨어진 곳으로 간단다. 여기서 꽤 먼 곳이야."

브루노의 눈이 휘둥그레지면서 입도 함께 'O'자 모양으로 벌어졌다. 무언가에 놀랐을 때 늘 그런 것처럼 두 손은 양 옆구리에 올려져 있었다.

"서, 설마 베를린을 떠난다는 얘기는 아니죠?"

브루노는 숨을 제대로 쉴 수가 없었다.

어머니가 슬픈 목소리로 말하며 고개를 끄덕였다.

"안타깝지만 그렇단다. 아버지가 하는 일이……"

"그럼 학교는 어쩌고요?"

어머니가 미처 말을 마치기도 전에 브루노가 불쑥 물었다. 그것이 예의에 어긋나는 행동이라는 것쯤은 브루노도 잘 알고 있었다. 하지만 왠지 모르게 이번만큼은 어머니도 용서해 줄 거라는 생각이 들었다.

"칼하고 다니엘이랑 마틴은 어쩌고요? 반드시 우리 넷이 뭉쳐서 해야 할 일이 있을 때는 어쩌죠? 그 애들은 내가 어디에 있는지도 모를 거 아니에요."

"그 친구들과는 당분간 헤어져 지내야 하니까 미리 작별 인사를 하는 게 좋을 거다. 물론 언젠가는 그 애들을 반드시 다시 만나게 될 거야. 그리고 브루노, 엄마가 말하는 중간에 끼어들면 안 되는 거 알지?"

친구들과 헤어져 멀리 떠나야 하다니 정말 슬픈 이야기였다.

하지만 그렇다고 해서 브루노가 지금까지 배워 온 예의범절을 무시하고 버릇없이 행동해도 되는 것일까? 당연히 그래서는 안 되는 줄 브루노도 잘 알고 있다.

"네, 알아요. 그런데 친구들에게 작별 인사를 하라뇨?"

브루노는 놀란 눈으로 어머니를 바라보았다.

"엄마, 친구들에게 작별 인사를 하라뇨?"

브루노는 다시 물었지만 어머니는 아무런 반응을 보이지 않았다.

"칼이랑 다니엘, 마틴에게 작별 인사를 하라고요?"

브루노의 목소리는 위험스럽게도 거의 고함에 가까웠다. 어머니는 집 안에서 소리치는 것을 엄격하게 금했다.

"그 애들은 제 인생에서 가장 소중한 친구들이에요!"

"브루노, 친구는 또 사귀면 돼."

어머니가 단호하게 말했다. 게다가 쓸데없이 유난을 떨지 말라며 손까지 내저었다. 인생에서 가장 소중한 친구도 새로 사귀자면 얼마든지 새로 사귈 수 있다는 것이 어머니의 생각인 듯했다.

"우리는 중요한 계획도 세워 놓았어요."

브루노가 굽히지 않고 말했다.

"계획?"

어머니가 눈썹을 씰룩거리며 물었다.

"무슨 계획인데?"

"그러니까 그, 그게……."

브루노는 친구들과 세운 계획에 대해 자세히 밝힐 수 없었다. 복잡한 문제를 일으킬 가능성이 높았기 때문이다. 몇 주 뒤면 여름 방학인데 그때 계획을 실행할 작정이었다. 지금 섣불리 말할 수는 없었다.

"아무튼 안됐지만 어쩔 수 없다, 브루노. 그 계획은 당분간 미루렴. 지금은 선택의 여지가 없어."

"엄마, 그래도……."

"그만, 브루노!"

어머니가 딱 잘라 말하고는 자리에서 일어섰다. 브루노가 한마디라도 더 했다가는 큰일이 날 것만 같았다.

"요즘에 와서 브루노 넌 불평이 많아졌어. 지난주만 해도 이곳 상황이 많이 변했다고 투덜거렸잖니?"

"저는 그저 밤마다 전깃불을 끄는 게 싫을 뿐이에요."

브루노가 말했다.

"그건 안전을 위해서 누구나 반드시 해야만 하는 일이야. 말이 나왔으니 말이지만, 새로 이사 가는 곳은 이곳보다는 덜 위험할 거야. 자, 이제 그만 위층으로 올라가서 마리아가 짐 싸는 걸 도와줘라. 떠날 준비를 할 시간이 생각보다 많지 않아. 이 모든 게 그분 탓이지만……."

브루노는 힘없이 고개를 끄덕였다. 싫어도 어쩔 수 없었다. 어머니의 말을 들어야 했다. 무겁고 답답한 마음으로 계단을 향해 걸음을 옮겼다. 브루노는 '그분'이 아버지를 가리키는 말이라는 걸 알고 있었다. 그것은 어른들끼리 통하는, 아버지에 대한 호칭이었다.

브루노는 한쪽 손으로 난간을 붙잡고 천천히 계단을 올라갔다. 문득 아버지의 새 일터가 있는 도시의 새집에도 미끄럼 타기에 적당한 난간이 있는지 궁금했다. 집에는 아주 기다란 계단 난간이 있었다. 난간은 브루노가 창틀을 꽉 붙잡고 까치발로 서서 밖을 내다보면 베를린 시 전체가 한눈에 들어오는 맨 꼭대기 층부터 일 층에 있는 거대한 떡갈나무 현관문 바로 앞까지 이어졌다. 꼭대기 층에서 난간에 올라타고는 일 층까지 한 번에 죽 미끄러져 내려오는 것만큼 재미있고 신나는 놀이는 없었다. 브루노는 미끄럼을 탈 때마다 입으로 '슈우웅' 하고 소리를 내곤 했다.

건물 꼭대기의 바로 아래층에는 부모님의 침실과 넓은 욕실이 있었다. 그곳은 어떠한 경우에도 브루노가 드나들 수 없는 출입 금지 구역이었다. 브루노와 그레텔의 방은 그 아래층에 있었다. 거기에 있는 욕실은 위층에 있는 것보다 조금 작았다. 브루노는 그 욕실을 사용했다. 하지만 아무리 어머니가 잔소리를 해도 브루노가 욕실에서 깨끗이 씻는 일은 드물었다.

미끄럼을 타고 난간이 끝나는 지점인 일 층에 이르면 두 발로 안정되게 착지를 해야만 했다. 착지가 시원치 못하면 벌점 오 점을 받고는 다시 미끄럼을 타러 꼭대기 층으로 올라가야 한다. 이는 브루노가 세운 규칙이었다.

브루노가 이 집을 좋아하는 가장 큰 이유가 바로 이 계단의 난간이었다. 할아버지와 할머니가 가까이에 사는 것도 좋은 점이었다. 브루노는 궁금했다.

'할아버지와 할머니도 아버지의 새 일터를 따라 함께 이사를 하실까?'

아마도 함께 가게 될 것 같았다. 두 노인만을 남겨 두고 간다는 것은 상상도 할 수 없는 일이었다. 그렇게 하면 브루노의 마음은 찢어질 듯 아플 것이다. 하지만 구제불능인 그레텔 누나는 떼어 놓고 가도 아무렇지 않을 것 같았다.

'차라리 그레텔 누나에게 혼자 남아서 집을 지키라고 하면 좋을 텐데……'

브루노는 그렇게 생각했다.

브루노는 천천히 계단을 올라가서 자기 방으로 향했다. 방 안으로 들어가기 전, 고개를 돌려 아래층 쪽을 내려다보았다. 어머니가 식당 맞은편에 있는 아버지의 서재로 들어가는 모습이 보였다. 그곳은 아버지 말고 다른 식구들은 하늘이 두 쪽 나는 일이 있어도 절대 드나들 수 없는 곳이었다. 잠시 후, 어머니가 아버지에게 말하는 소리가 들렸다. 어머니의 목소리는 평소보다 컸다. 그 뒤를 이은 아버지의 목소리는 더 컸다. 아버지가 우렁찬 목소리로 고함을 쳤다. 부모님의 대화는 그것으로 끝이었다. 서재 문까지 닫혀서 더 이상 아무 소리도 들을 수 없었다.

브루노는 재빨리 자기 방으로 들어갔다. 마리아 대신 직접 짐을 싸야겠다고 생각했다. 안 그러면 마리아가 자기의 물건들을 계속 함부로 건드릴 게 틀림없었다. 게다가 옷장 안 깊숙한 곳에는 브루노가 남몰래 감추어 놓은 물건이 있었다. 마리아가 그것까지 손을 댄다면……. 브루노는 고개를 설레설레 저었다. 그런 일은 상상도 하기 싫었다.

2
새집

　새로 이사한 집을 본 순간, 브루노의 눈은 휘둥그레졌다. 입은 'O'자 모양으로 벌어지고, 두 손은 양 옆구리로 올라갔다.

　새집은 모든 면에서 전에 살던 집과 달랐다. 좀 더 정확히 말하자면 모든 게 정반대였다.

　'앞으로 이런 집에서 살아야 한다니······.'

　브루노는 도무지 믿을 수가 없었다.

　전에 살던 집, 그러니까 베를린의 집은 조용한 거리에 위치해 있었다. 그냥 집이 아니라 거대한 저택이었다. 주위에는 비

숫한 크기의 멋진 저택들이 띄엄띄엄 서 있었다. 그 저택들은 브루노네 집과 모양이나 구조가 약간씩 달랐지만 한결같이 아름다웠다. 브루노는 창문을 통해 동네를 바라보곤 했는데 그럴 때면 늘 기분이 좋았다. 브루노와 함께 어울려 노는 친구들은 모두 그 동네에 살았다. 물론 동네 아이들 중에는 브루노와 친하지 않은 불량배들도 있었다.

베를린의 집은 엄청나게 넓었다. 브루노는 태어난 날부터 이사하기 전까지 구 년 동안이나 그 집에서 살았다. 그런데도 미처 탐험하지 못한 공간이 남아 있었다. 한 번도 들어가 보지 못한 방도 많았다. 하늘이 두 쪽 나는 일이 있어도 절대 출입할 수 없는 아버지의 서재도 그중 하나였다.

새로 이사한 집은 지하실까지 포함해도 삼 층이었다. 이 층에는 침실 세 개와 욕실 한 개가 있었다. 일 층에는 부엌과 식당 그리고 출입 금지 구역이 될 것이 뻔한 아버지의 서재가 있었다. 지하는 하인들의 숙소였다.

베를린의 집 주변에는 길이 많았다. 그래서 집을 나서면 사방팔방 어디로든 갈 수 있었다. 사람들도 많았다. 특히 멋진 저택들이 늘어서 있는 길을 따라서 시내 방향으로 걸어가다 보면 수많은 사람들과 마주쳤다. 사람들은 한가롭게 산책을 하다가 멈춰 선 채 이런저런 이야기를 나누었다. 개중에는 몹시 바쁜 일이 있는 듯 인사를 건네는 둥 마는 둥 헐레벌떡 어딘가로 급히 달려가는 사람들도 있었다. 거리는 활기가 넘쳤다. 상점마다 화려하고 세련된 물건들이 진열되어 사람들의 시선을 끌었다. 과일이나 채소를 파는 노점들도 있었다. 노점마다 양배추, 당근, 콜리플라워, 옥수수, 리크(백합과의 한두해살이 식용 풀. 생김새는 대파와 비슷하고 맛은 양파나 부추와 비슷하다./옮긴이), 버섯, 무, 호박, 파스닙(미나리과의 한두해살이 풀. 인삼처럼 생긴 뿌리를 먹는데 맛이 달아서 설탕당근이라고도 부른다./옮긴이) 등이 수북하게 쌓여 있어 보는 이의 마음까지도 풍성하게 했다. 브루노는 가끔씩 노점 앞에 선 채 눈을 감고 숨을 크게 들이쉬어 갖가지 채소의 향기를 흠뻑 들이마셨다. 달콤하고 신선한 자연의 향기를 맡고 있노라면 머릿속이 환해지는 느낌이 들었다.

그런데 새로 이사 온 집의 주변에는 길다운 길이 없었다. 한가롭게 산책을 하거나 헐레벌떡 달려가는 사람도 없었다. 상점도 없고, 채소와 과일 따위를 파는 노점도 없었다. 눈을 감으면 세상에서 가장 황량한 곳에 와 있는 것 같기도 하고, 허공 한가운데 떠 있는 것 같기도 했다. 그야말로 주위의 모든 것들이 공허하고 쓸쓸하게만 느껴졌다.

베를린의 집 주변 거리에는 곳곳에 탁자와 의자가 놓여 있었다. 브루노는 방과 후 단짝 친구들인 칼, 다니엘, 마틴과 함께 집으로 돌아오는 길에 테이블을 가운데 두고 여럿이 빙 둘러앉아서 맥주나 음료수를 마시며 유쾌하게 웃는 어른들을 종종 보곤 했다. 그 어른들은 모두 우스갯소리를 잘하는 것 같았다. 무슨 이야기를 나누는지는 몰라도 그들의 입에서 이따금씩 웃음이 터져 나오곤 했다.

새로 이사 온 집에서도 웃음소리를 들을 수 있을까? 왠지 아무도 웃지 않을 것 같다는 느낌이 들었다. 그 집에서는 웃을 일도, 기뻐할 일도 전혀 없을 것 같았다.

"아무래도 느낌이 좋지 않아."

브루노가 중얼거렸다. 새집에 도착한 지 두어 시간이 흘렀을 때였다. 왠지 모르게 기분이 찜찜했다. 이 층에서는 마리아가 브루노의 짐 가방을 풀고 있었다. 그 집에는 마리아 말고도 하녀가 세 명 있었다. 한결같이 비쩍 마른 데다 비밀 이야기라도 하듯 걸핏하면 자기들끼리 수군거렸다. 나이 든 남자 하인은 가족들이 먹을 채소를 가꾸는 한편, 저녁 때마다 식사 시중을 들었다. 그런데 그 하인은 항상 뿌루퉁한 표정에 약간 화가 나 있는 것 같아 보였다.

"브루노, 뭘 그리 골똘히 생각하니? 그렇게 한가하게 앉아 있을 시간이 없어."

어머니가 유리그릇 예순네 개가 담긴 상자를 열면서 말했다. 그것은 할아버지와 할머니가 어머니에게 결혼 선물로 준 것이었다.

"너는 걱정할 필요 없어. 모든 결정은 그분이 알아서 다 하실 거란다."

브루노는 어머니의 그 말이 무슨 뜻인지 알 수 없었다. 그렇다고 무슨 뜻인지 묻고 싶지도 않았다. 그저 못 들은 척했다.

"무슨 생각을 하니?"

어머니가 물었다.

"왠지 느낌이 좋지 않아요, 엄마. 제 생각에는 모두 없었던 걸로 하고 원래 집으로 돌아갔으면 좋겠어요. 그러는 게 가장 좋은 것 같아요."

어머니는 아무 말도 하지 않았다. 브루노가 다시 입을 열었다.

"그냥 좋은 경험했다고 치면 안 돼요? 그렇게 해요, 엄마."

어머니는 여전히 아무 말이 없었다. 입가에 엷은 미소를 지은 채 상자에서 꺼낸 유리컵을 식탁 위에 조심스럽게 올려놓기만 할 뿐이었다.

"엄마, 저는 여기가 마음에 들지 않아요."

마침내 어머니가 입을 열었다.

"브루노, 처음엔 마음에 들지 않을 수 있어. 하지만 지내다 보면 마음에도 들고 정도 들 수 있단다."

브루노는 시큰둥하게 대꾸했다.

"도무지 그럴 가능성은 없을 것 같은데요. 엄마가 아버지께 마음이 바뀌었다고 말씀하세요. 너무 피곤해서 안 되겠다 싶으면 오늘은 그냥 이 집에서 저녁을 먹고 하룻밤 자도 괜찮을 거예요. 하지만 내일 새벽에 일어나야 해요. 오후 3시나 4시 이전까지 베를린에 도착해야 하니까요. 새벽에 일어나서 서두르지 않으면 늦어요."

어머니는 한숨을 내쉬었다.

"브루노, 이 층으로 올라가서 마리아와 함께 네 짐 가방이나 풀도록 해라."

"짐을 왜 풀어요? 내일 다시 떠나려면……."

"쓸데없는 말 그만 하고 엄마가 시키는 대로 해!"

이번에는 어머니가 브루노의 말을 끊었다. 브루노가 어머니의 말을 중간에서 끊는 것은 크게 꾸지람을 들을 일이지만, 어머니는 브루노의 말을 얼마든지 끊어도 되는 모양이었다.

"우리는 이미 이곳으로 이사를 왔어. 그러니까 여기가 우리 집이야. 이사하는 게 쉬운 일은 아니잖니. 아무튼 우리는 최선을 다해서 이 집에 적응하도록 노력해야 해. 무슨 말인지 알아듣겠니?"

브루노는 '적응'이라는 말이 무슨 뜻인지 몰랐다. 그래서 어머니에게 그 말뜻을 물어보았다.

"그건 무언가를 좋아하도록 자기를 그에 맞춘다는 뜻이야. 이제 이 얘기는 여기서 그만 끝내기로 하자."

어머니의 목소리는 다소 누그러져 있었다.

브루노는 얼굴을 찌푸렸다. 갑자기 배가 아팠기 때문이었다. 뱃속 깊숙한 곳에서부터 무언가가 점점 커져서는 위로 치밀고 올라오는 것 같았다. 브루노는 큰 소리로 고함을 치거나 비명을 내지르고 싶은 충동을 느꼈다. 모든 것이 잘못되었다고 소리치고 싶었다. 누구든 붙잡고는 부당하다고 따지고 싶었다. 누군가의 실수로 인해 엉뚱한 사람이 피해를 입고 있다고 하소연하고 싶었다. 금방이라도 눈물이 펑펑 쏟아질 것만 같았다. 브루노는 왜 자기가 이 같은 상황에 놓여야 하는지 이해할 수 없었다. 바로 어제까지만 해도, 전혀 불평할 것 없는 만족스러운 삶을 살았다. 인생에서 가장 소중한 친구가 세 명이나 있었고, 집은 그 자체가 훌륭한 놀이터였다. 계단의 난간에서 미끄럼을 타면 더 할 나위 없이 신이 났고, 까치발을 딛고 창밖을 내다보면 베를린 전체가 한눈에 들어왔다. 그런데 하루아침에 모든 것이 바뀌어 썰렁하고 지저분한 집에서 살아야만 한다니……. 이런 변화는 도저히 받아들일 수가 없었다. 하녀들은 자기들끼리 계속해서 수군거렸다. 그리고 늙은 하인은 뚱한 얼굴에 늘 화가 나 있는 표정이었다. 새로 이사한 집에서는 활기라고는 전혀 찾아볼 수 없었다.

"브루노, 어서 이 층으로 올라가서 네 짐을 정리해. 빨리!"

어머니가 냉랭한 목소리로 말했다. 그 말은 거역할 수 없는 명령이었다. 브루노는 아무 말 없이 뒤돌아서서는 계단 쪽으로 걸어갔다. 눈물이 왈칵 쏟아질 것만 같았다. 브루노는 입술을 지그시 깨물었다. 그러고는 아직은 눈물을 흘릴 때가 아니라고 마음을 다잡았다.

이 층으로 올라간 브루노는 천천히 주변을 둘러보았다. 그러면서 탐험할 만한 공간으로 연결된 작은 문이나 구석진 방 같은 것이 있기를 간절히 바랐다. 하지만 그런 곳은 단 한 군데도 없었다. 이 층에는 복도를 사이에 두고 각각 두 개씩 모두 네 개의 문이 있을 뿐이었다. 각각 브루노의 방, 그레텔의 방, 부모님의 방, 그리고 욕실로 이어지는 문이었다.

"이건 우리 집이 아니야. 여기서 아무리 오래 살아도 결코 우리 집이 될 수는 없을 거야."

브루노는 나지막이 중얼거리며 자기 방의 문을 열었다. 옷가지들이 침대 위에 어지럽게 흩어져 있었다. 그야말로 지저분하기 짝이 없었다. 장난감과 책이 담긴 상자는 아직 뜯지도 않은 상태였다. 마리아 아줌마는 일의 순서를 모르는 것이 분명했다.

"엄마가 도와주라고 해서 왔어요."

브루노가 자그마한 목소리로 말했다. 마리아는 고개를 까딱이고 턱으로 양말과 속옷 등이 들어 있는 커다란 가방을 가리켰다.

"우선 종류대로 나눈 다음에 저기 있는 서랍장 안에 차곡차곡 넣으세요."

브루노는 마리아의 시선을 따라 방 안 한쪽 구석에 놓인 허름한 서랍장을 바라보았다. 그 옆에는 지저분하게 얼룩진 거울이 걸려 있었다.

브루노는 크게 한숨을 내쉬고 가방을 열었다. 가방은 속옷들로 가득 차 있었다. 브루노는 가방 안으로 기어 들어가고 싶은 충동을 느꼈다. 가방 안에 들어갔다가 다시 밖으로 기어 나오면 베를린의 집일 수도 있을 것 같았다.

"마리아 아줌마는 이번 일을 어떻게 생각해요?"

긴 침묵 끝에 브루노가 입을 열었다. 브루노의 아버지는 마리아를 특별히 대하지 않았다. 아버지에게 있어서 마리아는 어디까지나 하녀일 뿐이었다. 아버지는 마리아에게 월급도 너무 많이 주고 있다고 생각했다. 반면에 브루노는 마리아를 한 가족이나 다름없는 존재로 여겼다. 그리고 늘 호의적인 마음을 갖고 있었다.

"이번 일이라뇨?"

마리아가 되물었다.

"에이, 참."

브루노가 그것도 모르냐는 투로 말했다. 브루노는 속으로 이렇게 생각했다.

'세상에서 가장 분명한 것을 굳이 설명할 필요가 있을까?'

하지만 마리아는 브루노의 말귀를 전혀 알아듣지 못한 것 같았다.

"이번 일이 뭐예요?"

"이런 집으로 갑작스럽게 이사를 온 거요. 이번 일이 엄청난 실수라고 생각하지 않아요?"

"브루노 도련님, 그 문제에 대해서라면 저는 잘 몰라요. 그러니까 저는 뭐라 말할 입장이 아니란 얘기죠. 이미 마님께서 주인 나리의 직업에 대해 설명하셨을 테고, 또……."

"그만 해요!"

브루노가 마리아의 말을 끊었다.

"아버지의 직업에 대한 얘기는 하도 많이 들어서 이제 진저리가 나요. 아버지가 하시는 일 때문에 우리 가족이 모두 집을 옮겨야 한다면, 아버지가 직업에 대해 다시 한 번 생각해 봐야 하는 거 아닌가요? 아버지 때문에 나는 더 이상 미끄럼도 탈 수 없고, 가장 친한 친구들과도 헤어졌단 말예요."

브루노의 말이 끝나는 순간 복도 쪽에서 삐거덕거리는 소리가 들렸다. 브루노는 재빨리 고개를 들어 뒤를 돌아보았다. 부모님의 침실 문이 약간 열려 있었다. 브루노는 일순간 긴장했다. 순식간에 온몸이 얼어붙는 것 같았다. 어머니는 아직 아래층에 있을 터였다. 그렇다면 그 방에 있을 사람은 아버지뿐인데……. 브루노가 방금 전에 한 말을 아버지가 모두 들었을지도 모른다. 브루노는 숨도 제대로 쉬지 못한 채 그 문을 바라보았다. 금방이라도 아버지가 방에서 불쑥 나와 자기를 아래층으로 끌고 내려갈 것만 같았다. 아버지가 호되게 꾸중을 하실 거란 생각만으로도 브루노의 몸은 덜덜 떨렸다.

이윽고 부모님의 침실 문이 활짝 열리면서 누군가가 모습을 드러냈다. 브루노는 자기도 모르게 움찔하며 뒤로 한 걸음 물러섰다. 하지만 방 안에서 나온 사람은 아버지가 아니었다. 아버지보다 훨씬 젊은 청년이었다. 키는 아버지보다 작았다. 입고 있는 제복은 아버지 것과 비슷했지만 이런저런 장식물은 전혀 붙어 있지 않았다. 청년은 머리에 모자를 깊이 눌러 쓴 채 대단히 심각한 표정을 짓고 있었다. 그의 관자놀이 주변에 살짝 비어져 나온 머리카락은 부자연스러운 노란색에 가까운 금발이었다. 그는 상자 하나를 두 손으로 들고 계단 쪽으로 가려다가 우뚝 멈추어 섰다. 맞은편 방문 앞에서 자신을 지켜보고 서 있는 브루노와 눈이 마주쳤던 것이다. 청년은 신기한 듯이 브루노를 아래위로 훑어보았다. 태어나서 어린아이를 처음 봤기 때문에 무엇을 어떻게 해야 좋을지, 이를테면 아이를 잡아먹어야 할지, 그냥 무시하고 지나쳐야 할지, 아니면 발로 뻥 차서 계단 아래로 굴러 떨어뜨려야 할지 몰라서 난감해하는 표정이었다.

청년은 한참 동안 브루노를 살핀 끝에 고개를 끄덕거리고는 계단을 내려갔다.

브루노가 마리아에게 물었다.

"누구죠?"

청년의 심각한 표정과 몹시 서두는 태도로 보아, 무언가 중요한 일을 하는 사람인 것 같았다.

"아마 나리의 부하 중 한 사람일 거예요."

마리아가 대답했다. 청년이 방에서 나왔을 때부터 마리아는 기도하는 사람처럼 두 손을 앞에 모은 채 고개를 숙이고 줄곧 바닥만 바라보고 있었다. 마치 청년의 얼굴을 똑바로 쳐다보면 돌로 변할까 봐 무서워서 그러는 사람 같았다. 마리아는 청년이 완전히 사라지고 난 뒤에야 겨우 한숨을 내쉬며 말했다.

"곧 저 사람이 누군지 알게 될 거예요."

"얼굴이 마음에 안 들어요."

브루노가 말했다.

"왜요?"

"너무 심각한 얼굴을 하고 있잖아요."

"심각한 건 나리도 마찬가지예요."

"그건 그래요. 하지만 우리 아버지는 아버지잖아요. 원래 아버지들은 심각한 거라고요. 직업이 채소 장수든 교사든 요리사든 지휘관이든 상관없이 아버지는 다 심각한 얼굴이에요."

브루노는 점잖고 존경할 만한 아버지들이 가질 법한 직업들을 모두 늘어놓았다. 사실 브루노가 아는 직업은 그게 전부였다. 브루노는 몇 번이나 그 직업들에 대해 곰곰이 생각해 보곤 했다.

"아까 그 사람은 우리 아버지와 달라요. 무척 심각한 얼굴을 하고 있긴 하지만, 분명히 차이가 있어요."

"그래요. 군인들은 모두 무척 심각한 일을 하나 봐요. 그래서 얼굴이 다 심각한 거겠죠."

마리아가 한숨을 내쉬며 다시 말했다.

"아니면 심각한 생각을 해서 표정도 그렇게 되는 건지도 몰라요. 어쨌거나 제가 도련님이라면, 군인들과는 가까이 지내지 않겠어요."

"하지만 여기서는 그렇게 하지 않고는 달리 방법이 없을 것 같아요."

브루노가 풀 죽은 목소리로 말했다.

"그레텔 누나 말고는 같이 놀 사람이 한 명도 없을 것 같단 말예요. 누나와 노는 건 재미가 하나도 없는데……. 누나는 한마디로 구제불능이에요."

브루노는 또다시 눈물을 글썽거렸다. 하지만 눈물을 보일 수는 없었다. 마리아에게 어린 아기처럼 굴고 싶지 않았다. 브루노는 눈물을 보이지 않기 위해 고개를 숙였다. 그러고는 무언가 흥미를 끌 만한 것을 찾아 방 안을 둘러보았다. 그러나 특별한 것은 하나도 없었다. 아니, 하나도 없는 것처럼 보였다. 그런데 잠시 후, 브루노의 눈길을 사로잡은 것이 있었다. 방문과 마주 보이는 벽의 한쪽 구석에 나 있는 창문이었다. 천장에서부터 벽까지 연결되어 있는 창문은 전에 살던 집 맨 꼭대기 층에 있던 것과 비슷했다. 다른 점이 있다면, 베를린의 집 창문만큼 높지 않다는 것이었다. 브루노는 그 정도 높이라면 까치발로 서지 않고도 충분히 밖을 내다볼 수 있겠다는 생각이 들었다.

브루노는 천천히 창문을 향해 다가갔다. 그러면서 마음속으로 창문을 통해 베를린, 정든 집, 멋진 거리는 물론이고 사람들이 삼삼오오 모여 앉아서 맥주를 마시며 유쾌한 대화를 나누던 탁자들을 볼 수 있기를 바랐다. 적어도 창밖 풍경에 실망하고 싶지 않았다. 그런 간절한 바람으로 일부러 천천히 창문 쪽으로 걸어갔다.

이윽고 창문 앞에 바짝 다가선 브루노는 조심스럽게 유리에 얼굴을 가까이 대고 밖을 내다보았다. 그 순간 눈이 휘둥그레졌다. 입도 'O'자 모양으로 벌어지고, 두 손 역시 양 옆구리로 올라갔다.

브루노의 가냘픈 팔에 오싹 소름이 돋았다. 창밖에 펼쳐진 풍경을 바라보는 두 눈은 몹시 떨렸다.

3

그레텔 누나

그레텔 누나는 베를린에 두고 왔어야 했다. 누나 같은 골칫덩어리는 베를린에 남아서 집이나 지키게 해야 하는데! 그레텔은 이사를 온 첫날부터 이런저런 문제를 일으켰다.

그레텔은 브루노보다 세 살 더 많았다. 브루노가 아기였을 때부터 그레텔은 자신이 누나라는 사실을 아기 브루노의 머릿속에 확실히 새겨 두었다. 그리고 그렇게 한 만큼 동생 위에 군림하려고 들었다. 특히 두 사람이 관련된 일에서는 항상 위였다. 그레텔은 자기가 브루노보다 세상의 이치를 더 많이 안다고 자부했다. 브루노는 자신이 누나를 무서워한다는 사실을 인정하고 싶지 않았다. 그러나 브루노는 언제나 정직한 사람이 되려고 노력하는 소년이라서 누군가가 누나가 무섭냐고 물으면 솔직히 그렇다고 대답할 터였다.

그레텔에겐 몇 가지 나쁜 습관이 있었다. 여자 애들에게 흔한 것들인데 그중 대표적인 것이 너무 오래 욕실을 쓰는 거였다. 일단 욕실에 들어가면 몇 시간이 지나도 나올 줄을 몰랐다. 다른 사람은 안중에도 없는 듯 볼일이 급한 브루노가 문밖에서 발을 동동 구르며 소리를 쳐도 무시하기 일쑤였다.

그레텔의 방에는 인형들이 많았다. 브루노가 그 방에 들어가면, 선반 위에 나란히 앉아 있는 인형들이 브루노를 노려보며 감시하곤 했다. 브루노는 그레텔이 집을 비운 틈을 타서 그 방을 구경하러 들어갔는데, 그럴 때마다 기분이 찜찜했다. 나중에 인형들이 그레텔에게 브루노가 어쨌는지 미주알고주알 일러바칠 것 같아서였다. 당연히 브루노는 그 인형들이 미웠다.

그레텔은 베를린에서 약간 불량스러운 친구들과도 어울렸다. 그들은 브루노를 보면 다짜고짜 놀려 댔다. 그러는 게 재미있는 모양이었다. 만약 브루노가 그레텔의 오빠였다면 절대 그러지 못했을 것이다. 브루노는 그들을 생각하는 것만으로도 불쾌했다. 그런데 그들은 브루노를 괴롭히는 것을 즐기는 듯, 어머니나 마리아가 보지 않는 곳에서는 어김없이 브루노에게 다가와서 집적거렸다.

그레텔의 기분 나쁜 친구 중에서도 가장 기분 나쁜 친구는 심보가 심술궂은 데다 생김새도 괴물 같았다. 그 소녀는 브루노를 볼 때마다 노래라도 하듯이 이렇게 놀리곤 했다.

"브루노는 아홉 살이 아니래요. 이제 겨우 여섯 살인 꼬맹이래요."

어떤 때는 브루노의 주위를 뱅글뱅글 돌면서 옆구리를 쿡쿡 찌르기도 했다. 그러면 브루노는 그 못된 여자 애한테서 벗어나려고 애쓰며 소리쳤다.

"아니야! 난 아홉 살이란 말이야!"

"아홉 살이라고? 그런데 왜 이리 키가 작니? 아홉 살짜리 남자 아이들 중에서 너보다 키가 작은 애는 없어. 있으면 데려와 봐."

그 말은 사실이었다. 브루노는 키가 작은 게 가장 큰 고민이었다. 자신이 같은 반 친구들보다 키가 작다는 사실에 늘 절망감을 느꼈다. 칼, 다니엘, 마틴과 함께 어울려 길을 걸을 때마다, 사람들은 브루노를 세 친구 중 한 아이의 동생으로 여기곤 했다. 실제로는 브루노가 네 사람 가운데 두 번째로 생일이 빠른데도 말이다.

"못 데려오지? 그러니까 너는 여섯 살짜리 꼬맹이야. 알았어?"

괴물 같은 소녀가 계속해서 이기죽거렸다.

브루노는 그렇게 놀림을 당하면 도망치듯 그 자리에서 빠져나와 스트레칭이나 체조 같은 운동을 했다. 물론 키가 커지라고 말이다. 꾸준히 운동을 하다 보면 어느 날인가는 반드시 키가 삼십 센티미터도 넘게 자랄 거라고 브루노는 생각했다.

베를린을 떠나서 한 가지 좋은 점이 있다면, 그레텔의 친구들이 괴롭히지 못한다는 것이었다. 당분간 새집에서 지내다 보면, 브루노의 키도 부쩍 커질 수 있는 일이었다. 브루노는 한 달쯤 지나 다시 베를린으로 돌아갔을 때의 자기 모습을 떠올렸다. 그러자 그레텔의 못된 친구들이 더 이상 자신을 놀리지 못할 것이라는 확신이 들었다.

브루노는 그레텔의 방으로 달려가서 노크도 안 하고 문을 벌컥 열었다. 마침 그레텔은 방 안 곳곳에 있는 선반에 인형들을 올려놓다가 고개를 획 돌리고는 앙칼진 목소리로 외쳤다.

"너 지금 뭐 하는 짓이니! 숙녀의 방에 들어올 때는 노크부터 하는 게 예의라는 것도 몰라?"

"어? 인형들을 모두 챙겨 오지 않았나 보네?"

브루노가 엉뚱한 소리를 했다. 브루노는 얼마 전부터 누나의 질문을 무시한 채 자기가 하고 싶은 말만 하곤 했다. 앞으로도 계속 그래야겠다고 생각했다.

"무슨 소리야? 몽땅 챙겨 왔어. 내가 왜 이 예쁜 아이들을 베를린 집에 두고 오겠니? 그 집으로 다시 돌아가려면 최소한 몇 주는 기다려야 할 텐데 말이야."

"뭐? 몇 주는 기다려야 한다고?"

브루노가 몹시 실망한 듯한 목소리로 말했다. 하지만 은근히 기쁘기도 했다. 이미 이 집에서 한 달 정도는 지내도 좋다고 마음을 먹은 터였기 때문이다.

"그래, 몇 주만 기다리면 돼."

"그게 정말이야?"

"내가 아버지께 여쭤 봤는데, 당분간 이 집에서 지내야 한다고 말씀하셨어."

"당분간이라는 게 정확히 얼마 동안인데?"

브루노가 그레텔의 침대 모서리에 걸터앉으면서 물었다.

"지금부터 몇 주는 되겠지."

그레텔이 제법 똑똑한 척 으스대며 고개를 까딱거렸다.

"아마 삼 주 정도가 아닐까?"

"삼 주 정도라고? 그럼 다행이다."

브루노가 말했다.

"당분간이라는 게 한 달도 안 된다면야 그 정도는 참아야지 뭐. 아무튼 나는 이 집이 싫어. 마음에 안 들어."

그레텔이 브루노를 빤히 쳐다보았다. '나도 네 생각과 같아.'라고 말하는 것 같았다.

"그래, 네 마음 이해해. 그다지 멋있는 집은 아니지."

"멋있기는커녕 소름이 끼쳐. 끔찍해."

그레텔이 맞장구를 쳤다.

"네 말이 맞아. 지금 당장은 끔찍한 게 사실이야. 하지만 어느 정도 꾸미고 나면 그렇게 나쁘게 보이지만은 않을 거야. 아버지가 말씀하시는 걸 들었는데, 여기 아우비츠에 살던 사람이 너무나 갑작스럽게 일자리를 잃었기 때문에 미처 집을 깔끔하게 하고 떠날 만한 여유가 없었대."

"아우비츠?"

브루노가 마치 불쾌한 냄새를 맡기라도 한 듯 고개를 번쩍 들었다. 실제로 냄새가 나는 것 같았다. 어디에서 나는 것인지는 모르지만, 브루노는 그 냄새가 자신한테서 나는 것이 아니라는 사실을 누나가 알았으면 했다.

"아우비츠가 누구야?"

"브루노, 아우비츠는 사람 이름이 아니야."

그레텔은 그렇게 말하고 한숨을 내쉬었다. 그것은 고약한 냄새가 날 때마다 브루노의 선생님이 내쉬는 한숨과 똑같았다.

"사람 이름이 아니면 뭔데? 도대체 아우비츠가 뭐야?"

브루노가 다시 물었다.

"바로 이 집의 이름이야. 아우비츠……."

브루노는 잠시 생각에 잠겼다. 조금 전 이 집에 들어올 때, 건물이나 현관문에 어떤 글자나 문패가 붙어 있었는지 기억을 더듬어 봤다. 아무리 생각해도 그런 것들은 보이지 않았던 것 같았다. 베를린에 있는 집도 특별하게 이름 같은 것은 없었다. 그저 4번지라고 불렸을 뿐이다.

"그래서 그 아우비인지 뭔지가 대체 무슨 뜻인데?"

브루노가 짜증 섞인 목소리로 물었다.

"나도 자세히는 몰라. 하지만 우리가 오기 전에 여기 살던 사람들은 갑자기 쫓겨났나 봐."

"왜 쫓겨나?"

"맡은 일을 제대로 못해서였겠지. 그래서 일을 제대로 해낼 사람을 새로 불러들인 거고."

"아버지 말이야?"

"그래."

그레텔은 언제나 아버지에 대해 좋은 얘기만 했다. 그레텔에게 있어 아버지는 항상 옳은 일만 하고, 결코 화를 내는 법이 없으며, 잠자리에 들기 전 늘 이마에 입을 맞추어 주는 다정한 사람이었다. 아버지는 브루노에게도 입을 맞추어 주었다. 새로 이사 온 집이 마음에 들든 안 들든, 브루노 역시 아버지의 입맞춤을 받을 때마다 기분이 나쁘지는 않았다.

"그러니까 지금 우리가 와 있는 곳이 아우비츠이고, 우리가 오기 전에 살던 사람들은 쫓겨났다는 거지?"

"그래, 내 말이 그 말이야. 그건 그렇고, 내 침대에서 그만 일어나 줄래? 말끔하게 정돈해 놓았는데, 엉망이 되었잖아."

브루노는 침대에서 일어나 바닥의 카펫 위에 털썩 주저앉았다. 쿵 하고 울리는 소리가 기분 나쁘게 들렸다. 그렇지 않아도 이 집에서는 발소리가 크게 울렸다. 조금만 뛰어도 쿵쿵 소리가 났다. 브루노는 집 안에서는 절대 뛰어다니지 말아야겠다고 생각했다.

"난 이곳이 싫어."

브루노가 말했다. 이미 수없이 되풀이한 말이었다.

"나도 마찬가지야. 하지만 어쩔 수 없잖아. 안 그래?"

"칼이랑 다니엘이랑 마틴이 보고 싶어."

"나도 힐다와 이소벨, 루이즈가 보고 싶어."

브루노는 그레텔이 말한 세 사람 가운데 자기를 가장 심하게 놀렸던 괴물 같은 소녀가 누구인지 곰곰이 생각해 보았다.

"여기 아이들은 전혀 다정해 보이지 않아."

브루노가 중얼거렸다. 바로 그때, 그레텔이 못생긴 인형들을 선반 위에 올려놓다가 말고 고개를 돌려 브루노를 쏘아보았다.

"너 방금 뭐라고 그랬어?"

"여기 아이들은 하나도 다정해 보이지 않는다고 했어."

"여기 아이들?"

그레텔이 몹시 당황한 목소리로 되물었다.

"어떤 아이들 말이니? 나는 우리 말고 다른 아이들을 본 적이 없는데?"

브루노는 누나의 질문에 잠시 생각했다가 방 안을 둘러보았다. 물론 그레텔의 방에도 창문이 있었다. 하지만 그 방은 브루노의 방과 복도를 사이에 두고 서로 마주 보고 있었으므로, 창이 나 있는 방향은 정반대였다. 그러니 그 창문으로 보이는 풍경은 브루노의 방에서 본 바깥 모습과 완전히 다를 것이었다. 브루노는 그런 사실을 전혀 모르는 척 반바지 주머니에 손을 찔러 넣은 채 휘파람까지 불며 창문을 향해 걸어갔다.

그레텔이 소리쳤다.

"브루노! 지금 뭐 하는 거야?"

브루노는 들은 척도 하지 않고 계속해서 휘파람을 불며 창가로 걸어갔다. 다행히 창문이 그리 높지 않아서 힘들이지 않고 밖을 내다볼 수 있었다. 브루노는 매섭게 노려보는 그레텔의 시선은 아랑곳하지 않고 창밖을 내다보았다. 조금 전 가족이 타고 온 자동차가 눈에 들어왔다. 그 옆에는 자동차가 서너 대 서 있었다. 브루노의 아버지를 위해 일하는 군인들의 차였다. 군인들의 모습도 보였다. 그들은 집 앞에 서서 담배를 피우며 자기들끼리 키득거렸다. 그러면서 가끔씩 불안한 눈길로 집을 올려다보곤 했다. 집으로 이어진 진입로 너머로는 숲이 보였다. 브루노는 조만간 그 숲을 탐험해 봐야겠다고 생각했다.

"브루노, 방금 전에 했던 말이 무슨 뜻인지 설명 좀 해 줄래?"

그레텔이 조금 누그러진 목소리로 말했다.

"저기 숲이 있어."

브루노가 그레텔의 말을 무시한 채 엉뚱한 소리를 했다.

"야, 브루노!"

그레텔이 재빨리 다가와 창가에 서 있는 브루노의 목덜미를 움켜쥐었다. 브루노는 꼼짝없이 벽에 등을 기댄 채 세워졌다.

"왜 그래?"

브루노는 짐짓 영문을 모르겠다는 표정을 지었다.

"조금 전에 네가 여기에 있는 아이들은 하나도 다정해 보이지 않는다고 그랬잖아."

"그랬지. 그런데 그 말이 어때서?"

브루노는 그렇게 말하고는, 누군가를 직접 만나 보기 전에 그 사람이 이렇다 저렇다 섣불리 판단하는 것은 옳지 않다는 어머니의 말을 떠올렸다.

"다른 애들이 어디 있다고 그러니?"

브루노는 그레텔의 질문에 씩 웃기만 했다. 그리고는 문을 향해 걸어가면서 그레텔에게 따라오라는 눈짓을 보냈다. 그레텔은 한 차례 한숨을 내쉬고 브루노의 뒤를 따라가려다 잠깐 걸음을 멈췄다. 그리고는 인형을 침대 위에 내려놓았다. 하지만 곧 마음을 바꾸어 먹고 인형을 품에 꼭 끌어안은 채 브루노의 방으로 향했다. 방 안에 막 발을 들여놓은 순간, 그레텔은 하마 터면 뒤로 자빠질 뻔했다. 방 안에서 미친 듯이 뛰쳐나오는 마리아와 맞부딪혔기 때문이었다. 마리아의 손에는 죽은 쥐처럼 생긴 것이 들려 있었다.

"저 아래 있잖아."

브루노가 제 방 창문 앞에 서서 밖을 내다보며 말했다. 브루노는 그레텔이 방 안에 들어와 있는지 어떤지 돌아보지도 않았다. 그저 창문 밖의 아이들을 바라보느라 정신이 없었다. 그레텔은 브루노의 등 뒤에 바짝 다가섰다. 브루노는 그레텔이 등 뒤에 서 있는 것조차 모르는 듯 꼼짝도 하지 않았다.

그레텔은 직접 창문을 내다보고 싶었다. 그런데 동생의 말투나 창밖을 바라보는 뒷모습이 아무래도 께름칙했다. 정직한 브루노는 그때까지 한 번도 그레텔을 속인 적이 없었다. 지금도 장난을 치는 것은 아닐 터였다. 그러나 창가에 서서 밖을 내다보는 동생의 뒷모습을 바라보노라니 왠지 창문 너머의 아이들을 직접 확인해 보고 싶은 마음이 들지 않았다. 그 대신 베를린으로 돌아가고 싶은 마음이 꿈틀거렸다. 그레텔은 마른 침을 꿀꺽 삼킨 다음, 속으로 베를린에 하루 빨리 돌아갈 수 있게 해 달라고 기도했다. 브루노가 말한 한 달은 너무 긴 시간이었다.

"어? 누나 뭐 해?"

마침내 등을 돌린 브루노가 인형을 품에 꼭 끌어안은 채 서 있는 그레텔에게 물었다. 양쪽 어깨 위로 땋아 늘어뜨린 그레텔의 황금빛 머리카락이 눈부실 정도로 아름다웠다. 브루노는 그 머리카락을 잡아당겨 보고 싶은 충동을 느꼈다.

"아이들을 보고 싶지 않아?"

"물론 보고 싶지."

그레텔이 시무룩하게 대답하고 주춤주춤 창가로 다가갔다.

"저리 좀 비켜 봐."

그레텔은 팔꿈치로 브루노를 옆으로 밀어내며 말했다.

아우비츠에 도착한 첫날 오후의 하늘은 화창하고 맑았다. 그레텔이 창문 밖으로 고개를 내밀었을 때, 마침 구름 뒤에 숨어 있던 태양이 모습을 드러냈다. 그레텔은 눈이 부셔 한 손으로 햇빛을 가렸다. 잠시 후 태양이 다시 구름 뒤로 사라졌다.

"저기 보이지?"

그레텔은 브루노가 손가락으로 가리키는 쪽을 바라보았다. 브루노의 말은 사실이었다.

4
창밖 풍경

창문을 통해 보이는 사람들이 모두 아이들은 아니었다. 어린 남자 아이들과 제법 키가 큰 사춘기 소년들, 그들의 아버지와 할아버지, 혹은 삼촌뻘쯤 되어 보이는 남자들이 있었다. 그들 중 일부는 한 가족처럼 보였지만, 모두가 그런 것 같지는 않았다. 특별히 눈에 띄는 점은 없었다. 이를테면 그들은 이렇다 할 특징이 없는 평범한 사람들이었다.

"저 사람들은 누구지?"

그레텔이 놀란 표정으로 물었다. 최근 들어 그레텔도 놀랄 때마다 브루노처럼 입을 'O'자 모양으로 벌리곤 했다.

"브루노, 도대체 저긴 뭐 하는 곳일까?"

"나도 잘 모르겠어. 하지만 분명한 건, 이곳이 전에 살던 곳만큼 좋지 않다는 거야. 그것만큼은 확실해."

"그런데 여자 아이들은 전부 어디 있는 거지? 엄마들도 없고, 할머니들도 없는데 여자들은 다들 어디에 있는 거야?"

"다른 데에 있나 보지 뭐."

브루노가 심드렁하게 대꾸했다.

그레텔은 그 말에 고개를 끄덕였다. 더 이상 밖을 내다보고 싶지 않았다. 그런데 웬일인지 눈을 돌리기가 쉽지 않았다. 그레텔의 방 창문에서는 울창한 숲이 내다보였다. 그 숲은 전체적으로 어두웠다. 그래도 가족끼리 소풍을 가도 좋을 만큼 멋진 숲이었다. 그레텔은 동생의 방 창문을 통해서도 그런 멋진 숲을 보고 싶었다. 하지만 그런 숲과는 전혀 다른 풍경이 눈에 들어왔다.

그나마 가까운 곳의 풍경은 아름다웠다. 브루노의 창문 바로 아래에는 정원이 있었다. 꽤 넓은 정원이었다. 깔끔하게 정리된 화단에는 갖가지 꽃들이 만발해 있었다. 누군가가 심혈을 기울여 가꾼 흔적이 역력했다. 캄캄한 겨울 밤, 안개 자욱한 들판에서 있는 거대한 성의 한구석에 작은 촛불 하나만 밝혀 놓아도 분위기는 사뭇 달라진다. 마찬가지로 아무리 황량한 곳일지라도 꽃을 심어 놓으면 느낌이 확 달라지게 마련인데, 정원은 이런 사실을 잘 아는 사람의 작품이 분명했다.

화단 너머에는 산책로가 나 있었다. 깨끗하면서도 아담한 산책로였다. 산책로 주변에는 따스한 오후의 햇살을 받으며 책을 읽기에 좋을 것 같은 나무 벤치도 있었다. 벤치 등받이 부분에는 금속 명판이 붙어 있었는데, 거기에 새겨진 글씨까지는 알아볼 수 없었다. 벤치는 집을 향해 놓여 있었다.

명판이 붙은 벤치에서 육 미터 정도 떨어진 곳에서부터는 완전히 다른 풍경이 펼쳐져 있었다. 그것은 살풍경 그 자체였다. 건물을 에워싸듯 거대한 철조망이 둘러쳐져 있었다. 철조망이 얼마나 높은지 그레텔이 서 있는 자리보다도 더 높아 보였다. 그리고 그 길이가 얼마나 긴지 끝이 보이지 않았다. 철조망을 지탱하는 것은 군데군데 전신주처럼 박혀 있는 거대한 나무 기둥이었다. 철조망 윗부분을 따라서는 둥글게 말린 가시철사가 둘러쳐져 있었다. 날카로운 가시들을 바라본 순간, 그레텔은 가슴 한쪽을 바늘로 찔린 듯한 통증을 느꼈다.

철조망 너머는 그야말로 황량하기 그지없었다. 그 흔한 잔디도 없었다. 잔디는 고사하고 풀 한 포기도 찾아보기 힘들었다. 땅바닥에는 검붉은 모래처럼 보이는 것이 잔뜩 깔려 있었다. 그리고 주변에는 야트막한 오두막집과 네모진 거대한 건물들이 띄엄띄엄 세워져 있었다. 그중 두어 곳에는 높다란 굴뚝도 있었다. 그레텔은 뭔가 말을 하려고 입술을 움직였다. 그러나 자신이 받은 충격을 어떻게 설명해야 할지 마땅한 단어가 떠오르지 않았다. 그저 지금으로서는 가만히 입을 다물고 있는 것이 상책일 것 같았다.

"봤지?"

방 한구석에 서 있던 브루노가 물었다. 브루노는 자기 덕에 대단한 것을 보지 않았느냐는 듯 한껏 으스대는 표정이었다. 창밖의 풍경이 어떤 것이든, 창밖에 있는 사람들이 누구든 상관없이 그 모든 것을 처음으로 발견한 것은 브루노였다. 또 그것은 그레텔의 방이 아닌 그의 방 창문을 통해서만 볼 수 있으므로 브루노가 으스댈 만도 했다. 브루노는 언제든 원할 때마다 볼 수 있었다.

그레텔이 말했다.

"도무지 이해가 안 돼. 대체 누가 저런 지저분하고 음침한 것들을 만들었을까?"

"맞아, 정말 지저분하고 음침해."

브루노가 맞장구를 쳤다.

"저기 있는 오두막집들은 겨우 일 층밖에 안 되는 것 같아. 나지막하니 초라해 보여."

"겉보기는 그래도 현대식 주택일지도 몰라. 아버지는 현대적인 것들을 싫어하시는데……."

"그럼 아버지도 저 집들을 그다지 좋아하시지 않겠네?"

브루노가 물었다.

"당연하지."

그레텔이 말했다. 시선은 여전히 창밖을 향하고 있었다. 올해 열두 살인 그레텔은 학급에서 가장 성적이 우수했다. 그레텔은 스스로 머리가 좋다고 생각했다. 그러므로 눈앞에 펼쳐진 광경이 무엇을 의미하는지 자신이 이해하지 못한다는 걸 받아들이기 힘들었다. 그레텔은 어려운 수학 문제를 풀 듯 입술을 지그시 깨물고 눈을 가늘게 뜬 채 골똘히 생각에 잠겼다. 그러다 잠시 후에 결론을 내리듯 이렇게 말했다.

"이곳은 시골이 틀림없어."

그레텔은 뒤돌아 의기양양한 눈빛으로 동생을 바라보았다.

"시골?"

브루노가 눈을 동그랗게 뜨고 말했다.

"그래. 시골이라고밖에는 설명할 수가 없어. 전에 살던 베를린은 도시였어. 그래서 거리에 사람들과 집들이 셀 수 없이 많고, 학교에도 학생들이 넘쳐 났던 거야. 토요일 오후에 시내에 나가려면 인파에 휩쓸려 이리저리 떠밀릴 만큼 엄청나게 복잡했잖아."

"그건 그래……."

브루노는 고개를 끄덕이며 누나의 말에 귀를 기울였다.

"지리 시간에 배웠는데 시골에는 농부들과 여러 종류의 가축들이 산대. 우리가 먹는 음식 재료들은 모두 농부들이 직접 키운 거고 말이야. 이런 넓은 곳에서 농부들이 모여 살면서 일을 하여 우리에게 먹을거리를 제공해 주는 거야."

그레텔은 다시금 창문으로 고개를 돌려 눈앞에 펼쳐진 철조망 안의 드넓은 땅을 바라보았다. 특히 오두막집 사이의 공간을 유심히 살폈다.

"그래, 틀림없어. 여기는 시골이야. 시골 농장이지. 어쩌면 우리 가족의 주말 별장일지도 몰라."

그레텔이 희망에 부푼 목소리로 말했다.

브루노는 잠시 생각에 잠겼다가 고개를 설레설레 저었다.

"아니, 내 생각은 그렇지 않아."

브루노가 확신에 찬 어조로 말했다. 표정도 진지했다. 그래서인지 브루노는 실제 나이보다 훨씬 더 성숙해 보였다.

"브루노, 네가 뭘 안다고 그래? 너는 이제 겨우 아홉 살이야."

"그래도 알 건 알아."

"뭘 알아? 너는 아직 어려서 판단력이 떨어져. 네가 내 나이쯤 되면, 내 말이 무슨 뜻인지 이해할 거야."

"그럴지도 모르지."

브루노가 말했다. 말은 그렇게 했지만 브루노는 누나의 말이 다 옳다고는 생각하지 않았다. 자신이 누나보다 어린 것은 사실이지만, 그렇다고 해서 판단력이 떨어진다고는 생각하지 않았던 것이다.

"만약 누나 말대로 이곳이 농장이라면, 아까 말한 가축들은 모두 어디 있지?"

그레텔은 동생의 질문에 대답을 하려고 입을 열었지만, 그럴듯한 답변이 떠오르지 않았다. 다시금 창밖으로 고개를 내밀고 가축이 있는지 둘러보았다. 그러나 아무리 둘러보아도 가축은커녕 그 흔적조차 보이지 않았다.

"이곳이 진짜 농장이라면 소, 돼지, 양, 말 같은 것들이 있어야만 해. 닭이나 오리 같은 것들도 있어야 하고 말이야."

"그렇긴 한데, 이상하게 가축이 한 마리도 눈에 띄지 않네."

그레텔이 나지막이 중얼거렸다.

"게다가 누나가 말한 대로 이곳에서 사람들이 농작물을 가꾼다면, 땅이 저것보다는 훨씬 더 기름져야 할 거야. 저 아래 보이는 저런 거친 땅에서는 어떤 식물도 자라지 못해."

브루노가 의기양양하게 말했다.

그레텔은 창밖을 다시 한 번 내다보고는 고개를 끄덕였다. 어떤 사람은 상대방의 생각이 옳다고 속으로 인정하면서도 끝까지 반박하는데, 그레텔은 그렇지 않았다. 상대방의 생각이 옳으면 솔직하게 옳다고 인정했다.

"그럼 농장이 아닌가 보네."

"그래, 농장이 아니야."

"그 말은 곧 시골도 아니라는 뜻인데……."

"맞아, 내 생각에도 이곳은 시골이 아닌 것 같아."

"그럼 결국 이 집도 우리 가족의 주말 별장이 아니라는 거잖아."

그레텔이 말했다.

"당연하지."

브루노는 침대 위에 걸터앉았다. 문득 누나가 옆에 앉아서 팔로 어깨를 다정하게 감싸며 위로해 주면 좋겠다는 생각이 들었다.

'모든 일이 다 잘될 것이고, 조만간 새집에 적응해서 다시는 베를린으로 돌아가고 싶은 마음이 들지 않게 될 거라고 말해 주면 좋겠는데……'

하지만 그레텔은 그런 브루노의 마음을 아는지 모르는지 계속 창밖만 바라보고 있었다. 브루노는 누나가 무엇을 그렇게 넋놓고 바라보는지 궁금했다. 화단이나 산책로, 명판이 붙은 벤치를 내려다보는 것이 아닌 것 같았다. 높다란 철조망이나 나무 기둥들, 뾰족한 가시철사를 보는 것도, 그 너머의 거친 땅바닥이나 오두막집, 건물, 굴뚝을 쳐다보는 것도 아닌 듯했다. 그렇다면 누나는 무엇을 보고 있을까?

바로 사람들이었다. 그레텔이 나지막이 중얼거렸다.

"저 사람들은 대체 누구일까?"

그건 마치 브루노가 아닌 누군가 다른 사람에게 묻는 듯한 말투였다.

브루노가 침대에서 일어나 그레텔 옆에 가서 섰다. 둘은 처음으로 어깨를 맞대고 나란히 선 채, 새로 이사 온 집에서 이십 미터 정도 떨어진 곳을 물끄러미 바라보았다.

거기에는 수많은 사람들이 있었다. 키가 큰 사람, 작은 사람, 늙은 사람, 젊은 사람……. 이런저런 사람들이 이리저리 분주하게 움직이고 있었다. 몇몇은 무리를 지어 꼼짝도 하지 않은 채 서 있기도 했다. 양손을 허리에 올린 채 고개를 빳빳이 들고 있는 그들 앞에서 군인 한 사람이 왔다 갔다 했다. 군인은 한눈에도 거만해 보였다. 그런데 입술의 움직임이 크고 빠른 것으로 보아 무어라 고함을 치는 것 같았다.

한 무리의 사람들이 사슬에 엮인 죄수들처럼 나란히 줄을 지어 외바퀴 수레를 오두막집 뒤로 끌고 가고 있었다.

"저 사람들은 왜 저렇게 서 있지?"

브루노가 오두막집 옆에 서 있는 사람들을 턱으로 가리키며 물었다. 그들은 묵묵히 땅바닥만 내려다보며 서 있었다.

"글쎄……. 마치 자기 이름이 불릴까 봐 두려워서 고개를 숙이고 있는 것 같아."

그레텔이 말했다.

눈길이 닿는 곳마다 사람들이 무척 많았다. 목발을 짚고 서 있는 사람들이 있는가 하면, 머리에 붕대를 감은 사람들도 꽤 많았다. 몇몇 사람들은 삽을 들고 군인들을 따라 어딘가로 향했는데, 그곳이 어딘지는 보이지 않았다.

브루노와 그레텔이 본 사람들은 어림잡아 300명 정도였다. 그러나 철조망은 끝 간 데 없이 이어져 있고, 그 너머에는 셀 수 없이 많은 오두막집이 있었다. 철조망 안의 사람들을 모두 한곳에 불러 모으면 수천 명도 넘을 것 같았다.

"하필 왜 이런 곳으로 이사를 왔을까?"

그레텔이 얼굴을 찌푸리며 말했다.

"전에 살던 베를린의 깨끗하고 조용한 동네에는 주변에 집들이 겨우 여섯 채밖에 없었어. 그런데 여긴 너무 많아. 왜 아버지는 이처럼 지저분하고 복잡한 곳에 일하러 오신 거지? 도저히 이해가 안 가."

"저기 좀 봐!"

브루노가 소리쳤다. 그레텔은 동생이 가리키는 곳을 바라보았다. 한 오두막집 안에서 세 살부터 열네 살 정도로 보이는 아이들이 우르르 몰려나왔다. 그리고 군인들이 그 뒤를 이어 나와서는 고래고래 소리를 질러 댔다. 군인들의 고함 소리가 커질수록 아이들은 서로 어깨를 맞대고 더욱 바싹 달라붙었다. 그러다 한 군인이 버럭 소리를 지르자 순식간에 뿔뿔이 흩어져서는 한 줄로 길게 늘어섰다. 나머지 군인들은 그 모습을 보고 박수까지 치면서 소리 내어 웃었다.

"예행연습을 하는 게 틀림없어."

그레텔이 중얼거렸다. 한 줄로 늘어서 있는 아이들 중 몇몇은 울고 있는 것 같았다. 거기에는 그레텔 또래의 제법 큰 아이들도 있었다.

"어때, 내 말이 맞지? 이곳에 아이들이 있다고 내가 그랬잖아."

브루노가 말하자 그레텔이 결연한 목소리로 대꾸했다.

"하지만 절대 친하게 지내고 싶은 아이들은 아니야. 너무 꾀죄죄하잖아. 힐다랑 이소벨, 루이즈는 매일 아침 깨끗하게 목욕을 해. 물론 나도 그렇고. 하지만 저 애들은 이제껏 목욕이라는 게 뭔지도 모르고 살아온 것 같아."

"저 애들이 지저분한 건 사실이야. 하지만 집 안에 욕실이 없어서 그런지도 몰라. 욕실이 없으면 목욕을 못하잖아."

"바보, 그걸 말이라고 하니?"

그레텔이 쏘아붙였다. 그레텔은 동생더러 바보라고 하지 말라는 어머니의 경고를 까맣게 잊고 있었다.

"세상에 욕실이 없는 집이 어디 있어? 욕실이 없는 곳에서 사람이 어떻게 사니?"

"글쎄……. 따뜻한 물이 안 나오는 집도 있지 않을까?"

브루노가 중얼거렸다.

"바보 같은 소리 그만 해."

그레텔은 그렇게 말하고 창밖으로 시선을 돌렸다. 그렇게 한동안 창밖을 바라보다가 몸서리를 치며 뒤돌아섰다.

"나는 내 방으로 가서 인형 정리나 마쳐야겠어. 내 방 창문 밖으로 보이는 풍경은 정말 멋진데 넌 참 안됐다, 브루노."

그레텔은 그렇게 말하며 브루노의 방을 나갔다. 그러고는 맞은편의 자기 방으로 들어가서 문을 닫았다. 그러나 그레텔은 인형을 정리하는 대신 침대에 걸터앉아 깊은 생각에 잠겼다. 머릿속에서 수많은 의문들이 꼬리에 꼬리를 물고 떠올랐다.

그레텔이 생각에 잠겨 있는 동안, 브루노는 창문 앞에 선 채수백 명의 사람들을 내려다보고 있었다.

"이상한데……?"

브루노가 중얼거렸다. 아무래도 이해할 수 없었다. 그 수많은 사람들이 모두 똑같은 옷을 입고 있었다. 아이든 어른이든, 젊은이든 늙은이든 한결같았다. 거기에 있는 사람들은 마치 약속이라도 한 듯 회색 줄무늬 파자마에 회색 줄무늬가 박힌 형겊 모자를 쓰고 있었다.

"왜 다들 똑같은 옷을 입었을까?"

브루노는 고개를 갸우뚱거리며 창가에서 물러났다.

5

출입 금지 구역

브루노는 한참 동안 곰곰이 생각했다. 그러나 뭐가 뭔지 도무지 알 수 없었다. 그 모든 수수께끼의 답을 아는 방법은 한 가지, 아버지에게 묻는 것뿐인 듯했다.

브루노의 가족이 베를린을 떠나올 때 아버지는 가족과 함께 있지 않았다. 그 며칠 전에 출발했던 것이다. 학교에서 돌아온 브루노가 제 물건들을 모두 꺼내 놓은 마리아를 보고 기겁했던 바로 그날 밤에 아버지는 집을 나섰다. 아버지가 떠난 뒤, 어머니와 브루노를 비롯하여 그레텔, 마리아, 요리사, 라스는 이사를 하는 날까지 며칠 남은 기간 내내 짐을 꾸리며 시간을 보냈다. 물론 그 짐은 커다란 트럭에 실어서 아우비츠의 새집으로 보낼 것이었다.

마침내 베를린을 떠나는 날 아침이 밝았다. 이삿짐이 빠져나간 집 안은 텅 비어 썰렁했다. 그동안 정붙여 산 집 같지 않게 낯설게 느껴지기도 했다. 가족들은 저마다 간단한 소지품들을 챙겨서 가방에 넣었다. 이윽고 가족 모두가 타고 갈 관용차(정부나 공공 기관에 소속된 자동차./옮긴이)가 정문 앞에 도착했다. 관용차 앞부분의 양쪽에는 붉은색과 검은색이 섞인 깃발이 꽂혀 있었다.

어머니와 마리아, 그리고 브루노는 나중에 차에 올라탔다. 그들은 차에 타기 전 마지막으로 텅 빈 현관을 천천히 둘러보았다. 그 어디나 가족들이 행복했던 시간의 흔적이 고스란히 남아 있는 추억의 장소였다. 브루노는 현관의 구석진 곳을 한참 동안 바라보았다. 거기는 매년 12월에 크리스마스트리를 세웠던 자리였다. 비나 눈이 내리는 날에는 젖은 우산이 그 자리를 차지했다. 브루노가 밖에서 놀다가 들어왔을 때 흙 묻은 신발을 벗어 놓는 곳도 그 자리였다. 그런데 브루노는 번번이 신발을 벗지 않고 집 안으로 들어와 어머니에게 꾸지람을 듣곤 했다.

현관을 나올 때쯤이었다. 어머니가 마리아가 근처에 서 있는 것을 모른 채 고개를 흔들며 혼잣말을 했다.

"퓨리 씨를 저녁 식사에 초대하지 말았어야 했어. 그들이 내린 결정이 마침내 실행에 옮겨지게 되었는데……."

어머니는 말을 하다 말고 뒤돌아섰다. 브루노는 어머니의 두 눈에 눈물이 그렁그렁한 것을 눈치 챘다. 어머니의 눈에 왜 눈물이 맺혀 있는지는 알 수 없었다. 아무튼 어머니는 등 뒤에 서 있는 마리아를 보고 소스라치게 놀랐다. 어머니가 몹시 당황한 목소리로 말했다.

"마리아! 벌써 차에 탄 줄 알았어. 아직 안 탔구나."

"그렇지 않아도 막 타려던 참이었어요, 마님."

"아까 내가 했던 말은……."

어머니가 말을 하다가 입을 다물고는 고개를 설레설레 흔들었다. 그러고는 몇 초 후에 다시 입을 열었다.

"내 말은 그러니까……."

"저는 그만 가 볼게요, 마님."

마리아는 집 안에서의 규칙을 잊었는지 어머니의 말을 끊었다. 그러고는 재빨리 현관문을 열고 집 앞에 세워진 자동차에 올라탔다. 그 모습을 바라보는 어머니의 표정이 일그러졌다. 어머니는 어깨를 으쓱하며 쓴웃음을 짓고는 브루노 쪽으로 고개를 돌렸다.

"자, 우리도 이제 가자. 브루노."

어머니가 브루노의 손을 잡고 밖으로 이끌며 말했다.

"빨리 모든 일이 끝나고 이 집으로 다시 돌아오길 기도하자꾸나."

어머니는 집을 한 번 쳐다본 뒤 정문에 자물쇠를 채웠다.

브루노 일행은 전면에 깃발이 꽂힌 관용차를 타고 기차역으로 향했다. 역에는 넓은 플랫폼을 사이에 두고 철로가 두 개 나 있었다. 각각의 철로에는 기차가 정차한 채 사람들이 타기를 기다리고 있었다. 브루노 일행은 기차를 타기 전 플랫폼에서 잠시 대기해야 했다. 브루노는 몸을 돌려 뒤편에 서 있는 기차를 구경하고 싶었다. 하지만 수많은 군인들이 주변을 쉴 새 없이 오가는 데다, 군인들 초소가 기다랗게 시야를 막고 있어서 쉽지 않았다. 이윽고 사람들이 한꺼번에 기차에 오르기 시작했다. 브루노는 문득 이상하다는 생각을 했다. 플랫폼에 서 있던 사람들은 좌석이 몇 개 안 되는 기차 쪽으로만 우르르 몰려가고 있었기 때문이었다. 그 기차에 타면 대부분 앉지도 못한 채 서서 가야 할 터였다.

브루노 일행이 올라탄 기차에는 승객이 거의 없어서 빈 자리가 많았다. 그런 데다 창문까지 내릴 수 있어서 언제든 신선한 공기를 마실 수 있었다. 한마디로 쾌적하고 편안했다. 브루노는 계속 고개를 갸우뚱거렸다. 두 기차가 서로 다른 방향으로 가는 것이라면, 크게 이상할 것은 없었다. 방향이 다른 만큼 승객 수도 다를 수 있기 때문이었다. 그런데 두 기차는 똑같이 동쪽을 향해 가는 것이었다.

브루노는 플랫폼으로 내려가서 반대편 기차에 탄 사람들에게 이쪽에 빈 좌석이 많다고 말해 주고 싶었다. 그러나 이내 그러지 않기로 마음먹었다. 만약 그런 짓을 했다가는, 설령 어머니가 화를 내지 않더라도 그레텔이 가만있지 않을 것이기 때문이었다. 심술이 고약한 그레텔의 심기를 건드리면 어떤 상황이 벌어지는지 브루노는 누구보다 잘 알고 있었다.

'도대체 아버지는 어디에 계신 거람.'

아우비츠의 새집에 도착한 뒤에도 아버지의 얼굴을 보지 못한 브루노는 마음이 답답했다. 조금 전 부모님의 침실 문이 삐거덕거리며 열렸을 때, 브루노는 아버지가 그 방 안에 있는 줄 알았다. 그런데 방 안에서 나온 사람은 무뚝뚝하게 생긴 젊은 군인이었고, 그는 무덤덤한 눈빛으로 브루노를 바라보았다. 브루노는 집 안 어디에서도 아버지의 우렁찬 목소리나 마룻바닥을 내딛는 묵직한 군홧발 소리를 듣지 못했다. 그러나 집 안에 여러 사람들이 드나들고 있는 것만은 분명했다. 브루노가 최후의 방법을 써 보기로 마음을 굳혔을 때, 아래층에서 시끌벅적한 소리가 들렸다. 브루노는 재빨리 복도로 뛰어나가 난간 아래를 내려다보았다.

아래층에 있는 아버지의 서재 문이 활짝 열려 있었다. 그리고 그 앞에서 남자 다섯 명이 아버지를 에워싼 채 웃으면서 악수를 나누고 있었다. 깔끔하게 다림질된 제복 차림의 아버지는 무척 멋있어 보였다. 숱 많은 머리카락이 번들거렸다. 방금 전에 기름을 발라 단정하게 빗어 넘긴 것 같았다. 브루노는 아버지를 내려다보면서 무서움과 존경심을 동시에 느꼈다. 다른 사람들은 인상이 그다지 좋아 보이지 않았다. 그들은 아버지만큼 잘생기지도, 세련되지도 않았다. 입고 있는 제복도 아버지의 것만 못했다. 아버지의 제복은 주름 하나 없이 깔끔하게 다림질되어 있었다. 그들의 목소리는 아버지만큼 우렁차지 않았고, 군화도 아버지가 신은 것만큼 반짝반짝 빛나지 않았다. 그들은 군모를 겨드랑이 밑에 끼운 채 시선을 아버지에게 두고 있었다. 마치 아버지의 관심을 끌기 위해서 서로 보이지 않는 경쟁을 벌이는 것처럼 보였다. 브루노는 그들이 하는 말을 띄엄띄엄 알아들을 수 있었다.

"그는 여기에 도착했을 때부터 실수 연발이었습니다. 그래서 퓨리 씨는 어쩔 수 없이……."

한 사람이 말했다.

"훈련…… 그리고 능률입니다. 이곳은 1942년 초부터 지금까지 작업 능률이 현격히 떨어진 상태입니다. 작업 능률을 고려하지 않고는……."

또 한 사람이 말했다.

"사실입니다. 수치가 말해 줍니다. 그것은 명백한 사실입니다, 사령관님……."

약간 뚱뚱해 보이는 사람이 말했다.

"만약 하나를 더 짓는다면, 어떻게 될지 생각해 보십시오. 이건 뻔하지 않습니까?"

그 옆에 선 사람이 말했다.

갑자기 아버지가 손을 치켜들었다. 그러자 사람들이 일제히 입을 다물었다. 아버지는 마치 합창단의 지휘자 같았다.

"제군!"

아버지가 입을 열었다. 브루노는 아래쪽을 향해 귀를 기울였다. 하지만 그렇게 하지 않아도 아버지의 말은 한마디도 놓치지 않고 들을 수 있었다. 아버지는 세상에서 둘째가라면 서러울 만큼 우렁찬 목소리를 가진 사람이기 때문이었다.

"제군들의 조언과 격려를 고맙게 받아들이겠소. 하지만 과거는 어디까지나 과거일 뿐이오. 이제부터는 모든 것이 새롭게 다시 시작될 거요. 지금부터 할 수 있지만, 그 시작은 내일로 미루기로 하겠소. 오늘은 나의 가족들이 새로운 환경에 적응할 수 있도록 거들어 줄 생각이오. 그렇게 하지 않으면 바깥에 있는 저 사람들이나 이 집 안의 사람들이나 모두 곤란을 겪게 될 테니까. 내 말이 무슨 뜻인지 이해하겠소?"

군인들이 일제히 웃음을 터뜨렸다. 아버지는 그들과 일일이 악수를 나누었다. 떠나기 전, 그들은 장난감 병정처럼 일렬로 나란히 섰다. 그러고는 꼿꼿한 부동자세로 손바닥을 펼친 채 정면을 향해서 팔을 곧게 내뻗었다. 그것은 브루노가 아버지에게 배운 인사법과 똑같았다. 군인들은 팔을 뻗는 동시에 두 마디 단어를 읊조렸는데, 그것 또한 아버지가 가르쳐 준 것과 똑같은 말이었다. 아버지는 브루노에게 누군가가 그런 인사를 할 때마다 똑같이 답해 주어야 한다고 당부했었다.

군인들이 모두 가고 나자, 아버지는 다시 서재 안으로 들어갔다. 그곳은 하늘이 두 쪽 나는 일이 있어도 아버지 말고는 누구도 절대 드나들 수 없는 출입 금지 구역이었다.

브루노는 천천히 계단을 내려가서 서재 문 앞에 섰다. 그러고는 잠시 망설였다. 아버지는 브루노가 새집에 도착한 지 몇 시간이 지나도록 얼굴도 비치지 않았다. 아버지가 반갑게 맞아 주기를 기대했던 브루노로서는 보통 서운한 일이 아니었다. 물론 아버지는 늘 정신없이 바쁜 사람이었다. 그래서 아들에게까지 인사를 건넬 만큼 여유가 없다는 것쯤은 브루노도 경험을 통해서 잘 알고 있었다.

'어쨌든 군인들이 모두 가고 없으니 이제는 서재 문을 두드려도 괜찮겠지.'

브루노는 속으로 그렇게 생각했다.

베를린에 살 때, 브루노가 아버지의 서재 안에 들어가 본 횟수는 손에 꼽을 정도였다. 그런데 몇 번 들어간 것도 브루노가 말썽을 일으켜서 아버지와 얘기를 나눠야만 하는 심각한 경우였다. 그런 특수한 경우를 제외하면, 서재는 완전히 출입 금지 구역이었다. 무슨 일이 있어도 아버지 서재에 함부로 들어가지 말아야 한다는 것은 브루노가 집 안에서 지켜야 할 여러 가지 규칙 중에서도 가장 중요한 것이었다. 물론 새로 이사를 왔다고 해서 그 규칙이 달라질 리는 없었다. 하지만 아버지의 얼굴을 못 본 지 며칠이나 된 만큼 브루노가 서재 문을 두드려도 그리 큰 문제는 되지 않을 것 같았다.

마침내 브루노가 조심스럽게 노크를 했다. 조용하게 정확히 두 번 똑똑 두드렸다. 그런데 아버지가 노크 소리를 못 들은 탓인지 아니면 소리가 너무 작아서인지, 방 안에서는 아무런 반응이 없었다. 브루노는 다시 한 번 노크를 했다. 이번에는 아까보다 좀 더 힘을 주어 세게 두드렸다.

"들어오시오!"

방 안에서 아버지의 우렁찬 목소리가 들려왔다.

브루노는 문손잡이를 비틀어 열고 서재 안으로 한 걸음 들어섰다. 순간 브루노의 두 눈이 휘둥그레지면서 입이 'O'자 모양으로 벌어졌다. 물론 두 손은 저절로 양 허리 위로 올라갔다. 브루노가 그때까지 둘러본 집 안은 전체적으로 어두침침하고 음울했다. 특별히 흥미를 불러일으킬 만한 곳도 없었다.

그런데 서재는 영 딴판이었다. 분위기부터 달랐다. 천장도 무척 높았다. 바닥에 깔린 카펫도 발이 빠질 것처럼 푹신했다. 사방 벽에는 마호가니 책장이 가득 들어차 있어서 거의 빈 공간이 보이지 않았다. 책장에는 갖가지 책들이 빼곡히 꽂혀 있었다. 베를린의 집에 있던 책장만큼이나 책이 많았다. 출입문의 맞은편 벽에는 커다란 창문이 나 있었다. 브루노는 재빨리 아버지를 찾았다. 아버지는 방 한가운데에 놓인 거대한 떡갈나무 책상 앞에 앉아 있었다. 아버지는 종이 위에 무언가를 쓰고 있다가 브루노를 보고는 환하게 웃었다.

"브루노, 너로구나!"

아버지가 자리에서 벌떡 일어서며 말했다. 아버지는 곧장 책상 앞으로 걸어 나와서 브루노의 손을 꼭 붙잡고 악수하듯 아래위로 흔들었다. 오랜만에 아들을 만난 만큼 끌어안을 만도 한데 그렇게 하지 않았다. 아버지는 여간해서 다른 사람을 끌어안지 않았다. 하지만 브루노의 어머니와 할머니는 달랐다. 지나치리만큼 브루노를 자주 끌어안았다. 그뿐만 아니라 뺨에 키스를 퍼부어 댔다. 브루노는 뺨에 침이 묻는 것이 싫었다. 그래서 어머니나 할머니가 뺨에 입술을 갖다 댈 때마다 질겁하는 표정을 지었다.

"어서 오너라!"

아버지가 말했다.

"그동안 안녕하셨어요?"

브루노가 기어드는 목소리로 말했다. 서재의 웅장함에 기가 꺾여서 목소리가 잘 나오지 않았다.

"잘 왔다, 브루노. 그렇지 않아도 회의가 끝나는 대로 곧장 네 방에 올라가려던 참이었는데, 편지 한 통을 쓰는 바람에 내가 한발 늦었구나. 그건 그렇고, 이사하는 데 별 문제는 없었니?"

"네, 없었어요."

"엄마와 누나를 도와 문단속도 했고?"

"네, 아버지."

"그래, 잘했다. 브루노 네가 정말 자랑스럽구나."

아버지가 흡족한 얼굴로 말했다.

"거기 앉으려무나."

브루노는 아버지가 시키는 대로 책상 맞은편에 놓인 커다란 안락의자에 앉았다. 의자가 높아서인지, 아니면 브루노의 키가 작아서인지, 두 발이 바닥에서 떨어진 채 허공에서 대롱거렸다. 아버지가 다시 책상 앞에 앉아 브루노의 얼굴을 빤히 바라보았다. 잠시 침묵의 시간이 흘렀다. 이윽고 아버지가 먼저 입을 열었다.

"그래, 네 생각은 어떠냐?"

"뭐가요? 제가 뭘 생각해야 하나요?"

"새로 이사 온 집에 대해 어떻게 생각하느냔 말이야. 마음에 드니?"

"아뇨."

브루노가 아버지의 말이 끝나기가 무섭게 재빨리 대답했다. 브루노는 언제나 정직한 사람이 되고 싶었다. 그런데 잠시라도 머뭇거렸다가는 아버지 앞에서 속마음을 솔직히 털어놓을 용기가 사라질 것만 같았다. 브루노는 내친 김에 한마디 더 덧붙였다.

"저는 베를린의 우리 집으로 돌아가야 한다고 생각해요."

브루노의 말이 떨어진 순간, 그때까지 미소를 머금고 있던 아버지의 표정이 약간 굳어졌다. 아버지는 고개를 숙여 쓰다 만 편지를 내려다보았다. 그리고 잠시 후, 무슨 말을 해야 할지 결정이 난 듯 다시금 고개를 들었다.

아버지가 부드러운 목소리로 말했다.

"브루노, 우리 집은 바로 여기란다. 아우비츠가 우리의 새집이란 말이다."

브루노는 아버지의 말에 가슴이 덜컥 내려앉았다. 그래서 조심스럽게 물었다.

"그럼 베를린에는 언제 돌아가요? 저는 여기보다 베를린이 훨씬 더 좋단 말예요."

"이런, 이런!"

아버지가 더 이상 대화하기 싫다는 투로 말했다.

"브루노, 그 얘기는 그만하자. 집이란 건물이나 거리, 도시 따위를 가리키는 말이 아니야. 벽돌이나 회반죽처럼 인공적인 재료로 만든 무언가를 뜻하는 말이 아니란 말이다. 집이란 곧 가족이 있는 곳을 뜻하지. 그렇게 생각하지 않니?"

"네, 그건 그렇지만……."

"브루노, 우리 가족은 지금 이곳 아우비츠에 와 있어. 그러니까 에르고, 이곳이 바로 우리 집인 거야."

브루노는 '에르고'가 무슨 뜻인지 알지 못했다. 굳이 알고 싶지도 않았고, 알 필요도 없었다. 아버지의 말에 반박할 수 있는 기막힌 대답이 떠올랐기 때문이었다. 그것은 아홉 살짜리 소년이 생각해 낸 것이라고는 도저히 믿어지지 않는, 대단히 훌륭한 반론이었다.

"할아버지와 할머니는 지금 베를린에 계세요. 그분들도 우리 가족이에요. 그러니까 이곳은 우리 집이 될 수가 없어요."

아버지는 브루노의 말에 고개를 끄덕였다. 한동안 침묵이 이어졌다. 이윽고 아버지가 입을 열었다.

"그래, 브루노. 그분들도 우리 가족이지. 하지만 우리 가족 중에서 가장 중요한 사람은 너와 나, 엄마 그리고 그레텔이란다. 그리고 우리는 앞으로 이곳 아우비츠에서 살아야만 한다. 그러니 더 이상 세상에서 가장 불행한 아이 같은 우울한 표정은 짓지 마라! 알겠니?"

브루노는 실제로 세상에서 가장 불행한 아이 같은 표정을 짓고 있었다.

"이곳으로 이사한 지 아직 하루도 안 지났잖아. 지내다 보면 이 집이 좋아질 거다."

"저는 이곳이 싫단 말예요!"

브루노가 계속 고집을 부렸다.

"어허, 이 녀석이……."

아버지의 목소리는 피곤한 기색이 역력했다.

"여기는 칼도 없고, 다니엘도 없고, 마틴도 없어요. 주변에 다른 이웃집도 없고요. 과일 가게나 채소 가게 같은 것도 없고, 넓은 대로도, 노천카페도 없어요. 토요일 오후가 돼도 이 주변은 썰렁하기만 할 거라고요."

아버지는 더 이상 대화를 나누기 싫다는 표정을 노골적으로 지었다.

"브루노, 사람이 살다 보면 가끔씩 선택의 여지가 없는 일을 해야만 할 때가 있단다. 이번이 바로 그런 경우라고 할 수 있지. 이건 아버지의 일과 관련된 거야. 너도 알다시피 아버지가 하는 일은 아주 중요하단다. 국가를 위해, 퓨리 씨를 위해 대단히 중요한 일이지. 언젠가는 너도 이해하게 될 거라고 믿는다."

"저는 정말 우리 집에 돌아가고 싶어요!"

브루노는 목이 메었다. 금방이라도 눈물이 쏟아질 것만 같았다. 브루노가 바라는 것은 오직 한 가지였다. 아버지도 아우비츠가 얼마나 끔찍한 곳인지 깨닫고 베를린으로 돌아가자는 브루노의 애원을 받아들였으면 하는 것뿐이었다. 그러나 아버지의 대답은 절망적이었다.

"지금 네가 있는 곳이 바로 우리 집이라는 걸 명심해라. 당분간은 이곳이 우리 집이야."

브루노는 지그시 눈을 감았다. 여태껏 아홉 살 인생을 살아오면서 브루노가 끝까지 자기주장을 내세운 적은 별로 없었다. 더욱이 아버지에게 마음을 바꾸어 달라고 부탁한 적은 단 한 번도 없었다. 브루노는 그렇게 순종적인 아이였다. 하지만 이번에는 가만히 있을 수 없었다. 함께 놀 만한 친구가 단 한 명도 없는 아우비츠에서 살아야 한다는 것은 상상만 해도 끔찍했다.

잠시 후, 브루노가 다시 눈을 떴다. 그러자 아버지가 책상 앞에서 일어나 브루노의 옆에 놓인 안락의자로 와서 앉았다. 브루노는 아버지가 은색 담배 케이스에서 천천히 담배 한 개비를 꺼내는 모습을 지켜보았다. 아버지는 담배 끝을 책상 위에 대고 가볍게 톡 두드린 다음 불을 붙였다.

아버지가 부드러운 목소리로 말했다.

"나도 너처럼 어릴 때 하고 싶지 않은 일이 있었단다. 하지만 아버지께서, 그러니까 네 할아버지께서 그 일을 하는 게 모든 사람들을 위해 좋다고 말씀하시면 군소리 없이 이를 악물고 시키는 대로 했지."

"그게 어떤 일이었는데요?"

브루노가 물었다.

"글쎄, 워낙 오래전의 일이라 기억이 안 나는구나."

아버지가 어깨를 한 번 으쓱였다.

"그게 어떤 일이었는지는 중요하지 않아. 당시에 나는 그저 어린애였고, 무엇이 최선의 선택인지 잘 몰랐지. 예를 들자면 이거야. 가끔은 나도 숙제를 하기 싫을 때가 있었어. 브루노 너처럼 밖으로 나가 친구들과 신나게 뛰어놀고 싶었거든. 하지만 지금 그 시절을 돌이켜 생각해 보면, 그때 내가 얼마나 어리석었던가 싶단다."

"그럼 아버지도 지금 제 기분이 어떤지 이해하시겠네요?"

브루노가 다시 희망에 찬 목소리로 물었다.

"물론 이해하지. 하지만 이제 나는 아버지, 그러니까 네 할 아버지께서 무엇이 아들인 내게 최선인지 잘 알고 계셨다는 것 도 안단다. 네 할아버지가 시키는 대로 했을 때, 결과적으로 나 는 행복했어. 할아버지에게 말대꾸를 해야 할 때와 잠자코 할아 버지가 시키는 대로 해야 할 때가 언제인지를 분명히 구별하지 못했다면, 지금 내가 이렇게 성공할 수 있었을까? 아마 그렇지 못했을 거다. 브루노, 내 말뜻을 알겠니?"

브루노는 주변을 둘러보았다. 그러다 시선이 서재 한쪽 구석 에 있는 창문에서 멈추었다. 창문 너머로 그 끔찍한 풍경이 내 다보였다.

브루노가 물었다.

"아버지, 뭔가 큰 잘못이라도 하셨어요? 아버지가 큰 실수를 저질러서 퓨리 씨가 화가 난 거예요?"

"뭐? 그게 무슨 말이냐?"

아버지가 놀란 눈으로 브루노를 바라보았다.

"일을 하시다가 뭔가 잘못하신 거예요? 저도 아버지가 대단히 중요한 인물이고, 퓨리 씨가 아버지에 대해 큰 계획을 세웠다는 걸 사람들에게 들어서 알고 있어요. 그래서 이런 생각을 하는 거예요. 아버지가 벌을 받을 만한 대단한 잘못을 저지르지 않은 이상, 퓨리 씨가 아버지를 이런 곳으로 보낼 리가 없잖아요."

아버지가 갑자기 웃음을 터뜨렸다. 브루노는 이 난데없는 웃음에 화가 났다. 브루노가 크게 화를 내는 경우는 그가 무언가를 모른다는 이유로 어른들이 비웃을 때였다. 특히 나름대로 열심히 질문을 해서 답을 알아내려고 애를 쓰는데 상대방이 비웃으면 너무나 화가 나서 폭발할 지경이었다.

"너는 아버지가 하는 일의 중요성을 이해하지 못하는구나."

"아버지가 일을 잘하셨다면, 왜 우리 가족 모두가 멋진 집과 친구들을 떠나 이런 끔찍한 곳으로 이사를 와야 하는 거죠? 분명 아버지가 뭔가 잘못을 저지르신 게 틀림없어요. 그러니까 아버지가 퓨리 씨를 찾아가서 사과를 하세요. 그럼 모든 문제가 해결될 거예요. 진심으로 사과를 하면 퓨리 씨도 틀림없이 용서해 주실 거라고요."

브루노는 자기가 무슨 말을 하는지, 그것이 타당한 말인지 아닌지조차 모른 채 마구 지껄여 댔다. 이윽고 자신의 목소리가 허공에서 떠돌고 있는 것을 느낀 순간, 브루노는 그것이 아버지 앞에서 할 수 있는 말이 아니라는 것을 깨달았다. 그러나 이미 한번 뱉은 말을 다시 주워 담을 수는 없었다. 브루노는 안절부절못한 채 고개를 숙이고 침만 꼴깍 삼켰다. 잠시 침묵의 시간이 이어졌다. 브루노가 다시 고개를 들어 보니, 아버지가 돌처럼 굳은 얼굴로 자기를 바라보고 있었다. 브루노는 혀로 입술을 축이고 재빨리 고개를 다른 곳으로 돌렸다. 당장은 아버지와 시선을 마주치지 않는 것이 좋겠다는 생각이 들었다.

고요하고 어색한 가운데 몇 분이 흘렀다. 마침내 아버지가 천천히 자리에서 일어났다. 브루노는 계속 숨을 죽였다. 아버지는 조용히 책상 앞으로 가더니 손에 든 담배를 재떨이 위에 내려놓았다.

아버지가 골똘히 생각에 잠긴 표정으로 나지막이 말했다.

"네가 이렇게 용감한 줄은 미처 몰랐구나. 무조건 버르장머리가 없다고 나무랄 일은 아닌 것 같다. 어쩌면 그리 크게 틀린 말도 아니지."

"아버지, 제 말뜻은……."

"지금은 아무 말도 하지 마라."

아버지가 위엄 있는 목소리로 브루노의 말을 가로막았다. 가족간의 규칙 같은 것은 아버지에게만은 적용되지 않았다.

"브루노, 네가 이곳에 이사를 온 것에 대해 어떤 기분일지 나도 곰곰이 생각해 보았단다. 아버지도 네가 이번 일을 받아들이기 힘들 거란 사실을 알고 있었어. 그래서 지금까지 네가 한 얘기를 귀 기울여 들었던 거야. 물론 아직 어리고 요령이 없어서 그렇겠지만 네 생각을 말할 때 넌 다소 건방진 면이 있었어. 그런데 너도 눈치 챘겠지만, 그런 무례함에 대해서 나는 별다른 반응을 보이지 않았다. 너도 그렇게 생각하지? 자, 그러니 이제는 네가 무조건 이번 일을 받아들여야만 할⋯⋯."

"저는 무조건 받아들이기 싫어요!"

브루노는 그렇게 소리치고는 스스로도 놀라서 눈을 껌벅거렸다.

'감히 아버지 앞에서 큰 소리로 반항하다니⋯⋯.'

브루노는 자기가 그렇게 소리쳤다는 걸 믿을 수가 없었다. 마치 자기가 아닌 다른 사람이 소리친 것 같았다. 브루노는 바짝 긴장한 채 아버지의 눈치를 살폈다. 그러면서 여차하면 냅다 도망쳐야겠다고 생각했다. 하지만 아버지는 브루노가 어떤 말을 해도 화를 내지 않겠다는 태도를 보였다. 사실 아버지는 평소에도 여간해서는 화를 내지 않았다. 말하자면 아버지는 조용하고 차분한 태도를 유지하는 가운데 자신이 의도한 바를 기어코 관철시키고야 마는 사람이었다. 결코 브루노에게 고함을 치거나 도망치는 아이를 잡기 위해 온 집 안을 뛰어다니는 행동 따위는 하지 않았다. 화가 나서 상대방과 이야기를 나누고 싶지 않을 때도 고개를 가볍게 좌우로 흔들면서 더 이상 논의의 여지가 없음을 알리는 것으로 그쳤다.

"브루노, 네 방으로 올라가거라."

아버지가 나지막한 음성으로 말했다. 브루노는 분위기가 심상치 않음을 알고 자리에서 일어섰다. 어느새 브루노의 두 눈에는 절망에 찬 눈물이 가득 괴어 있었다. 브루노는 문을 향해 걸어가다 말고 뒤를 돌아보았다. 마지막으로 한 번 더 확인하기 위해서였다.

"아버지."

"브루노, 내 생각은 변하지⋯⋯."

아버지의 목소리에서 짜증이 묻어났다.

"아니, 그 얘기가 아니에요."

브루노가 재빨리 말했다.

"한 가지 더 여쭐 게 있어요."

아버지가 한숨을 내쉬었다. 한 가지 질문만 하고 더 이상 아무 말도 하지 말라는 의미 같았다.

브루노는 묻고 싶은 것에 대해서 점검하듯이 곰곰이 생각해 보았다.

'이번에는 무례하거나 쓸데없는 소리로 들리지 않도록 정확하게 말해야지.'

브루노는 마침내 용기를 내어 물었다.

"저 밖에 있는 사람들은 누구예요?"

아버지는 브루노의 질문에 약간 당황한 듯 고개를 왼쪽으로 돌렸다.

"군인들이지 누군 누구야. 비서관과 군무원들도 있고. 브루노 너도 전에 다 보아서 알잖니?"

"아니, 그 사람들 말고요. 제 방 창문에서 내다보이는 사람들요. 저 멀리 오두막집에 있는 사람들 말예요. 모두 옷을 똑같이 입고 있던데요?"

"아, 그 사람들……."

아버지가 고개를 끄덕이며 가볍게 미소 지었다.

"그 사람들은…… 아무것도 아니란다."

브루노의 표정이 일그러졌다.

"아무것도 아니라뇨?"

브루노는 아버지의 말이 무슨 뜻인지 이해할 수 없었다. 아무것도 아니라니, 대체 무엇 하는 사람들이란 말인가?

"뭐라 딱히 말하기가 어렵구나."

아버지가 서둘러 말하고는 다시 브루노를 달랬다.

"어쨌든 지금 너는 그런 걸 신경 쓸 때가 아니야. 그 사람들은 너와 아무 상관도 없어. 너와는 전혀 공통점이 없는 사람들이야. 너는 그저 빨리 새집에 적응하고 얌전하게 공부만 열심히 하면 돼. 그게 네가 해야 할 일이다. 네게 주어진 상황을 있는 그대로 받아들이면, 모든 일이 잘 풀릴 거야."

"알았어요, 아버지."

브루노는 아버지의 대답이 만족스럽지 않았지만 더 이상 어쩔 수 없었다.

브루노가 문을 열고 나가려는 순간이었다. 아버지가 등 뒤에서 브루노를 불러 세웠다. 뒤를 돌아보니 아버지가 자리에서 일어서서 한쪽 눈썹을 씰룩거리고 있었다. 브루노가 무언가를 잊었다는 표시인 것 같았다. 브루노는 아버지가 요구하는 것이 무엇인지 생각이 났다.

브루노는 두 발을 모으고 오른팔을 허공에 뻗으면서 양 발꿈치를 소리 나게 착 붙였다. 그러고는 아버지의 묵직하고 명료한 목소리를 흉내 내어 두 단어를 외쳤다. 그것은 아버지가 군인과 함께 있다가 자리를 뜰 때 하는 인사말이기도 했다.

"하일, 히틀러!"

브루노는 그 말이 '안녕히 계십시오. 기분 좋은 오후를 보내시기를.'이라는 말의 또 다른 표현일 것이라고 생각했다.

6
가정부 마리아

그 후로 며칠이 지났다. 브루노는 자기 방 침대에 누워 천장을 바라보고 있었다. 천장에 칠해진 흰색 페인트가 군데군데 갈라지고 떨어져 나간 것이 무척 꼴사나워 보였다. 베를린에 살 때는 그처럼 페인트가 보기 싫게 벗겨진 자리를 결코 찾아볼 수 없었다. 매년 여름, 어머니가 사람을 불러서 페인트를 덧칠했기 때문이었다.

그날 오후, 브루노는 침대에 드러누운 채 눈을 가늘게 뜨고 거미줄처럼 갈라진 천장을 바라보며 그곳에 무엇이 숨어 있을까 하고 생각했다. 천장과 페인트 사이의 좁은 틈에 벌레들이 살고 있다고 상상해 보았다.

"벌레들은 있는 힘껏 틈을 벌려서 탈출할 만한 창문을 찾고 있을 거야. 아무리 하찮은 벌레일지라도 이런 곳에서는 살고 싶지 않을 테니까. 이곳은 정말이지 모든 게 지겹고 끔찍해."

브루노가 큰 소리로 말했다. 그 말을 들어 줄 사람은 주변에 아무도 없었지만, 그렇게라도 하지 않으면 속에 쌓인 불만이 폭발할 것 같았다.

"나는 이 집이 싫어. 이 방도 싫고. 군데군데 칠이 벗겨진 벽과 천장도 싫어. 모든 게 지긋지긋해! 다 꼴도 보기 싫어!"

큰 소리로 마구 지껄이고 나자 기분이 한결 나아진 것 같았다. 브루노는 계속해서 가슴속에 쌓인 불만을 입 밖으로 내뱉고 싶었다. 하지만 마리아가 방문을 열고 들어온 바람에 입을 다물 수밖에 없었다. 마리아는 깨끗하게 빨아서 다림질한 옷들을 한 아름 안고 있었다. 누워 있는 브루노를 보고 잠시 머뭇거리던 마리아는 가볍게 고개를 끄덕여 인사를 했다. 그리고 조용히 옷장 쪽으로 걸어갔다.

"마리아 아줌마."

브루노가 먼저 말을 건넸다. 꼭 가정부와 이야기를 나누고 싶어서 그런 것은 아니었다. 친구 하나 없는 데다 마땅히 대화를 나눌 상대도 없는 마당에 혼잣말을 중얼거리는 것보다는 마리아에게 말을 거는 편이 훨씬 더 나을 것 같아서 그랬을 뿐이었다. 그레텔은 어디에 갔는지 보이지도 않았다. 브루노는 지루함을 견디지 못한 나머지 자신이 미치는 것은 아닐까 걱정을 하던 참이었다.

"왜 그러세요, 브루노 도련님?"

마리아가 자그마한 목소리로 말했다. 그녀는 브루노의 웃옷과 바지, 그리고 속옷 등을 분류하여 저마다 다른 서랍에 집어넣었다.

"아줌마도 나처럼 새로 바뀐 환경이 마음에 들지 않지요?"

브루노가 물었다. 그러자 마리아가 고개를 돌려 무슨 뜻인지 모르겠다는 표정으로 그를 바라보았다.

브루노는 침대에서 일어나 앉으며 주위를 한 번 둘러보았다.

"그러니까 내 말은⋯⋯. 이곳이 어떠냔 말예요. 모든 게 다 끔찍하죠? 안 그래요? 마리아 아줌마도 이곳이 싫지 않으세요?"

마리아는 무언가 말을 하려다가 재빨리 입을 다물었다. 속에 있는 말을 입 밖에 내놓아도 좋은지 주의 깊게 생각해 보는 것 같았다. 마리아가 브루노의 집에서 가정부로 일하기 시작한 것은 브루노가 세 살 때였다. 그러니 브루노는 마리아와 육 년을 함께 살았다. 그동안 두 사람은 특별한 갈등 없이 사이좋게 잘 지냈다. 그런데 마리아는 단 한 번도 활기 띤 모습을 보인 적이 없었다. 밤낮으로 주어진 일에만 충실했다. 청소와 빨래, 장보기, 요리 등이 마리아가 하는 일이었다. 때때로 브루노를 학교에 데려다 주고 방과 후 집으로 데려오는 일도 했다. 그 일을 하지 않게 된 것은 브루노가 아홉 살이 된 직후부터였다. 그때부터는 브루노 혼자 등하교를 했기 때문이었다.

마침내 마리아가 입을 열었다.

"그럼 도련님은 이곳이 좋지 않으세요?"

"이곳이 좋지 않냐고요? 지금 나한테 좋지 않냐고 물었어요?"

브루노가 따지듯 물었다.

"네, 도련님."

"당연히 싫죠! 여긴 정말 끔찍해요. 할 일도 없고, 얘기할 상대도 없고, 같이 놀 친구도 없어요. 아줌마도 이곳으로 이사 온 게 기쁘진 않을 거예요. 그렇죠? 안 그래요?"

마리아가 망설이더니 질문과는 동떨어진 엉뚱한 소리를 했다.

"저는 베를린 집에 있던 정원이 정말 좋았어요. 가끔씩 맑은 날 오후에는 정원에 나가 따스한 햇살을 받으며 연못가의 담쟁이덩굴 아래 앉아서 점심을 먹기도 했죠. 정원에 핀 꽃들도 참 예뻤어요. 향기는 또 얼마나 달콤했는지……. 꿀벌들이 주변을 날아다녔지만, 무섭지는 않았어요. 꿀벌은 건드리지만 않으면 덤벼들지 않거든요."

"그러니까 아줌마도 이곳이 좋지 않다는 얘기죠? 나처럼 이곳이 끔찍하다고 생각하죠?"

브루노의 질문에 마리아가 얼굴을 찌푸리며 말했다.

"그런 건 중요하지 않아요."

"중요하지 않다니, 뭐가요? 뭐가 중요하지 않다는 거죠?"

"제 생각요."

브루노는 마리아가 일부러 어렵게 말을 하는 것 같아서 약간 짜증이 났다.

"당연히 아줌마의 생각도 중요해요. 마리아 아줌마도 우리 가족이잖아요. 안 그래요?"

"글쎄요. 나리께서도 그렇게 생각하실지 모르겠네요."

마리아가 빙그레 웃으며 말했다. 어린 브루노의 말에 감동을 받은 모양이었다. 얼굴이 붉게 상기되어 있었다.

"아줌마도 나처럼 이곳에 억지로 이사를 왔어요. 말하자면 우리는 같은 배에 타고 있는 거예요. 그런데 그 배가 지금 고장이 났어요. 아니, 밑바닥에 구멍이 뚫려서 물이 들어오고 있죠."

브루노는 마리아의 표정에서 속마음을 말하고 싶어 하는 기색을 엿보았다. 마리아는 미처 정리하지 못한 옷가지를 침대 위에 올려놓았다. 그러고는 잔뜩 화가 난 사람처럼 두 주먹을 부르쥐었다. 입을 살짝 벌린 채 얼어붙은 것처럼 한동안 움직이지 않았다. 일단 입을 놀리면 무슨 말이 튀어나올지 몰라 겁이 나서 그런 것 같았다.

브루노가 말했다.

"마리아 아줌마, 제발 말씀 좀 하세요. 우리 모두의 생각이 같으면, 아버지께 베를린 집으로 돌아가자고 다시 한 번 말씀드려 볼 수 있단 말예요."

마리아는 쓸쓸한 표정을 지은 채 잠자코 시선을 다른 곳으로 돌리고 힘없이 고개를 저었다. 그러고는 다시금 브루노의 눈을 바라보았다.

마리아가 나지막한 목소리로 말했다.

"나리께서는 무엇이 최선인지 잘 알고 계세요. 그 점만은 도련님도 인정하셔야 해요."

"나는 잘 모르겠어요. 내 생각에는 아버지가 엄청난 실수를 저지르신 것 같아요."

"그렇다면 우리 모두가 그 실수를 받아들이고 살아야죠. 그 외에는 방법이 없는 걸 어쩌겠어요."

"내가 실수하면 벌을 받잖아요."

브루노가 다부지게 말했다. 은근히 화가 났다. 아이들은 엄격히 지켜야 하는 규칙을 어른들은 요리조리 피하는 것 같았다. 아무리 생각해도 불공평했다.

"아버지는 바보 같아."

브루노가 나지막이 중얼거렸다.

그 말을 들었는지 마리아의 두 눈이 휘둥그레졌다. 마리아는 겁에 질려 손으로 입을 틀어막고 브루노에게 한 걸음 다가섰다. 그러고는 혹시 누가 듣지는 않았을까 주변을 둘러보았다.

마리아가 한껏 목소리를 낮춰서 말했다.

"그런 말씀 하시면 큰일나요, 도련님. 나리에 대해서 그런 식으로 말씀하시면 절대 안 된다고요."

"왜 안 돼요?"

브루노가 되물었다. 브루노도 자신이 내뱉은 말에 적지 않게 당황했다. 그리고 조금은 부끄럽기도 했다.

'아버지를 바보 같다고 하다니…….'

브루노는 아버지에게 미안한 마음이 들었다.

마리아가 말했다.

"나리는 훌륭한 어른이시니까요. 정말 훌륭한 분이죠. 우리 모두를 돌봐 주시잖아요."

"우리 모두를 돌봐 주신다고요? 우리를 이런 초라한 곳으로 데리고 온 게 우리를 돌봐 주는 거예요?"

"그동안 나리께서 하신 일이 얼마나 많은데요. 그중에는 도련님이 자랑스럽게 생각하는 일들도 많아요. 그리고 만약 나리께서 안 계셨다면, 지금 제가 여기에 있기나 하겠어요?"

"당연히 여기 말고 베를린에 있겠죠. 멋진 집에서 일하고 있을 거예요. 담쟁이덩굴 아래서 점심을 먹고, 꿀벌들도 구경하면서……."

"도련님은 제가 도련님 댁에 처음 들어왔을 때를 기억 못하시나 보군요. 그렇죠?"

마리아가 나지막한 목소리로 말했다. 그러고는 브루노의 침대 모서리에 살짝 걸터앉았다. 브루노는 그때까지 한 번도 마리아가 그러는 걸 본 적이 없었다.

"하긴 기억을 못하시는 게 당연하죠. 그때 도련님은 겨우 세 살이었으니까요. 당시에 저는 몹시 어려운 처지였는데, 고맙게도 나리께서 저를 이 댁으로 데려와 주셨어요. 일자리와 잠자리를 동시에 해결해 주신 거죠. 덕분에 저는 더 이상 굶을 일도 없었어요. 도련님은 배를 곯는다는 게 어떤 건지 상상도 못하실 거예요. 한 번도 배고파 본 적이 없을 테니까요. 그렇죠?"

브루노가 얼굴을 찌푸렸다. 지금 약간 배가 고픈 듯하다고 말하고 싶었다. 실제로 배가 고팠다. 그러나 브루노는 그런 말을 하는 대신 마리아의 얼굴을 가만히 쳐다보았다. 순간 지금까지 마리아를 자기만의 삶과 역사를 가진 하나의 인격체로 생각해 본 적이 한 번도 없다는 사실을 깨달았다. 브루노가 아는 한, 마리아는 오직 자기 집에서 일하는 가정부로서의 역할만을 해왔을 뿐이었다. 마리아가 가정부 옷 외에 다른 옷을 입고 있는 모습을 본 적도 없는 것 같았다. 그러나 달리 생각해 보면, 마리아의 삶에도 브루노네 가족들을 시중드는 일 외에 다른 무언가가 틀림없이 있을 터였다. 브루노처럼 마리아에게도 무언가 생각이 있을 것이고, 그리운 것들, 보고 싶은 친구들이 있을 것이었다. 어쩌면 아우비츠에 도착한 이래로 매일 밤 울면서 잠이 들지도 몰랐다. 브루노보다 훨씬 소심하고 나이도 어린 아이들이 그러듯이 말이다. 브루노는 마리아의 얼굴을 바라보면서 나름대로 예쁜 얼굴이라고 생각했다.

마리아가 말했다.

"제 어머니가 주인 나리를 처음 알게 된 건 나리께서 도련님 나이 정도였을 때예요. 제 어머니는 노마님, 그러니까 도련님의 할머니를 위해 일했어요. 젊은 시절 노마님께서 독일 방방곡곡을 돌아다니며 공연하실 때, 제 어머니가 무대 의상 준비를 담당했죠. 의상을 만들어서 세탁하고, 다리고, 수선까지 도맡아 했어요. 모두 눈부시게 멋지고 화려한 드레스였죠. 바느질도 얼마나 꼼꼼하고 세밀한지, 거의 예술 작품에 가까웠어요. 아마 요즘에는 눈 씻고 찾아봐도 제 어머니만큼 솜씨 좋은 양재사는 없을 거예요."

옛날을 회상하는 마리아의 입가에 엷은 미소가 번져 있었다. 브루노는 참을성 있게 이야기를 기다렸다.

"공연 시작을 앞두고 노마님께서 분장실에 도착하시면, 어김없이 의상이 완벽하게 준비되어 있었대요. 노마님께서 은퇴하신 뒤에도 제 어머니와는 돈독한 관계를 유지하셨지요. 어머니는 약간의 연금을 받아 생활했는데, 갑자기 형편이 나빠지는 바람에 살기가 무척 빠듯했어요. 바로 그때 도련님 아버지께서 제게 일자리를 주신 거죠. 제게는 첫 직장이었어요. 몇 달 뒤, 어머니의 병세가 나빠져서 병원 치료를 받아야 했는데, 그때도 나리께서 다 알아서 돌봐주셨어요. 굳이 그렇게까지 도와주실 이유도 없었는데 말예요. 단지 제 어머니가 노마님의 오랜 친구였다는 이유만으로, 나리께서 개인 돈으로 병원비를 모두 지불해 주신 거예요. 저를 이 댁에서 일하게 하신 것도 그런 이유에서였죠. 나리께서는 제 어머니가 돌아가시자 장례식까지 직접 치러 주셨어요. 그러니까 브루노 도련님도 나리를 욕하시면 안 돼요. 적어도 제가 듣는 데서는 하지 마세요. 다시 한 번 더 그러시면 저도 가만있지 않겠어요."

브루노는 입술을 지그시 깨물었다. 마리아가 아우비츠를 떠나기 위한 계획에 동참하기를 바랐었다. 그런데 알고 보니 마리아는 아버지에 대해 하늘이 두 쪽 나도 변하지 않을 절대적인 충성심을 갖고 있는 사람이었다. 물론 마리아의 이야기를 듣고 나니 브루노도 아버지가 자랑스럽게 생각되기는 했다.

"듣고 보니 아버지가 훌륭한 일을 하신 것 같네요."

브루노가 말했다. 그런데 말을 해 놓고 나니 자신한테 불리한 발언을 한 것 같아 약간 후회가 되었다.

"그럼요. 정말 훌륭한 일을 하셨죠."

마리아가 그렇게 말하고는 자리에서 일어나 창문 쪽으로 걸어갔다. 철조망과 오두막집과 낯선 사람들이 한눈에 들어오는 바로 그 창문이었다.

"그 시절에는 저한테 무척 친절하셨어요."

마리아가 창밖을 내다보면서 조용히 말했다. 창밖에서는 똑같은 옷을 입은 사람들과 군인들이 각자 맡은 일을 하느라 분주하게 움직이고 있었다.

"나리께서는 따뜻하고 인정이 많은 분이세요. 그건 분명한 사실이죠. 그런데 어째서……."

마리아는 바깥 풍경에 시선을 고정한 채 말끝을 흐렸다. 갑자기 목소리가 갈라진 것이 우는 것처럼 들렸다.

"어째서라뇨? 어째서, 뭐죠?"

브루노가 물었다.

"나리께서 어째서……. 어떻게 그런……."

"어떻게 그런요? 어떻게 그런, 뭐죠?"

브루노는 답답해서 미칠 지경이었다. 브루노가 다시 물으려고 할 때 아래층에서 쾅 하고 문 닫히는 소리가 들렸다. 그 소리는 마치 총성처럼 요란하게 집 안 전체에 울려 퍼졌다. 브루노는 깜짝 놀라서 몸을 움찔했고, 마리아는 가볍게 비명을 질렀다. 이윽고 쿵쿵거리며 계단을 올라오는 소리가 났다. 그 소리는 점점 더 빨라졌다. 두 사람은 점점 더 불안해졌다. 브루노는 겁이 나서 등을 벽 쪽으로 향한 채 이불 속으로 기어들어 어떤 일이 일어날지 숨죽이고 기다렸다. 드디어 방문이 열렸다. 그런데 열린 틈으로 고개를 들이민 사람은 다름 아닌 골칫덩어리 그레텔이었다. 그레텔은 남동생과 가정부가 대화를 나누는 중이었음을 눈치 채고는 몹시 놀랐다.

"둘이서 뭐 하는 거야?"

그레텔이 물었다.

"아무것도 아니야. 여기는 뭐 하러 왔어? 어서 나가."

브루노가 귀찮다는 듯 대답했다.

"나가려면 너나 나가."

그 방은 브루노의 방인데도 그레텔은 그렇게 말했다. 그러고는 눈을 가늘게 뜨고 수상하다는 듯이 마리아를 쳐다보았다.

"마리아 아줌마, 목욕물 좀 받아 주세요."

그레텔의 말에 브루노가 나무라듯 말했다.

"왜 자기가 목욕할 물을 남에게 받아 달래?"

그레텔도 지지 않고 동생을 노려보며 응수했다.

"아줌마는 우리 집 가정부니까 그렇지. 그런 게 다 마리아 아줌마가 할 일이잖아."

"그렇지 않아!"

브루노가 자리에서 벌떡 일어나 누나에게 한 걸음 다가서며 소리쳤다.

"아줌마는 하루 종일 우리들 뒤치다꺼리나 하는 사람이 아니야. 우리가 할 수 있는 일은 우리 스스로 해야 한다고."

그레텔은 마치 정신이 이상한 사람을 대하듯 브루노의 얼굴을 한참 동안 뚫어지게 바라보았다. 그러고는 다시금 시선을 마리아에게 돌렸다. 마리아가 재빨리 머리를 조아리며 말했다.

"당연히 제가 해 드려야죠, 아가씨. 도련님 옷을 정리하는 일이 곧 끝나니까, 그 다음에 바로 해 드릴게요."

"꾸물대지 말고 빨리 해 줘요."

그레텔이 무례하게 말했다. 브루노와 달리 그레텔은 마리아가 자신과 똑같이 감정을 가진 인격체라는 사실을 단 한 번도 진지하게 생각해 본 적이 없었다. 그래서 아무 생각 없이 쿵쿵거리며 자기 방으로 건너가서 문을 쾅 닫았다. 브루노는 고개를 숙인 마리아의 두 뺨이 붉게 물들어 있는 것을 눈치 챘다. 조금 전 누나가 보인 행동에 대해 누나 대신 마리아에게 사과하고 싶었지만, 그러는 게 옳은 건지 어떤지 판단이 서지 않았다. 조금 전과 같은 상황이 벌어질 때마다 브루노는 안타까운 나머지 어떻게 할 줄을 몰랐다. 브루노는 어떠한 경우든 다른 사람 앞에서 무례하게 행동하는 것은 옳지 않다고 생각했다. 설령 그 사람이 자신의 시중을 드는 사람이라도 마찬가지였다. 다른 사람을 무시하거나 그 앞에서 무례하게 행동하는 건 기본적인 예의도 모르는 짓이라는 게 브루노의 생각이었다.

결국 브루노는 나지막이 이렇게 말했다.

"저는 여전히 아버지가 엄청난 실수를 저질렀다고 생각해요."

그러자 마리아가 브루노에게 바짝 다가와 훈계하듯 말했다.

"설령 그렇게 생각하더라도 그 말을 입 밖에 내서는 안 돼요."

브루노의 얼굴이 다시 찌푸려졌다.

"왜요? 나는 그저 내 생각을 말했을 뿐이에요. 자기 생각도 말하면 안 된다는 거예요?"

"네, 안 돼요."

"내 생각과 기분을 말해서는 안 된다고요?"

브루노가 믿을 수 없다는 표정으로 되물었다.

"그래요, 안 돼요."

마리아의 대답은 한결같았다.

"브루노 도련님, 제발 그냥 아무 말씀도 하지 마세요. 잠자코 있어 주세요. 도련님이 계속 그러면 큰 문제가 일어나요. 우리 모두에게 엄청난 문제가 생길 거예요."

브루노는 마리아의 얼굴을 뚫어져라 바라보았다. 마리아의 두 눈에는 근심과 두려움이 가득 담겨 있었다. 처음 보는 낯선 눈빛이었다. 브루노는 불안해서 숨조차 제대로 내쉬지 못했다.

"쳇. 무슨 엄청난 문제가 생긴다는 거야?"

브루노가 자리에서 일어나 문 쪽으로 걸어가며 중얼거렸다. 가슴 가득 파도처럼 밀려오는 불안감 때문에 가만히 앉아 있을 수 없었다.

"나는 그저 이곳이 싫다고 말했을 뿐이에요. 그게 전부라고요. 아줌마가 빨랫감을 정리하는 동안 같이 얘기를 나누고 싶었을 뿐인데⋯⋯. 내가 여기서 도망치겠다거나, 뭐 그런 말을 한 것도 아니잖아요. 설사 내가 그런 말을 했더라도 결코 비난받을 일은 아니라고 생각해요."

"비난받을 일이 아니라뇨? 그런 말을 하면 나리와 마님께서 얼마나 크게 걱정하실지 생각이나 해 보셨어요?"

브루노는 할 말이 없었다.

"도련님, 조금이라도 생각이 있으시다면 제발 잠자코 학교

공부에나 신경 쓰세요. 무조건 나리께서 시키는 대로 하시고 말예요. 이번 일이 끝날 때까지 다들 그저 가만히 버티기만 하면돼요. 달리 무슨 일을 할 수 있겠어요? 우리에게는 주어진 환경이나 상황을 바꿀 수 있는 능력이 없어요."

브루노는 문득 울고 싶은 충동을 느꼈다. 딱히 그러고 싶은 이유 같은 건 없었다. 그저 울고 싶을 뿐이었다. 브루노 자신조차 그런 충동에 놀란 나머지 마리아의 시선을 피해 재빨리 눈을 몇 번 껌벅였다. 마리아와 다시 눈이 마주쳤을 때, 브루노는 단순히 공기가 조금 이상한 것인지도 모른다고 생각했다. 마리아의 두 눈에도 눈물이 가득 고여 있는 것 같았기 때문이었다. 브루노는 마리아와 눈이 마주치는 것이 어색해서 등을 돌렸다. 그리고는 밖으로 나가려고 문손잡이를 잡았다.

"어디 가세요?"

마리아가 물었다.

"밖에 나가려고요."

브루노는 그렇게 말하고는 화가 난 목소리로 덧붙였다.

"밖에도 내 마음대로 못 나가나요?"

브루노는 천천히 방에서 나왔다. 그리고는 계단을 황급히 뛰어 내려갔다. 한시라도 빨리 밖으로 나가지 않으면 답답해서 미칠 것만 같았다. 단 몇 초 만에 현관 밖으로 나온 브루노는 산책로를 따라 달리기 시작했다. 몸이 녹초가 될 때까지 마구 움직이고 싶었다. 이윽고 집에서 멀어지자 브루노는 멀찌막이 떨어진 정문 앞의 길을 바라보았다. 그 길을 따라가면 기차역이 나올 것이고, 거기서 기차를 타면 그리운 베를린의 집으로 갈 수 있을 것이었다. 브루노는 별안간 도망치고 싶었다.

'나 혼자 이곳을 도망쳐 베를린 집으로 돌아가면 어떨까?'

그러나 그렇게 해 보았자 아우비츠에 머물러 있는 것보다 나을 게 없을 것 같았다. 아니, 훨씬 더 서글퍼질 것만 같았다.

7

파벨 아저씨

브루노가 가족과 함께 아우비츠에 도착한 지도 어느새 몇 주가 흘렀다. 브루노는 칼과 다니엘, 마틴이 몹시 보고 싶었다. 물론 그 친구들이 아우비츠로 찾아올 가능성은 전혀 없었다. 브루노는 무언가 혼자서 즐길 만한 놀이를 찾아보기로 결심했다. 그렇게라도 하지 않으면 정말로 미쳐 버릴 것만 같았다.

브루노는 그때까지 미친 사람을 딱 한 명 본 적이 있었다. 롤러라는 이름의 그 남자는 아버지와 비슷한 나이로, 베를린에서 브루노와 같은 동네에 살았다. 그는 밤낮을 가리지 않고 똑같은 거리를 왔다 갔다 걷곤 했다. 그러면서 누군가에게 싸움이라도 걸 것처럼 큰 소리로 중얼거렸다. 어떤 때는 혼자서 중얼거리다가 벽에 비친 자기의 그림자를 향해 주먹을 휘두르기도 했다. 심지어는 격앙된 감정을 못 이겨 주먹으로 벽을 힘껏 쳐서는 피를 흘리며 그 자리에 털썩 주저앉는 경우도 있었다. 그럴 때면 그는 큰 소리로 엉엉 울면서 주먹으로 자기 머리를 마구 때렸다. 브루노는 몇 번인가 그 남자가 내뱉는 욕설을 들은 적이 있었다. 그 욕설은 상스럽기가 이를 데 없었다. 브루노가 그런 욕을 한다면 난리가 날 터였다. 브루노는 큰 소리로 울거나 욕을 하는 롤러 씨를 볼 때마다 깜짝 놀라면서도 터져 나오는 웃음을 참곤 했다.

여섯 살 때 브루노는 어느 날 길에서 롤러 씨를 보고 와서 그 이야기를 어머니에게 들려주었다. 어머니는 진지한 목소리로 이렇게 타일렀다.

"가엾은 롤러 씨를 비웃으면 안 돼."

"왜요?"

"그 사람이 살아오면서 어떤 일을 겪었는지 브루노 너는 아무것도 모르잖니."

"그 아저씨는 미쳤어요."

브루노가 한 손가락을 들어 머리 옆에 대고 원을 그려 보이며 말했다.

"그 미친 아저씨가요, 얼마 전에는 거리를 돌아다니는 고양이한테 다가가더니 '차나 한 잔 하자.'라고 말하더라고요."

"그러니까 고양이가 뭐랬는데?"

그레텔이 부엌 한쪽 구석에서 샌드위치를 만들면서 물어보았다.

"아무 말도 안 했어. 고양이가 무슨 말을 하겠어?"

잠자코 남매의 얘기를 듣던 어머니가 나지막이 말했다.

"브루노, 내 말 명심하렴. 원래 롤러 씨는 아주 멋진 청년이었단다. 처음 그를 알게 된 건 엄마가 아직 어린 꼬마였을 때였지. 롤러 씨는 친절하고, 생각이 깊은 데다 춤도 아주 잘 췄어. 그러나 안타깝게도 일차 세계 대전 때 머리를 크게 다쳤단다. 그래서 정신이 약간 이상해진 거야. 그러니 절대 롤러 씨를 비웃어서는 안 돼. 전쟁 때 젊은 청년들이 어떤 일을 겪었는지 브루노 너는 상상도 못 할 거야. 얼마나 큰 고통을 당했는지 말이야."

여섯 살짜리 브루노는 어머니의 가르침을 알아듣지 못했다. 단어는 꽤 많이 알았지만 어렵게 느껴지는 말들도 많았다. 어쨌든 어머니가 말했던 단어들은 그다지 유쾌하게 들리지 않았다. '전쟁'이라는 단어도 그랬다.

브루노가 전쟁에 대해 물었을 때 어머니는 이렇게 말문을 열었다.

"꽤 오래 전의 일이지. 네가 태어나기도 전이야. 롤러 씨는 우리 모두를 위해 참호에서 싸웠던 청년들 중 한 사람이었어. 아버지도 롤러 씨를 아주 잘 안단다. 아마 두 사람이 같은 곳에서 복무했을 거야."

"그래서 어떻게 되었는데요?"

브루노가 물었지만 어머니는 그 이야기가 싫은 모양이었다.

"그 얘기는 이제 그만하자. 전쟁은 얘깃거리로 적합하지 않아. 지금 얘기하지 않아도 이제 곧 전쟁에 관해서 지겹도록 듣게 될 날이 올 거다."

그런 이야기를 나눈 것이 3년 전이었다. 그 후부터 아우비츠로 이사를 오기 전까지, 브루노는 롤러 씨에 대해서 깊이 생각해 본 적이 없었다. 그런데 이제 보니 브루노 자신도 무언가를 하지 않으면 정신이 이상해질 것 같았다. 자기도 모르는 사이에 거리를 헤매면서 혼잣말을 중얼거리고, 길가의 동물들에게 차를 마시자고 권할지도 몰랐다. 뭔가 이성적이고 생각을 필요로 하는 놀이가 절실했다. 그래서 브루노는 토요일 아침부터 오후까지 서너 시간 동안 이것저것 진지하게 궁리했다.

집 주변을 둘러보는 것도 그중 하나였다. 어느날 브루노는 그레텔의 방 창문에서 약간 떨어진 곳에 서 있는 커다란 떡갈나무를 발견했다. 그때까지 떡갈나무를 보지 못했던 것은 브루노의 침실은 반대쪽이기 때문이었다. 아무튼 그 떡갈나무는 키도 크려니와 몸통도 무척 굵었다. 옆으로 길게 뻗은 가지도 어린 소년 정도의 몸무게는 거뜬히 지탱할 수 있을 만큼 튼튼해 보였다. 전체적인 모양새로 보아 나이도 상당히 많을 것 같았다. 브루노는 그 떡갈나무가 중세 시대에 심어졌을 거라고 추측했다. 얼마 전 학교에서 중세 시대의 역사를 배웠는데, 무척 재미있었다. 특별히 흥미를 끈 것은 말을 탄 기사들이 외국으로 원정을 떠나 갖가지 새로운 문물을 발견했다는 내용이었다.

떡갈나무를 이용해 혼자서 즐기는 놀이에는 두 가지 물건이 필요했다. 굵은 밧줄과 자동차 타이어였다. 밧줄을 구하는 일은 쉬웠다. 지하실에 내려가면 얼마든지 있었다. 브루노는 조심스럽게 지하실로 내려가 밧줄을 필요한 양만큼 날카로운 칼로 잘랐다. 그러고는 밧줄을 들고 밖으로 나와서 일단 떡갈나무 밑에 내려놓았다. 이제 타이어를 구하는 일만 남았다. 그런데 아무리 생각해도 쉽게 구해질 것 같지가 않았다.

그날은 평소와 다르게 어머니와 아버지가 모두 집을 비운 상태였다. 어머니는 기분 전환을 위해 아침 일찍 기차를 타고 근처 도시로 여행을 떠났다. 아버지 역시 아침 일찍 집을 나서 철조망 너머 오두막집이 있는 곳을 향해 걸어갔다. 브루노는 창을 통해 그곳으로 향하는 아버지의 뒷모습을 바라보았다.

브루노는 타이어를 구할 궁리를 하다, 집 근처에 잔뜩 세워져 있는 군용 트럭과 지프를 떠올렸다. 물론 그런 자동차에서 타이어를 몰래 빼내는 건 불가능했다. 그래도 어딘가에 남는 타이어는 있을 것 같았다.

브루노가 정원으로 들어섰을 때였다. 근처에서 말소리가 들렸다. 브루노는 소리가 나는 곳으로 다가갔다. 그레텔이 코틀러 중위와 이야기를 나누고 있었다. 브루노는 중위에게 타이어를 구할 방법을 물어봐야겠다고 생각했다. 코틀러 중위는 브루노가 아우비츠에 도착한 날에 만났던 젊은 장교였다. 그때 중위는 브루노를 잠시 동안 멍한 눈으로 바라보다가 고개를 살짝 끄덕여 보이고는 계단으로 내려갔다. 그 후로도 브루노는 그를 자주 보았다. 중위는 브루노네 집이 마치 자기 집이라도 되는 양 뻔질나게 드나들었다. 아버지의 서재에도 자주 들락거렸다. 어찌

된 영문인지 중위에게만은 그곳이 출입 금지 구역이 아니었다. 브루노는 중위를 자주 보기는 했어도 이야기를 나눈 적은 거의 없었다. 딱히 이유는 없지만 코틀러 중위가 마음에 들지 않았다. 그와 마주칠 때마다 왠지 등골이 오싹해지는 느낌이 들었다.

'싫어도 어쩔 수 없어. 지금으로서는 달리 부탁할 사람이 없다고.'

브루노는 코틀러 중위에게 거부감을 느끼는 자신을 타일렀다. 그러고는 중위를 향해 뚜벅뚜벅 걸어갔다.

젊은 중위는 여전히 말쑥하고 단정해 보였다. 그의 걸음걸이는 항상 절도가 있었다. 그리고 제복은 갓 다림질한 것처럼 주름 하나 없이 빳빳했고, 검은색 군화는 늘 반짝반짝 윤이 났으며, 황금빛 머리카락은 한쪽으로 가르마를 타서 한 올의 흐트러짐도 없이 빗어 넘겨 늘 깔끔했다. 빗이 지나간 자국이 마치 금방 쟁기질을 마친 밭처럼 보일 정도였다. 중위는 또 멀리서도 맡을 수 있을 만큼 냄새가 진한 화장수를 사용했다. 그와 함께 있을 때면 브루노는 항상 바람이 불어오는 방향에 신경을 썼다. 그렇게 하지 않으면 바람에 실려 날아오는 독한 화장수 냄새 때문에 그 자리에서 기절할지도 몰랐다.

그날은 토요일인 데다 날씨마저 화창해서인지 코틀러 중위의 옷차림이 평소와 달랐다. 요컨대 완벽한 제복 차림새가 아니었다. 평범한 바지와 흰색 셔츠를 입고 있었고 앞머리가 이마 위로 몇 가닥 늘어져 있었다. 그래서일까, 그날따라 중위는 유난히 젊어 보였다. 단순히 몇 살 더 젊어 보이는 정도가 아니었다. 브루노가 다니는 학교의 고학년 학생 같았다. 브루노는 햇볕에 그을린 중위의 구릿빛 팔을 부러운 눈으로 바라보았다. 근육이 잘 발달되어 있어서 아무리 보아도 멋있었다.

코틀러 중위는 그레텔과 대화하느라 정신이 없는지 브루노가 다가가도 고개조차 돌리지 않았다. 정확히 무슨 이야기를 하는지는 알 수 없었다. 그러나 굉장히 우스운 이야기를 하고 있는 것만은 틀림없어 보였다. 그레텔은 중위가 말하는 동안 내내 손가락으로 머리카락을 배배 꼬면서 자지러질 듯이 웃어댔다.

"안녕하세요?"

브루노가 중위에게 바짝 다가가서 인사했다. 그러자 그레텔이 짜증이 담긴 눈빛으로 브루노를 쳐다보았다.

"너 왜 왔어?"

그레텔이 퉁명스럽게 물었다.

"왜 오긴. 그냥 인사나 하려고."

브루노가 그녀를 노려보며 대답했다.

"코틀러, 내 동생의 무례함을 용서해 줘요. 이제 겨우 아홉 살밖에 안 된 꼬마라서 뭘 몰라요."

그레텔이 부끄럽다는 듯이 코틀러 중위에게 말했다.

"꼬마야, 안녕?"

코틀러가 인사를 건네면서 손을 뻗어 브루노의 머리를 쓰다듬었다. 브루노는 참을 수 없을 만큼 화가 났다. 당장 중위를 밀쳐서 땅바닥에 쓰러뜨리고 발로 사정없이 밟고 싶었다. 하지만 참아야 했다.

"토요일 아침에 왜 이렇게 일찍 일어났니?"

중위가 물었다.

"일찍은 무슨……. 10시가 다 되어 가잖아요."

브루노의 퉁명스러운 대답에 중위가 어깨를 한 번 으쓱거리고 말했다.

"내가 네 나이였을 적에는 12시가 다 될 때까지 이불 속에서 꼼짝을 안 해서 우리 어머니가 늘 골치를 앓으셨지. 어머니는 걸핏하면 이렇게 엄포를 놓으셨어. '그렇게 잠으로 세월을 다 보내다가는 평생 키도 안 크고 힘도 세지지 않을 거다.'라고 말이야."

"어머, 이렇게 멋진 팔 근육을 가진 아들에게 그런 말씀을 하시다니……. 어머니는 아들을 크게 잘못 보셨네요. 안 그래요?"

그레텔이 실없이 웃으며 끼어들었다. 브루노는 혐오스럽다는 듯 그레텔의 얼굴을 바라보았다. 가식적인 목소리 때문에 그레텔은 머리가 텅 빈 사람 같아 보였다. 당장이라도 몸을 돌려 두 사람에게서 멀찌감치 벗어나고 싶었지만 그럴 수 없었다. 괴롭지만 어쩔 수 없이 코틀러에게 부탁해야 할 것이 있으니까.

브루노는 어렵게 입을 열었다.

"저, 한 가지 부탁할 게 있는데요."

"부탁해라."

중위가 명령조로 말했다. 그러자 그레텔이 특별히 우습지도 않은데 또다시 자지러지게 웃었다. 브루노는 화를 참고 예의를 지키려고 애썼다.

"이 주변에서 헌 타이어를 구할 수 있을까요? 지프차에 쓰는 타이어라면 좋겠어요. 아니, 트럭 타이어도 좋아요. 사용하지 않는 걸 구할 수 없나요?."

"최근에 이 주변에서 본 타이어는 호프슈나이더 하사가 쓰는 것뿐인데 말이야. 그런데 그 친구는 늘 그 타이어를 자기 허리통에 끼고 다니기 때문에 너한테 줄지 어떨지 모르겠구나."

코틀러 중위가 미소를 머금은 채 말했다. 브루노는 그의 말이 무슨 뜻인지 이해하지 못했다. 그러나 그레텔은 우스워 죽겠다는 듯 깔깔거렸다. 당장이라도 그 자리에서 데굴데굴 구를 기세였다.

"그 사람이 그 타이어를 지금 사용하는 중인가요?"

"누구? 호프슈나이더 하사? 아마 그럴걸. 그 친구는 자기 타이어를 무척이나 아끼거든."

"아이 참! 그만해요, 코틀러. 브루노는 농담을 이해하지 못해요. 이제 겨우 아홉 살이라니까요."

그레텔은 웃다 못해 눈물까지 찔끔거렸다.

"누나는 가만히 좀 있어!"

화가 난 브루노가 그레텔을 향해 버럭 소리쳤다. 브루노는 코틀러 중위 같은 사람에게 찾아가서 부탁을 하는 것만으로도 충분히 괴로웠다. 그런데 누나라는 사람이 도와주기는커녕 계속 동생을 약 올리기만 하다니 도저히 참을 수가 없었다.

"내가 아홉 살인 게 어때서? 그렇게 말하는 누나는 얼마나 나이가 많은데? 누나도 겨우 열두 살밖에 안 되잖아! 제발 나보다 훨씬 어른인 척하지 마!"

브루노가 쏘아붙였다.

"아니에요, 코틀러. 나는 이제 곧 열세 살이 돼요."

그레텔이 웃음을 멈추고 중위를 바라보며 재빨리 말했다. 웬일인지 그레텔의 얼굴이 딱딱하게 굳어 있었다.

"이 주일만 지나면 열세 살이 된다고요. 이제 확실히 십 대예요. 코틀러 당신처럼 말예요."

코틀러는 빙긋이 웃으며 고개를 끄덕였다. 브루노는 가만히 그의 얼굴을 쳐다보았다. 만약 브루노 앞에 서 있는 사람이 코틀러가 아닌 다른 남자 어른이었다면, 둘은 사내대장부로서 세상의 여자 아이들은 모두 바보 같고, 특히 누나들은 한심하기 짝이 없는 존재들이라는 의미를 담은 눈짓을 주고받았을 것이다. 그러나 브루노 앞에 서 있는 사람은 어른이 아니었다. 그는 단지 코틀러일 뿐이었다.

"그럼 그것 말고는 남아도는 타이어가 없나요?"

브루노가 자신을 쏘아보는 그레텔의 성난 눈빛을 무시한 채 말했다.

"남아도는 타이어? 물론 있기야 하지."

코틀러가 심드렁한 어조로 말했다. 그의 얼굴에는 미소 대신 모든 것이 귀찮은 듯한 기색이 역력했다.

"그런데 타이어는 어디에 쓰려고 그러지?"

"그네를 만들려고요. 나뭇가지에 밧줄로 타이어를 매달기만 하면 그네가 완성되잖아요."

브루노가 말했다.

"그네라……."

코틀러는 천천히 고개를 끄덕였다. 그러면서 그네가 그에게는 아주 오랜 추억 속의 물건이라는 듯이 과거를 회상하는 표정을 지었다. 하지만 그레텔이 말했던 것처럼 코틀러 역시 아직 십 대 소년에 불과했다.

"그래, 나도 어렸을 때 그네를 내 손으로 직접 만들었지. 그 시절에는 친구들과 어울려서 그네를 타며 무척이나 즐거운 시간을 보냈는데……."

브루노는 코틀러 중위에게도 그런 시절이 있었다는 사실에 크게 놀랐다. 더욱이 코틀러에게도 친구들이 있었다니, 아무리 생각해도 믿어지지 않았다.

"그래서 뭐예요? 타이어가 있긴 있어요?"

브루노가 재촉하듯 물었다.

코틀러 중위가 브루노를 바라보며 잠시 생각에 잠긴 표정을 지었다. 브루노에게 곧바로 대답을 해 줄까, 아니면 평소에 하던 대로 좀 더 약을 올릴까 고민하는 것 같았다. 코틀러가 생각에 잠겨 있을 때, 집을 향해 걸어가는 파벨이 그의 눈에 띄었다.

파벨은 브루노 가족의 저녁 식사 시중을 드는 늙은 웨이터였다. 그는 매일 오후에 브루노의 집 부엌에 와서 채소를 다듬는 일도 거들었다. 코틀러는 파벨을 보고 무언가 좋은 생각을 떠올린 모양이었다.

"어이, 영감!"

코틀러 중위가 소리쳤다. 뒤이어 뭐라고 한마디 덧붙였는데, 얼핏 듣기에 파벨을 무시하거나 비하하는 욕설 같았다.

"뭘 멍청하게 쳐다봐? 불렀으면 냉큼 달려와야 할 거 아냐? 에이그, 병신 같은 영감탱이!"

브루노는 중위의 거친 말이 듣기 거북해서 일부러 다른 데를 쳐다보았다. 자신이 이런 사람과 함께 있는 것이 부끄럽게 생각되었다.

이윽고 파벨이 가까이 다가오자 코틀러가 그에게 무언가 말을 했다. 나이로 치자면 코틀러는 파벨의 손자뻘쯤 되는데도 말하는 태도가 무례하기 짝이 없었다. 브루노는 자기가 무시당하는 것 이상으로 기분이 나빴다.

"이 꼬맹이를 본채 뒤쪽에 있는 창고로 데려가. 거기 한쪽 벽에 보면 헌 타이어들이 잔뜩 쌓여 있어. 꼬맹이한테 마음에 드는 걸 고르라고 해. 그리고 고르면 꼬맹이가 원하는 곳으로 옮겨다 주고. 알았나?"

"알았습니다, 중위님."

파벨이 모자를 벗고 고개를 숙이며 말했다. 파벨의 목소리는
잘 들리지 않을 만큼 작은 데다 힘이 하나도 없었다.

"그리고 나중에 부엌으로 돌아가면 반드시 손을 씻도록 해.
손을 씻기 전에는 절대로 음식에 손을 대면 안 돼. 내 말 알아들
었으면 가 봐. 에이, 더러워서 원……."

코틀러 중위는 그렇게 말하고 침까지 퉤 뱉었다. 브루노는
중위의 등 뒤에 서 있는 그레텔을 힐끗 쳐다보았다. 그레텔은
조금 전까지만 해도 햇살을 받아 반짝거리는 중위의 황금빛 머
리카락을 사모하는 눈길로 바라보고 있었다. 그런데 이제는 그
레텔 역시 노인을 대하는 코틀러의 태도에 당황했는지 표정이
돌처럼 딱딱하게 굳은 데다 몹시 언짢은 기색이었다. 그때까지
그레텔과 브루노 둘 다 파벨과는 이야기를 나누어 본 적이 한
번도 없었다. 그러나 파벨이 식사 시중 드는 일을 누구보다 잘
하며, 그것은 아무나 쉽게 할 수 있는 일이 아니라는 것을 아버
지에게 들어서 잘 알고 있었다.

"이봐, 영감. 그만 가 보랬잖아. 꺼지란 말이야."

코틀러가 노인에게 신경질을 내며 말했다. 파벨이 잠자코 창

고를 향해 걷기 시작했다. 브루노는 그 뒤를 따라갔다. 브루노는 이따금씩 고개를 돌려 누나와 젊은 장교가 서 있는 방향을 쳐다보았다. 그레텔이 비록 자기중심적이고 걸핏하면 동생을 못 살게 구는 얄미운 누나이기는 하지만 저런 못된 인간과 어울리게 두고 싶진 않았다. 당장이라도 달려가 누나를 중위에게서 떼어 놓고 싶었다. 하지만 그레텔이 참견하지 말라고 핀잔을 줄 수도 있었다. 그렇게 되면 브루노서도 어쩔 수 없을 것이었다. 이건 어디까지나 누나가 알아서 할 일 같았다. 브루노가 이래라 저래라 할 수는 없었다. 어쨌든 브루노는 그레텔 누나가 코틀러 중위 같은 인간과 단둘이 있도록 내버려 두고 싶지 않았다. 아무리 좋게 생각하려고 해도 어쩔 수 없었다. 코틀러는 역겨운 사람이었다.

브루노는 그네를 만들기에 적당한 타이어를 골랐다. 그러고는 파벨의 도움을 받아 커다란 떡갈나무 아래로 가져갔다. 그런 다음 나무에 올라가 가지에 밧줄을 단단히 묶고, 타이어를 밧줄로 묶었다. 그때까지는 모든 것이 순조로워 보였다.

사건은 그로부터 두 시간 후에 일어났다. 브루노는 전에도 그네를 만든 적이 있었다. 그때는 가장 소중한 친구들인 마틴과 칼, 다니엘이 도와주었기 때문에 어려움이 없었다. 그런데 이번에는 혼자 힘으로 하자니 여간 힘든 것이 아니었다. 어쨌거나 브루노는 두어 시간 만에 그네를 완성했다. 그리고 타이어의 한가운데에 걸터앉아서 그네를 탔다. 발을 힘차게 굴러 공중으로 올라갈 때마다 브루노는 탄성을 질렀다. 세상의 모든 걱정을 한꺼번에 털어 버린 사람처럼 행복한 표정을 지었다. 사실 그 그네는 브루노가 그때까지 타 본 것들 중에서 가장 불편했지만, 그런 것쯤은 아무 문제가 되지 않았다.

브루노는 계속해서 두 다리를 힘차게 움직이며 그네를 탔다. 그네가 뒤쪽으로 향할 때마다 떡갈나무 줄기에 부딪칠 듯 말 듯 높이 솟았지만, 브루노는 속도를 늦추지 않고 다리를 오므렸다 폈다 하며 더욱 신나게 그네를 굴렀다. 그런데 어느 순간, 양손에 꼭 쥐어진 밧줄이 느슨해지는가 싶더니 몸이 타이어의 구멍 속으로 쏙 빠졌다.

"으아악!"

브루노는 자기도 모르게 비명을 질렀다. 한쪽 다리를 타이어에 걸친 채 대롱대롱 매달리는가 싶더니 이내 땅바닥에 얼굴을 처박고 고꾸라졌다. 순간, 너무 아파서 비명조차 내지를 수 없었다. 눈앞이 캄캄하니 아무것도 보이지 않았다. 잠시 후 브루노는 정신을 차리고 몸을 일으켰다. 그때 앞뒤로 흔들리던 타이어가 뒤통수를 때렸다. 브루노는 술에 취한 사람처럼 비틀거리다가 다시 넘어졌다.

브루노는 넘어진 채 꼼짝도 못했다. 온몸이 아파서 움직일 수가 없었다. 특히 팔다리가 몹시 욱신거리며 아팠다. 그래도 뼈가 부러진 것 같지는 않았다. 손바닥을 펴 보니 온통 긁힌 자국이었다. 팔꿈치도 심하게 까져 있었다. 그런데 그보다 더 아픈 곳은 다리였다. 브루노는 고개를 숙여 다리 쪽을 내려다보았다. 반바지 바로 아래로 드러난 무릎이 찢어져 있었다. 무릎은 마치 기다린 듯 브루노가 들여다보자마자 갑자기 붉은 피를 줄줄 흘리기 시작했다.

"으악!"

브루노는 상처를 내려다보며 또 한 차례 비명을 질렀다.

'피를 많이 흘리면 죽는다는데, 어쩌지?'

덜컥 겁이 났다. 죽을까 봐 두려웠다. 하지만 그런 걱정은 오래 하지 않아도 되었다. 타이어를 옮기는 일을 도와주었던 파벨이 부엌 창문 앞에 서서 감자 껍질을 벗기다가 비명 소리를 듣고 달려왔던 것이다. 브루노는 파벨을 보고 몸을 일으켜 세웠지만 이내 쓰러질 듯 비틀거렸다. 파벨은 브루노가 땅바닥에 쓰러지기 직전에 브루노를 덥석 안아 올렸다.

브루노가 노인의 팔에 안겨 나지막이 중얼거렸다.

"뭐가 어떻게 된 일인지 모르겠어요. 전혀 위험해 보이지 않았는데……."

"그네가 너무 높이 올라가서 이렇게 된 겁니다."

파벨이 부드러운 목소리로 말했다. 그 목소리를 듣는 순간, 브루노는 왠지 모르게 편안한 기분을 느꼈다.

"이럴 줄 알았어요. 그네 타시는 걸 지켜보았는데, 너무 높이 올라간다 싶었죠."

"제가 그렇게 높이 올라갔나요?"

"네, 굉장했어요."

파벨은 브루노를 안고 잔디밭을 지나 부엌으로 갔다. 그리고 나무 의자에 살포시 내려놓았다.

"엄마는 어디 계세요?"

브루노가 물었다. 아이들은 사고가 났을 때 가장 먼저 어머니를 찾는 법이다. 브루노도 그랬다.

파벨이 바닥에 꿇어앉아 브루노의 무릎에 난 상처를 들여다보며 말했다.

"마님께서는 아직 안 돌아오셨습니다. 지금 집에는 저 혼자

뿐입니다."

"네? 그럼 어쩌죠? 이렇게 피를 많이 흘리다가 죽을 수도 있잖아요."

브루노가 겁먹은 표정으로 말했다.

파벨은 빙그레 웃으며 고개를 저었다.

"그럴 일은 없을 겁니다. 이 정도 피를 흘린다고 죽지는 않아요."

파벨은 등받이가 없는 작은 나무 의자를 끌어 와서 그 위에 브루노의 무릎을 올려놓았다.

"잠시 움직이지 말고 가만히 있으세요. 가서 구급상자를 가져올 테니까요."

파벨은 찬장 안에서 녹색 구급상자를 꺼내고 작은 그릇에 물을 받았다. 그러고는 물이 너무 차갑지 않은지 손가락을 넣어 확인했다.

"병원에 가야 되는 거 아니에요?"

브루노가 물었다.

"아뇨. 안 그래도 괜찮답니다."

파벨은 다시 소년의 앞에 무릎을 꿇고 앉았다. 그리고 능숙한 동작으로 그릇에 담긴 물에 수건을 적셔서 상처 주변을 조심스럽게 닦았다. 브루노는 아파서 몸을 움찔했다. 그러나 솔직히 말해서 몸을 움찔할 정도로 아픈 것은 아니었다.

"아주 조금 찢어진 것뿐이에요. 꿰맬 필요도 없겠습니다."

파벨이 달래듯 말했다. 브루노는 찌푸린 얼굴로 입술을 깨물었다.

'정말 병원에 가지 않아도 될까?'

브루노는 불안한 마음으로 파벨의 손놀림을 지켜보았다. 파벨은 상처에 난 피를 닦아 낸 다음 깨끗한 수건으로 그 부위를 꾹 눌렀다. 그러고는 몇 분 뒤에 수건을 조심스럽게 떼어 냈는데, 신기하게도 피가 더 이상 나오지 않았다. 브루노는 파벨의 솜씨에 감탄했다. 잠시 후 파벨은 구급상자 안에서 작은 병을 꺼내 그 안에 들어 있는 초록색 약을 상처 부위에 살살 바르기 시작했다. 약이 닿을 때마다 몹시 따끔거려서 브루노는 연거푸 '아야' 소리를 냈다.

"그다지 큰 상처는 아닙니다. 아프다고 생각하면 실제보다 더 아프게 느껴지는 법이랍니다."

파벨이 부드럽고 상냥한 목소리로 말했다.

브루노는 그 말을 믿었다. 그래서 더 이상 '아야' 소리를 내지 않고 꾹 참았다. 파벨은 초록색 약을 바른 뒤 구급상자 안에서 붕대를 꺼내 상처 부위를 감싸고 반창고로 붙였다.

"자, 됐습니다. 이제 괜찮죠?"

브루노는 고개를 끄덕였다. 어쩐지 엄살을 부린 것 같아 부끄러웠다.

"고맙습니다, 아저씨."

"별 말씀을요. 당장은 움직이지 마시고, 몇 분 동안 그 자리에 가만히 앉아 계세요. 안정을 취해야 상처가 빨리 아물어요. 그리고 오늘은 그네 근처에도 가지 마세요. 아셨죠?"

브루노는 고개를 끄덕였다. 그러고는 다리를 의자 위에 올려놓은 채 가만히 있었다. 파벨은 싱크대로 가서 꼼꼼히 손을 씻었다. 그는 특이하게도 솔로 손톱 아래까지 싹싹 문질렀다. 그런 다음 수건으로 물기를 닦고 나서 다시금 감자를 깎기 시작했다.

"우리 엄마한테 오늘 일어난 일을 말할 건가요?"

브루노가 물었다.

'엄마가 알면 뭐라고 하실까? 다쳤는데도 씩씩하게 잘 견뎌냈다고 칭찬해 주실까? 아니면 왜 위험한 그네를 만들었느냐고 꾸짖으실까?'

브루노로서는 어머니가 어떻게 나올지 전혀 감조차 잡을 수 없었다.

"굳이 말씀드리지 않아도 아시게 될 겁니다."

파벨이 말했다. 감자를 다 깎고 난 그는 당근을 한 무더기 들고 브루노 맞은편에 와서 앉았다. 그리고 탁자에 헌 신문지를 깐 다음 당근의 껍질을 벗기기 시작했다.

"하긴 그렇겠죠. 엄마는 나를 병원에 데려가실 거예요."

브루노가 말했다.

"글쎄요. 아마 안 그러실 거예요."

파벨이 작은 목소리로 말했다.

"그걸 아저씨가 어떻게 알아요?"

브루노는 자신이 겪은 사고가 대수롭지 않은 일로 여겨지는 듯해서 조바심이 났다. 사실 브루노에게 그날 일은 아우비츠로 이사를 온 이래로 가장 크고 특별한 사건이었다.

"상처가 보기보다 심각할 수도 있잖아요."

"그렇지 않습니다."

파벨이 말했다. 브루노가 보기에 파벨은 온 신경을 당근 껍질을 벗기는 데 집중하고 자기의 말은 그저 건성으로 흘려듣는 것 같았다.

"쳇, 아저씨가 어떻게 그리 잘 알죠?"

브루노가 짜증 섞인 목소리로 물었다. 파벨이 하는 말이 섭섭해서 화가 나려 했다. 땅바닥에 쓰러질 뻔한 자신을 안아 올려 부엌으로 데려와서 정성껏 치료해 준 사람이 바로 파벨인데도 말이다.

"아저씨가 의사라도 돼요?"

브루노가 빈정거리는 투로 말했다. 그 말에 파벨은 당근 껍질을 벗기던 손을 멈추었다. 그리고 맞은편에 앉아 있는 브루노의 얼굴을 물끄러미 바라보았다.

"의사도 아니잖아요."

파벨이 아무 말도 하지 않자 브루노가 약 올리듯 말했다. 파벨은 어떻게 대꾸해야 할지 모르겠다는 듯 고개를 약간 숙인 채 눈을 살짝 치켜뜨고 생각에 잠긴 표정을 지었다. 그러다 잠시 후에 한숨을 내쉬며 입을 열었다.

"의사 맞습니다."

브루노는 놀란 눈으로 파벨을 바라보았다. 무슨 소리인지 얼른 이해가 되지 않았다.

"의사가 맞다뇨? 아저씨는 웨이터잖아요. 식사 시중을 드니까요. 의사라면 왜 식사 시중을 들고, 저녁 식사 시간 전에는 지금처럼 채소 다듬는 일을 하는 거죠?"

"도련님."

파벨이 말했다. 파벨은 브루노를 꼬박꼬박 '도련님'이라고 정중하게 불렀다. 그런데 지금 이렇게 나란히 마주 앉아 그런 말을 들으니 새삼스레 기분이 좋았다. 어른처럼 공평하게 대접받는 느낌이었다. 코틀러 중위한테 '꼬맹이'라는 말을 들었을 때와는 전혀 달랐다.

파벨은 진지한 목소리로 이렇게 말했다.

"저는 분명히 의사랍니다. 사람은 겉만 봐서 판단할 수 없어요. 밤중에 하늘을 올려다보는 사람이 모두 천문학자는 아니랍니다."

브루노는 파벨의 말뜻을 이해할 수가 없었다. 막연히 무언가 깊은 뜻이 담겨 있는 말 같다는 생각만 들었다. 파벨의 목소리나 태도에서도 어떤 위엄 같은 것이 느껴졌다. 브루노는 처음으로 파벨을 유심히 바라보았다.

그는 자그마한 키에 비쩍 마른 체구였다. 전체적으로 다소 날카로운 인상인데 손가락이 유난히 길었다. 나이는 아버지보다 많아 보였지만, 할아버지보다는 적은 것 같았다. 어쨌든 나이가 많은 것만은 확실했다. 브루노는 아우비츠에 오기 전까지 파벨을 한 번도 본 적이 없었다. 지금 얼굴을 자세히 보니 예전에는 수염을 길렀던 듯했다. 물론 지금은 수염이 없었다.

"무슨 말인지 이해가 안 돼요."

브루노가 말했다. 파벨이 의사인지 아닌지 확실하게 알고 싶었다.

"아저씨가 정말 의사라면, 왜 식사 시중을 드세요? 왜 병원에서 일을 안 해요?"

파벨은 브루노의 질문에 바로 대답하지 않고 한참 동안 머뭇거렸다. 브루노는 재촉하지 않고 묵묵히 기다렸다. 그 이유는 정확하게 모르겠지만, 상대방이 말할 준비가 될 때까지 기다려주는 것이 예의라는 생각이 들었다.

마침내 파벨이 입을 열었다.

"이곳에 오기 전까지는 의사로서 진료를 했답니다."

"진료요?"

브루노에게는 '진료'라는 말이 생소하게 들렸다.

"그럼 진료를 하면서 뭔가를 잘못하셨나요?"

브루노의 질문에 파벨이 또 한 번 빙그레 웃었다.

"아뇨. 꽤 실력 있는 의사였지요. 어렸을 때부터 꿈이 의사였어요. 제가 아주 어린 소년이었을 때부터, 그러니까 도련님 나이였을 때부터 저는 의사가 되고 싶었답니다."

"제 꿈은 탐험가예요."

브루노가 재빨리 말했다.

"탐험가요? 꿈이 훌륭하군요. 도련님께서 그 꿈을 이루시길 온 마음으로 빌게요."

"고맙습니다."

"지금까지 뭔가 발견하신 게 있나요?"

파벨이 묻자 브루노는 과거를 떠올렸다.

"베를린에 살 때는 집 안 곳곳에 탐험할 게 많았어요. 그때는 아주 넓은 집에서 살았거든요. 아저씨가 상상하는 것보다 훨씬 더 넓은 집일 거예요. 아무튼 집이 넓다 보니 탐험할 만한 비밀 공간이 곳곳에 많았어요. 여기와는 비교도 할 수 없을 정도로 달랐죠. 여긴 정말 끔찍한 곳이에요."

"맞습니다. 이런 곳은 어디에도 없을 겁니다."

파벨이 맞장구를 쳤다.

"아저씨는 아우비츠에 언제 오셨어요?"

브루노가 물었다.

파벨은 잠시 당근과 칼을 내려놓고 생각에 잠겼다. 그러다가 나지막한 목소리로 말했다.

"글쎄요. 왠지 처음부터 줄곧 이곳에 있었지 않았나 하는 생각이 드는군요."

"어렸을 때부터 여기서 죽 계셨어요?"

파벨이 고개를 저었다.

"아닙니다. 그건 아니에요."

"하지만 방금 전에 그렇게 말씀하셨……."

브루노가 말을 끝마치기 전, 밖에서 어머니의 목소리가 들렸다. 기분 전환을 위해 외출했다가 이제 돌아온 모양이었다. 파벨은 어머니의 목소리를 듣자마자 자리에서 일어났다. 그러고는 당근, 칼, 당근 껍질 등을 신문지에 싸서 싱크대로 갔다. 그때부터는 브루노를 등지고 선 채 고개를 숙이고 더 이상 아무 말도 하지 않았다.

"아니, 이게 어떻게 된 거니?"

부엌 안으로 들어선 어머니가 브루노의 무릎에 붙여진 반창고를 보고 큰 소리로 물었다.

브루노가 설명했다.

"그네를 만들어서 타고 놀다가 떨어졌어요. 그네에 뒤통수까지 한 방 얻어맞아서 거의 정신을 잃을 뻔했어요. 다행히 파벨 아저씨가 보고 달려 나와서 잡아 줬어요. 아저씨가 나를 안고 부엌으로 데려온 다음 치료해 줬어요. 이렇게 약도 바르고 반창

고도 붙이고요. 엄청 아팠지만 하나도 안 울었어요. 아야 소리
도 한 번 안 냈다고요. 그렇죠, 파벨 아저씨? 내 말이 맞죠?"

파벨은 브루노 쪽으로 몸을 약간 돌렸지만 여전히 고개는 들
지 않았다.

"상처 부위는 깨끗이 소독했습니다. 걱정하시지 않아도 될
겁니다."

파벨이 작은 목소리로 브루노의 어머니에게 말했다. 그러나
브루노의 질문에는 대답하지 않았다.

"브루노, 넌 네 방에 올라가 있어라."

어머니가 말했다. 어머니의 표정이 심상치 않아 보였다.

"하지만 엄마……."

"꾸물거리지 말고, 어서 네 방으로 올라가!"

어머니가 엄하게 소리쳤다. 브루노는 의자에서 천천히 일어
섰다. 아픈 다리에 체중이 실리자 통증이 느껴졌다. 브루노가
부엌을 나와 계단을 향해 걸어갈 때 어머니가 파벨에게 고맙다
고 인사하는 소리가 들렸다. 브루노는 그 말을 들으니 기분이
좋았다.

'그래, 파벨 아저씨가 도와주지 않았더라면 나는 분명히 피
를 흘리면서 죽었을 거야.'

그런데 브루노가 막 이 층으로 올라가려고 할 때, 또 한 차례 어머니의 목소리가 들렸다.

　"만약 사령관님이 물으시면, 내가 브루노를 치료해 줬다고 말해야 돼요. 알았죠?"

　그리고 더는 이야기가 없었다. 브루노는 왜 어머니가 그런 말을 하는지 이해할 수 없었다. 자기가 하지도 않은 좋은 일을 자기가 한 것처럼 꾸미려 하다니 비겁하다고 여겨졌다.

8
할머니의 분노

베를린을 떠나서 가장 속상한 일은 바로 할아버지와 할머니를 만나지 못한다는 것이었다. 베를린의 할아버지와 할머니는 과일 가게 근처의 작은 아파트에서 살았다. 브루노가 아우비츠로 이사했을 무렵, 할아버지는 일흔세 살이었다. 브루노가 아는 한, 할아버지는 세상에서 가장 나이가 많은 사람이었다. 어느 날 오후, 브루노는 할아버지와 자신의 나이를 비교해 보았다. 브루노의 나이에 여덟을 곱해도 여전히 할아버지가 한 살더 많았다.

할아버지는 평생 동안 시내에서 식당을 운영하셨다. 브루노의 친구인 마틴의 아버지는 그 식당의 주방장이었다. 할아버지는 직접 요리를 하거나 손님 시중을 들지는 않았다. 하지만 거의 매일 식당에 나갔다. 할아버지는 바에 앉아서 단골손님들과 이야기를 나누거나 친구들과 식사를 하면서 즐거운 하루를 보냈다.

브루노의 할머니는 다른 할머니들에 비해 훨씬 더 젊어 보였다. 할머니의 나이는 예순두 살이었다. 브루노가 보기에도 할머니는 나이에 비해 무척 젊었다. 브루노는 할머니의 나이를 알고 깜짝 놀랐다.

할머니는 젊었을 때 할머니의 공연을 보러 온 할아버지와 처음 만났다. 할아버지는 단점이 많은 사람이었지만 할머니를 끈질기게 설득하여 마침내 결혼에 성공했다. 할머니의 머리카락은 붉은색이었다. 며느리인 브루노 어머니의 머리카락과 놀랄만큼 같았다. 그러나 아일랜드 계 피가 섞인 탓에 눈동자는 초록색이었다. 가족 모임이 있을 때면, 할머니는 항상 누군가가 노래를 불러 달라고 청하기를 기대하는 표정으로 피아노 주변을 기웃거렸다. 그러다 노래를 해 달라는 요청을 받으면 다음과 같이 반응하곤 했다.

"에구머니나!"

할머니는 마치 전혀 예상치 못한 부탁을 받은 것처럼 깜짝 놀라면서 한 손으로 가슴을 쓸어내렸다.

"나더러 노래를 부르라고? 아유, 나는 못해. 노래를 불러 본 지가 하도 오래돼서 가사도 다 까먹었는걸 뭐."

"노래! 노래!"

할머니가 그렇게 나올 때쯤이면 모여 있는 사람들이 한목소리로 노래를 부르라고 외쳐 댔다. 그러면 할머니는 오 초 정도 아니, 십 초도 넘게 뜸을 들였다가 어쩔 수 없다는 듯 피아노 앞에 앉은 사람을 향해 돌아서서는 익살맞은 목소리로 말했다.

"장밋빛 인생. E 플랫 마이너로. 조바꿈할 때 특별히 신경 좀 써 줘요. 알겠죠?"

브루노의 집에서 벌어지는 파티는 언제나 할머니의 노래로 최고조에 이르렀다. 그런데 왜인지는 몰라도 할머니가 노래를 부르면 어머니는 항상 파티의 주 무대인 거실에서 부엌으로 자리를 옮겼다. 어머니의 몇몇 친구들도 그 뒤를 따라갔다. 반면 아버지와 브루노는 그 자리에서 꼼짝하지 않고 할머니의 노래에 귀를 기울였다. 목청껏 소리 높여 부르는 할머니의 고운 노랫소리와 그 뒤를 잇는 손님들의 떠나갈 듯한 박수 소리만큼 듣기 좋은 것은 없었다. 더불어 '장밋빛 인생'이라는 곡은 들을 때마다 온몸이 부르르 떨리면서 뒷목의 솜털이 모두 바짝 곤두설 만큼 매력적이었다.

할머니는 브루노와 그레텔까지 무대에 함께 세우기를 좋아했다. 그래서 매년 크리스마스와 가족들의 생일 파티가 열릴 때면 어머니와 아버지, 할아버지를 위해 할머니와 브루노, 그레텔 세 사람이 간단한 연극을 준비하곤 했다. 대본은 할머니가 직접 썼다. 그런데 브루노가 보기에 멋진 대사는 항상 할머니 차지인 듯했다. 물론 그것이 크게 신경에 거슬리지는 않았다. 연극에는 보통 노래를 부르는 장면이 있었다. 그때도 할머니는 먼저 "나더러 노래를 부르라고? 아유, 난 못해."라고 말하곤 했다. 할머니의 노래뿐만 아니라 브루노의 마술이나 그레텔의 춤도 연극의 한 장면에 들어갔다. 연극의 마지막은 항상 브루노가 유명한 시인의 긴 시를 낭송하는 것으로 장식했다. 브루노는 시의 뜻은 잘 몰라도 어쨌든 읽으면 읽을수록 듣기에 좋다는 것만은 분명하게 느낄 수 있었다. 브루노가 연극에서 맡는 역할의 비중이나 대사의 분량은 누나나 할머니에 비해 보잘것없었다. 그러나 무대 의상만은 언제나 화려했다. 왕자나 아라비아 교주, 또는 고대 로마의 검투사로 변하기도 했다. 그리고 그럴 때마다 왕관이

나 터번을 머리에 쓰거나, 아니면 창이나 채찍을 손에 들었다. 할머니가 다음번에 어떤 연극을 준비할지는 아무도 알 수 없었다. 할머니는 크리스마스가 일주일 앞으로 다가왔을 때에야 비로소 브루노와 그레텔을 집으로 불러서 매일 연습을 했다.

가장 최근에 했던 연극은 몇 달 전 크리스마스 파티 때 한 연극이었다. 브루노는 안타까운 심정으로 그날의 공연을 되새겨 봤다. 그날 왜 가족 간에 말싸움이 벌어졌는지 브루노는 아무리 생각해도 이해할 수 없었다.

파티가 열리기 일주일 전쯤부터 집에는 심상치 않은 분위기가 감돌기 시작했다. 그것은 마리아와 요리사, 집사 그리고 브루노의 집을 마치 제 집처럼 드나드는 군인들이 아버지에게 '사령관님'이라는 호칭을 붙인 일과 관련이 있는 것 같았다. 사실 그런 분위기는 몇 주 전부터 계속 이어졌다. 정확하게 말하자면 퓨리 씨와 미모의 금발 여인이 저녁 식사에 초대되어 온 날부터였다. 그날 집 안 가득 경직된 분위기가 감돌았다. 그리고 그날부터 아버지는 '사령관님'이라고 불리기 시작했다. 브루노는 어머니가 시키는 대로 아버지에게 "축하합니다." 하고 인사를 했다. 그런데 무슨 일로 축하를 해야 하는 것인지는 알지 못했다. 그저 어머니가 시켜서 인사했을 뿐이었다.

크리스마스 날, 아버지는 빳빳하게 풀을 먹여 주름 하나 없이 말끔하게 다림질한 새 제복을 차려입었다. 그날 이후 브루노는 단 한 번도 아버지가 제복이 아닌 다른 옷을 입고 있는 모습을 본 적이 없었다. 아버지가 처음 그 제복을 입고 나타났을 때 온 집안 식구들이 박수를 쳤을 만큼, 그것은 특별했다. 아버지가 입은 제복은 확실히 돋보였다. 브루노의 집을 드나드는 군인들의 것과는 비교조차 할 수 없을 정도였다. 어쩌면 제복 때문에 군인들이 아버지를 더욱 존경하는지도 몰랐다. 아버지가 새 제복을 입고 나타났을 때, 어머니는 아버지에게 다가가서 뺨에 입을 맞추었다. 그러고는 손으로 제복을 쓰다듬으며 옷감이 고급 중의 고급이라고 중얼거렸다. 브루노는 제복에 달린 여러 가지 장식품을 바라보았다. 그것들은 브루노의 눈길을 단박에 사로잡을 만큼 멋있었다. 아버지는 브루노에게 잠깐 동안 모자를 써 보도록 허락했다. 하지만 그냥 허락하지는 않았다. 다음의 조건을 달고 허락했다.

"모자를 만지기 전에 손을 깨끗이 닦아라."

할아버지도 새 제복을 입은 아들을 무척 자랑스러운 눈빛으로 바라보았다. 그러나 할머니만은 아무런 감흥을 받지 못한 것처럼 보였다. 저녁 식사를 마치고 나서 할머니와 그레텔, 브루노 세 사람은 가족들 앞에서 마지막 연극을 공연했다. 연극이 끝난 뒤, 할머니는 쓸쓸한 표정으로 말없이 안락의자에 앉아 있었다. 그러던 중 아버지의 얼굴을 슬쩍 쳐다보고는 무척이나 실망스럽다는 듯이 고개를 설레설레 저었다. 이윽고 아버지가 할머니 곁으로 다가왔다. 그러자 할머니가 말했다.

"랄프, 나는 이 모든 게 내 잘못이 아닌가 하는 생각이 드는구나. 이 어미가 어린 너에게 시켰던 연극 때문에 결국 이런 일이 생긴 게 아닌가 싶다. 지금 네 모습은 꼭 줄에 매달린 꼭두각시 같구나."

"어머니, 지금 그런 말씀을 하실 상황이 아니라는 거 잘 아시잖아요."

아버지가 참을성 있는 목소리로 말했다. 그러나 할머니는 이에 아랑곳하지 않고 계속해서 말했다.

"그런 제복을 입고 있으면 네가 아주 특별한 사람이라도 되는 줄 아는가 보구나. 그 진짜 의미도 모르면서……. 그 옷이 뭘 의미하는지 알고는 있니?"

"여보, 그 문제는 이미 지난번에 상의해서 끝냈잖소."

분위기가 어색해지자 보다 못한 할아버지가 나섰다. 할머니는 하고 싶은 말이 있으면 그것이 다른 사람에게 어떤 영향을 끼치든 상관하지 않고 끝까지 하고야 마는 사람이었다. 할머니의 그런 고집은 모든 사람들이 익히 알고 있었다.

할머니가 말했다.

"랄프, 너는 우리와 상의를 했다고 생각하겠지. 하지만 상의한 건 하나도 없었어. 너는 네가 결정한 사항을 통보만 했지. 늘 그렇듯이 말이야."

아버지가 한숨을 내쉬고 말했다.

"어머니, 지금은 파티 중이에요. 오늘은 크리스마스란 말입니다. 그러니 공연히 분위기 망치지 마세요."

"갑자기 일차 세계 대전이 일어났던 때가 생각나는구나. 어느 날 네가 집으로 와서 전쟁터에 나가게 되었다고 말했지. 그때 나는 네가 불행해질까 봐 걱정했단다."

할아버지가 벽난로의 불빛을 바라보며 중얼거렸다. 그러자 할머니가 말했다.

"랄프는 실제로 불행해졌어요, 여보. 믿기지 않으면 저 애의 얼굴을 다시 한 번 보세요."

하지만 할아버지는 할머니의 말을 노골적으로 무시했다.

"그런데 말이다……. 네가 이렇게 막중한 책임이 따르는 높은 자리까지 진급한 걸 보니 정말 감격스럽구나. 네가 대견하고 무척이나 자랑스럽다. 우리 민족과 국가가 모든 고난과 악조건을 극복하고 자긍심을 되찾는 일에 네가 큰 힘이 돼 주고 있다고 생각하면 얼마나 가슴이 뿌듯한지……."

할머니가 할아버지를 향해 소리쳤다.

"여보, 제발 정신 좀 차려요! 그게 말이나 되는 소리예요? 어리석은 말 그만 해요!"

이번에는 어머니가 할머니를 향해 엷은 미소를 지어 보이며 말했다.

"어머니, 그런데요……. 애들 아버지가 새 제복을 입으니 정말 잘생겨 보이지 않으세요?"

"뭐? 잘생겨 보이지 않냐고?"

할머니가 앞으로 몸을 숙이고 어머니의 얼굴을 뚫어져라 바라보며 언성을 높였다.

"네 눈엔 잘생겨 보이니? 하긴 네 서방이니까 그렇게 보일수도 있겠지. 그런데 너도 생각이 없긴 마찬가지구나. 잘생긴게 그리도 중요한 거니? 잘생겨 보이기만 하면 다른 건 아무래도 상관없단 거야?"

"저도 서커스 단장 옷을 입으니까 잘생겨 보이죠?"

이번에 끼어든 것은 브루노였다. 그날 밤, 브루노는 연극을 위해 빨간색과 검은색이 섞인 서커스 단장 옷을 입고 있었다. 브루노는 그 옷이 자기에게 무척 잘 어울린다고 생각하던 터에 그렇게 말했다. 하지만 그런 말은 하지 말았어야 했다. 브루노는 그 말을 입 밖에 내뱉는 순간 후회했다. 어른들의 시선이 일제히 자기와 그레텔에게 쏠렸기 때문이었다. 어른들은 마치 두 아이가 그 자리에 있다는 사실을 까맣게 잊고 있었던 것 같았다.

어머니가 다급하게 말했다.

"너희들은 이 층으로 올라가거라. 어서 각자 방으로 올라가!"

그레텔이 반항했다.

"싫어요. 그냥 여기 있으면 안 돼요?"

"안 돼! 당장 여기서 나가서 이 층으로 올라가!"

어머니의 태도는 단호했다.

"하긴 다른 군인들도 그런 데만 관심을 갖고 있겠지. 군인들은 다 그런 부류의 인간들이야. 멋진 제복에 잘생겨 보이기만 하면 된다고 생각하는 유치한 인간들이지. 하지만 옷만 번드르르하게 차려입고 잘생겨 보이면 뭐 해? 하는 짓은 짐승만도 못한데. 생각만 해도 끔찍한 짓을 아무렇지도 않게 저지르는 군인들을 볼 때마다 나는 치가 떨려. 하지만 랄프, 너를 탓할 마음은 없다. 잘못이 있다면 모두 내 탓이지.”

할머니가 브루노와 그레텔은 안중에도 없는 듯 거들떠보지도 않은 채 말했다.

“너희 둘, 당장 올라가지 못해!”

어머니가 급기야 소리를 빽 질러 댔다. 그레텔과 브루노는 어머니의 말을 따르는 수밖에 없었다.

그러나 아이들은 곧장 방으로 올라가지 않았다. 대신 식당에서 나와 문을 닫은 다음, 계단 중간에 앉아 아래층에서 어른들이 하는 이야기에 귀를 기울였다. 안타깝게도 아버지와 어머니의 목소리는 모기 소리처럼 작아서 잘 들리지 않았다. 할아버지의 목소리는 아예 안 들렸다. 반면에 할머니의 목소리는 잘 들렸다. 할머니는 놀랄 만큼 빠른 속도로 말했다. 잠시 후, 식당 문이 벌컥 열리는 소리가 났다. 그레텔과 브루노는 혼비백산하여 잽싸게 이 층으로 뛰어 올라갔다. 할머니가 현관의 옷걸이에 걸린 코트를 집어 들었다.

할머니가 문을 나서기 전에 소리쳤다.

“내가 부끄러워서 얼굴을 못 들고 다니겠다! 내 아들이 저런……!”

“저는 애국자입니다!”

아버지의 목소리였다. 아버지는 어렸을 때 할머니한테, 어른이 말하는 중간에 끼어들어서는 안 된다는 것을 배우지 못한 모양이었다.

"애국자 좋아하네!"

할머니가 악을 썼다.

"지난번 네가 저녁 초대를 한 인간들이 애국자라고? 그 말을 들으니 구역질이 날 것 같구나. 게다가 그 제복을 입고 있는 네 모습을 보고 있자니, 아예 내 눈을 뽑아 버리고 싶은 심정이다!"

할머니는 그렇게 쏘아붙이고 집 밖으로 나가 버렸다. 곧이어 쾅 하고 현관문 닫히는 소리가 요란하게 들렸다.

그 후로 브루노는 할머니의 얼굴을 자주 볼 수 없었다. 아우비츠로 떠나오기 전 작별 인사조차 제대로 하지 못했다. 브루노는 할머니가 그리운 나머지 편지를 쓰기로 결심했다.

브루노는 펜과 종이를 들고 책상 앞에 앉았다. 그리고 아우비츠에서의 생활이 따분하기 짝이 없으며 하루라도 빨리 베를린으로 돌아가고 싶다는 내용의 편지를 썼다. 새집과 정원, 명판이 붙어 있는 벤치에 대해서도 썼다. 또 높다란 철조망과 나무 전신주, 가시철사, 철조망 너머의 단단한 땅과 오두막집, 작은 건물들, 굴뚝, 군인들에 대해서도 빠뜨리지 않고 하나하나 설명했다. 브루노는 특히 그곳에 살고 있는 사람들에 대해서 자세하게 묘사했다. 줄무늬 파자마에 헝겊 모자를 쓴 사람들에 대해서는 할머니도 무척 궁금해할 것 같았다. 브루노는 끝으로 할머니가 무척 보고 싶다고 쓴 뒤 '사랑하는 손자, 브루노 올림'이라는 글로 마무리를 지었다.

9
탐험 놀이

아우비츠에서의 생활은 변함이 없었다.

브루노는 여전히 그레텔 때문에 속이 상했다. 그레텔은 기분이 나쁠 때마다 브루노에게 화풀이를 했다. 브루노는 그런 누나의 못된 성질을 참고 견뎌야 했다. 그레텔은 갈수록 제멋대로였다. 그야말로 어떻게 할 도리가 없는 골칫덩어리였다.

브루노는 여전히 베를린으로 돌아가고 싶었다. 그런 마음은 조금도 변하지 않았다. 그런데 베를린의 옛집에 대한 기억은 조금씩 희미해지기 시작했다. 브루노는 몇 주가 지나도록 할아버지와 할머니에게 편지를 쓰지 않았다. 이상하게 편지를 쓰고 싶은 마음이 일지 않았다. 편지를 보내야 한다는 생각도 들지 않았다.

군인들은 여전히 브루노의 집을 제 집처럼 드나들었다. 그들은 날마다 아버지의 서재에서 회의를 했다. 물론 나머지 가족들에게 서재는 여전히 하늘이 두 쪽 나는 일이 있어도 절대로 드나들 수 없는 출입 금지 구역이었다. 코틀러 중위는 여전히 검은 군화를 신고 마치 세상에서 자기가 제일 잘난 사람인 양 거드름을 피우며 돌아다녔다. 중위는 아버지와 함께 있을 때를 제외하고는 항상 집 밖의 진입로에 서서 그레텔과 잡담을 나누었다. 그레텔은 여전히 중위 앞에서 손가락으로 머리카락을 배배 꼬며 미친 사람처럼 깔깔거렸다. 어떤 때는 빈방에서 어머니와 귓속말을 주고받기도 했다.

하인들 또한 변함이 없었다. 부지런히 돌아다니면서 쓸고 닦고 빨래하고 음식을 만들었다. 누가 말을 시키지 않는 한 종일토록 입을 꾹 다물고 있는 것도 여전했다.

마리아는 하루의 대부분을 집안 살림을 정리하는 일로 보냈다. 그녀는 브루노가 당장 입지 않는 옷들을 깔끔하게 정리하여 옷장 속에 넣어 두었다.

파벨도 여전했다. 그는 매일 오후에 집으로 와서 감자나 당근의 껍질을 벗겼다. 그리고 저녁이 되면 웨이터들이 입는 흰색 재킷을 걸치고 식사 시중을 들었다. 파벨은 이따금씩 브루노의 무릎 쪽을 흘끔거렸다. 그네에서 떨어지는 바람에 생긴 상처가 다 나았는지 확인하려고 그러는 것 같았다. 브루노와 파벨은 어쩌다 서로 눈을 마주칠 뿐, 말 한마디 나누지 않았다.

시간은 그렇게 변함없이 흘러갔다. 그러던 어느 날이었다. 아버지는 브루노와 그레텔에게 다시금 공부를 시키기로 결정했다. 브루노는 단 두 명을 위해 학교를 세우는 줄 알고 재밌다고 생각했다. 하지만 학교를 세우는 건 아니었다. 어머니와 아버지는 가정교사를 매일 집으로 불러서 오전과 오후 시간에 수업을 받게 하기로 합의했다. 며칠 후, 리스트라는 남자가 낡은 자전거를 타고 집으로 찾아왔다. 그리하여 브루노와 그레텔은 마침내 수업을 받기 시작했다. 리스트 선생님은 왠지 좀 수상쩍은 사람이었다. 대체로 친절한 편이었고 베를린 학교의 선생님과는 달리 브루노에게 매를 드는 일도 없었다. 하지만 두 눈은 분노로 금방이라도 폭발할 듯 이글이글 불타오르고 있었다.

브루노는 책 읽기와 그림 그리기를 좋아했다. 하지만 리스트 선생님은 늘 역사와 지리를 가르쳤다. 그러면서 이렇게 말했다.

"책을 읽고 그림을 그리는 건 시간 낭비일 뿐입니다. 요즘 같은 시대에는 사회 과학을 공부하는 게 중요해요."

"연극도 중요하지 않나요? 베를린에 살 때 할머니께서는 항상 연극을 하게 하셨어요."

"그래서요? 할머님이 도련님의 선생님은 아니시지 않습니까? 안 그래요? 그분은 어디까지나 도련님의 할머니이실 뿐입니다. 여기서는 제가 선생이에요. 그러니 도련님은 제가 중요하다고 하는 걸 공부하셔야 합니다. 도련님이 좋아하는 게 무엇인가는 중요하지 않아요."

"그렇지만 책도 중요하지 않나요?"

브루노가 굽히지 않고 물었다. 그러나 리스트 선생님도 지지 않았다.

"물론 국제 정세에 관련된 책은 중요하죠. 하지만 동화책은 다릅니다. 실제로 일어나지 않은 일을 다룬 책은 아무런 쓸모가 없어요. 그런 걸 '허구'라고 하는데, 허구는 어디까지나 허구일 뿐입니다. 그건 그렇고, 도련님은 자신의 역사에 대해 얼마나 알고 있죠?"

리스트 선생님은 파벨과 마찬가지로 브루노를 꼬박꼬박 '도련님'이라고 불렀다. 그를 '꼬맹이'라고 낮춰 부르는 것은 거만한 코틀러 중위뿐이었다.

"음, 제가 1934년 4월 15일에 태어났다는 건 알아요."

브루노가 말했다.

"도련님 개인의 역사 말고요."

리스트 선생님이 잘라 말했다.

"제가 알고 싶은 건 소소한 개인의 역사가 아닙니다. 자신이 누구이며, 자신이 어떤 곳에서 태어났는지를 묻는 거죠. 어떤 혈통을 타고 났으며, 조국이 어디인가 하는 겁니다."

브루노는 찌푸린 얼굴로 생각에 잠겼다. 리스트 선생님의 말을 잘 알아들을 수 없었다. 혈통이니 조국이라는 말도 브루노에게는 생소했다.

브루노는 자신의 무지를 솔직히 인정했다.

"글쎄요, 저는 그런 역사는 잘 모르겠어요. 하지만 중세에 대해서는 저도 좀 알아요. 중세 시대의 기사들이 겪은 모험과 탐험 이야기를 좋아하거든요."

브루노의 말에 리스트 선생님이 이 사이로 '쯧쯧' 하는 소리를 내며 고개를 흔들었다. 얼굴은 딱딱하게 굳어 있었다. 화가 난 게 분명했다.

"제가 이곳에 온 이상 도련님을 이대로 내버려 둘 순 없을 것 같군요."

그가 말했다. 섬뜩한 목소리였다.

"앞으로는 동화책 따위를 읽을 생각은 아예 하지도 마십시오. 이제부터 제가 도련님의 혈통에 대해, 우리 민족이 겪은 고난과 부당함에 대해서 가르쳐 드리겠습니다."

브루노는 리스트 선생님의 말이 무서웠지만, 한편으로는 반갑기도 했다. 리스트 선생님의 가르침을 받고 나면, 왜 가족이 편안했던 집을 떠나 아우비츠 같은 끔찍한 곳으로 이사를 와야만 했는지 그 이유를 알게 될 것도 같았다. 아우비츠로 이사를 온 것이야말로 브루노에게는 고난이자 부당함이었다.

며칠 뒤, 브루노는 자기 방에 홀로 앉아 있었다. 그는 베를린에서 살 때 즐겼던 놀이 중에 아우비츠로 이사를 온 이래로 단한 번도 하지 못한 게 무엇인지 곰곰이 생각해 보았다. 그런 놀이를 할 수 없는 이유는 친구가 없기 때문이었다. 물론 친구 대신 그레텔이 있기는 했다. 하지만 그레텔은 아무 도움도 되지 않았다. 베를린에서 자주 했던 놀이 중에 브루노 혼자서도 즐길 수 있는 것이 딱 한 가지 있었다. 바로 탐험 놀이였다.

브루노가 혼잣말로 중얼거렸다.

"베를린에 살 때는 탐험을 자주 했잖아. 그때는 집 안 구석구석을 내 손바닥처럼 훤히 알고 있었어. 눈을 감고도 가고 싶은 곳을 찾아갈 수 있을 정도였지. 하지만 이곳으로 이사를 온 뒤로는 아직 한 번도 탐험다운 탐험을 해 본 적이 없어. 아무래도 이제부터 슬슬 시작해 봐야 할 것 같아."

브루노는 혹시라도 자기 마음이 바뀔까 싶어 재빨리 침대에서 내려왔다. 그리고 옷장 안을 뒤져 실제 탐험가들이 입었을 법한 코트와 낡은 부츠 한 켤레를 꺼냈다.

브루노는 일단 집을 벗어나기로 마음먹었다. 집 안에서 탐험을 하는 것은 아무런 의미가 없었다. 새로 이사 온 집은 베를린의 집과는 전혀 달랐다. 베를린의 집에는 후미진 공간이 곳곳에 있었다. 수상쩍은 골방들도 셀 수 없이 많았다. 규모 면에서도 아우비츠의 집과는 비교가 되지 않았다. 베를린의 집은 까치발로 서야 밖을 내다볼 수 있는 창문이 있는 꼭대기 층과 지하실까지 합해서 오 층까지 되는 커다란 저택이었다.

아무튼 아우비츠의 집은 탐험을 하기에는 적당하지 않았다. 탐험을 하려면 집 밖으로 나가야만 했다.

아우비츠로 이사를 온 지도 어느새 몇 달이 지났다. 그동안 브루노는 자기 방 창문을 통해 정원과 명판이 붙어 있는 벤치, 높다란 철조망과 나무 전신주 등등 할머니에게 보낸 편지에 적었던 여러 가지 것들을 줄곧 지켜보아 왔다. 그러나 줄무늬 파자마를 입은 다양한 연령층의 사람들을 바라보면서도, 그들이 누구인지는 한 번도 진지하게 생각해 본 적이 없었다.

철조망 너머의 세계와 브루노의 집은 불과 몇 미터 떨어져 있을 뿐인데도 서로 완전히 달랐다. 그곳에 사는 사람들은 늘 단체로 움직였다. 일도 단체로 하고, 휴식도 단체로 취했다.

'왜 저 사람들은 저렇게 하고 있을까?'

브루노는 그들을 바라볼 때마다 그런 의문을 품었다. 그들은 브루노의 집을 드나드는 사람들과 크게 달랐다. 모두 한결같이 줄무늬 파자마에 줄무늬 헝겊 모자를 쓰고 있었다. 반면에 브루노의 집에 드나드는 사람들은 근사한 제복에 번쩍번쩍 빛나는 장식품을 달고 모자나 헬멧을 썼다. 거기에다 팔뚝에 새빨간 색과 검은색이 어우러진 완장을 두르고 허리춤에 권총까지 차고 드나들었다. 파자마 입은 사람들은 아무 장식품도 무기도 차고 있지 않았다.

'똑같은 사람인데 왜 한쪽은 제복을 입고, 다른 한쪽은 줄무늬 파자마를 입고 있을까?'

브루노로서는 아무리 생각해도 그 이유를 알 수 없었다.

'누가 줄무늬 파자마를 입을 사람과 제복을 입을 사람을 결

정한 걸까?'

브루노는 누가 그랬는지 무척 궁금했다.

철조망 너머에도 제복을 입은 군인들이 더러 있었다. 그들은 파자마를 입은 사람들을 감시하고 있는 것 같았다. 군인들이 가까이 다가갈 때마다 파자마를 입은 사람들은 일제히 하던 일을 멈추고 부동자세를 취했다. 어떤 때는 군인들이 파자마 입은 사람들을 땅바닥에 쓰러뜨리기도 했다. 그런데 쓰러진 사람 중 몇몇은 다시 일어서지 못해 들것에 실려 갔다.

브루노는 철조망 너머의 파자마를 입은 사람들을 매일 보면서도 정말 그들이 누구인지 왜 거기 있는지 한 번도 오래도록 깊이 생각해 본 적이 없었다. 그런데 유심히 바라보니 이상한 점이 한두 가지가 아니었다. 브루노의 집에 드나드는 군인들은 걸핏하면 철조망 너머 파자마 입은 사람들이 사는 곳으로 갔다. 심지어 아버지도 거기 있는 것을 여러 번 보았다. 하지만 거기에 사는 사람들은 단 한 번도 브루노의 집에 찾아온 적이 없었다. 왜 그럴까? 브루노는 그 이유를 알고 싶었다. 하지만 알 방법이 없었다.

브루노는 가끔씩 몇몇 군인들과 함께 저녁 식사를 하기도 했다. 그럴 때마다 식탁에는 맥주가 넘쳐 났다. 맥주는 식사가 거

의 끝날 무렵에 나왔는데, 그때쯤이면 어머니는 브루노와 그레
텔에게 이 층으로 올라가라고 명령했다. 두 아이는 직접 보지
않고도 아래층에서 어떤 일이 벌어지는지 알 수 있었다. 브루
노가 이 층으로 올라가자마자, 아래층에서 기다렸다는 듯이 왁
자지껄 떠드는 소리와 함께 귀청이 떨어질 것 같은 노랫소리가
들려왔다. 아버지와 어머니는 군인들과 함께 어울리는 것을 좋
아하는 것 같았다. 표정을 보면 알 수 있었다. 그런데 바로 곁에
사는데도 줄무늬 파자마를 입은 사람들이 브루노와 저녁 식사
를 함께하는 날은 단 하루도 없었다.

탐험을 결심한 브루노는 현관문을 나섰다. 우선 건물 뒤쪽으
로 돌아가 자기 침실 창문을 올려다보았다. 아래에서 올려다보
니 그리 높아 보이지 않았다. 창문에서 뛰어내린다고 해도 크게
다치지는 않을 것 같았다.

'앞으로 창문에서 뛰어내릴 일이 있을까?'

브루노는 어떤 경우에 그런 어리석은 짓을 하게 될지 생각해
보았다. 만약 집에 불이 났는데 문으로는 나갈 수 없게 되면 창
문으로 뛰어내려야 할 것 같았다. 하지만 그런 경우라도 무턱대
고 뛰어내리는 것은 무모한 짓이라는 생각이 들었다.

오른쪽으로 시선을 돌리니 높다란 철조망이 햇빛에 반짝거

리며 버티고 서 있었다. 철조망을 바라보고 있자니 기분이 좋았다. 그 너머의 공간은 알 수 없는 미지의 세계였다. 브루노는 그 세계를 탐험하고 싶었다. 그곳을 향해 씩씩하게 걸어가서 어떤 세계인지 직접 확인한다면 그것만큼 멋진 탐험도 없을 듯했다. 문득 브루노의 뇌리에 리스트 선생님의 얼굴이 떠올랐다. 선생님의 수업 시간은 지겨웠다. 하지만 그 선생님에게 역사를 배워서 좋은 점도 있었다. 선생님은 역사 시간에 크리스토퍼 콜럼버스나 아메리고 베스푸치처럼 평생을 흥미진진한 모험을 하면서 보낸 사람들의 이야기를 들려주곤 했다. 당연히 그런 이야기는 장차 탐험가가 되고자 하는 브루노의 가슴을 더욱 뜨겁게 달구었다. 브루노는 선생님의 이야기를 들으면서 콜럼버스나 베스푸치 못지않은 훌륭한 탐험가가 되겠다고 굳게 다짐했다.

브루노는 철조망 쪽으로 걸어가다가 걸음을 멈추었다. 탐험을 떠나기 전에 한 가지 확인할 게 있었다. 정원에 놓인 벤치가 그것이었다. 브루노는 지난 몇 달 동안 이 층 창문에서 그 벤치를 내려다보았다. 벤치 등받이에 명판이 붙어 있다는 건 잘 알았지만 명판에 어떤 글귀가 새겨져 있는지는 알지 못했다. 브루노는 주위에 사람이 없는지 살펴본 다음, 재빨리 벤치를 향해 뛰어갔다. 그러고는 눈을 가늘게 뜨고 명판을 들여다보았다. 이

읔고 브루노는 자그마한 청동 명판에 새겨진 글씨를 나지막하게 읽기 시작했다. 평소처럼 글자를 한 자 한 자 더듬으면서 읽어 나갔다.

"아 우 비 츠 수 용 소, 개 소 기 념……."

끝에는 이렇게 쓰여 있었다.

'1940년 6월.'

브루노는 명판을 만졌다가 움찔하며 손을 떼었다. 청동 판은 놀랄 만큼 차가웠다. 브루노는 한숨을 내쉰 뒤 다시금 철조망을 향해 걷기 시작했다.

'엄마랑 아버지가 이쪽으로는 절대로 가지 말라고 수없이 당부했는데…….'

브루노는 부모님이 한 말을 떠올리는 한편, 그 말을 머릿속에서 지워 버리려고 애썼다.

사실 브루노는 철조망 근처에는 얼씬도 말아야 했다. 그런데 탐험이라니……. 아우비츠에서는 애초부터 탐험이 금지되어 있었다. 그 같은 금지 조항에 예외는 없었다.

10

철조망에서 만난 소년

    철조망은 브루노가 생각했던 것보다 훨씬 더 길게 둘러쳐져 있었다. 가도 가도 끝이 없어서 적어도 몇 마일은 되는 것 같았다. 브루노는 철조망을 따라 계속해서 걸었다. 그러면서 이따금씩 고개를 돌려 집을 바라보았다. 갈수록 집은 점점 더 작아 보였다. 그러다 어느 순간 시야에서 완전히 사라져 버렸다. 한참을 걸었는데도 철조망 근처에서 만난 사람은 단 한 명도 없었다. 철조망 안으로 들어갈 수 있는 출입문이나 개구멍 같은 것도 전혀 눈에 띄지 않았다. 브루노는 탐험이 실패로 돌아갈까 봐 걱정을 하기 시작했다. 철조망만 끝없이 이어져 있을 뿐, 아무것도 없었다. 오두막, 건물, 굴뚝 같은 것도 이미 지나쳐서 더 이상 보이지 않았다. 철조망 너머로 보이는 것은 오직 황량한 공터뿐이었다.

한 시간쯤 걸었을까, 다리가 아프기 시작했다. 배도 조금씩 고파 왔다.

'이 정도면 오늘 하루치 탐험으로 충분해.'

브루노는 그렇게 생각하며 그만 집으로 돌아가기로 마음먹었다. 이윽고 브루노가 막 발길을 돌리려 할 때였다. 저 멀리 작은 점 같은 것이 보였다. 브루노는 그 점의 정체를 확인하기 위해 눈을 가늘게 뜨고 정신을 집중해서 바라보았다. 문득 오래전에 읽었던 책 내용이 떠올랐다. 사막에서 길을 잃은 남자에 관한 이야기였다. 며칠 동안 음식은커녕 물 한 모금도 못 마신 남자는 어느 순간 멋진 레스토랑과 거대한 분수를 보았다. 그는 반가운 마음에 있는 힘껏 그쪽으로 달려갔다. 하지만 소용없었다. 달려가 보면 레스토랑과 분수는 어디론가 사라지고 끝없이 펼쳐져 있는 모래뿐이었다. 브루노는 그런 신기루가 아닌가 싶어 그 점을 의심스러운 눈초리로 바라보았다.

어느새 브루노의 발걸음은 그 점을 향하고 있었다. 한 걸음

한 걸음 앞으로 나아갈수록 점은 점점 더 커졌다. 어느 순간 브루노는 점이 물방울 같다고 생각했다. 물방울을 향해 계속해서 걸어갔다. 그런데 어느 정도 가까이 다가가서 보니 그것은 점도, 물방울도 아니었다. 사람이었다. 좀 더 정확히 말하자면, 어린 소년이었다.

'탐험 중에 무엇을 발견하게 될지는 그 누구도 예상할 수 없다.'

이것은 탐험가에 대한 책을 많이 읽은 브루노의 생각이었다. 대부분의 경우, 탐험가들은 우연한 기회에 흥미로운 무언가와 맞닥뜨리게 된다. 아메리카 대륙도 우연한 기회에 발견되었다. 하지만 그것은 누군가가 발견해 주기를 기다리고 있었기 때문에 가능했다. 기다리지 않았다면 발견되지도 않았을 것이다. 그런데 늘 좋은 것만을 발견하는 것은 아니다. 때로는 발견하지 않고 내버려 두는 편이 좋았을 것들을 발견하는 경우도 있다. 부엌 찬장 뒤쪽에 있는 죽은 쥐를 발견한다거나 하는 게 그런 경우다.

브루노가 그 소년을 발견한 것은 소년이 그 자리에 앉아서 자신을 발견해 주기를 기다리고 있었기 때문에 가능한 일이었다. 브루노는 하나의 점이 점점 커져서 물방울로, 다시 소년으로 변하는 동안 조금씩 발걸음을 늦추었다. 두 소년 사이에는 철조망이 가로놓여 있었지만, 브루노는 낯선 사람을 만날 때는 일단 경계심을 갖고 조심스럽게 접근해야 한다는 것을 잊지 않고 있었다. 그래서 천천히 다가갔다.

이윽고 두 소년은 철조망을 사이에 두고 마주 보게 되었다.

"안녕?"

브루노가 인사했다.

"안녕."

철조망 너머의 소년도 짧게 인사했다.

소년은 절망적인 표정으로 땅바닥에 앉아 있었다. 덩치는 브루노보다 작았다. 철조망 너머에 있는 다른 사람들과 마찬가지로 줄무늬 파자마를 입은 데다 머리에는 헝겊 모자를 쓰고 있었다. 신발이나 양말은 신고 있지 않았다. 그래서인지 발이 무척 더러웠다. 소년은 팔에 육각 별 모양이 그려진 완장을 차고 있었다.

맨 처음 브루노가 다가갔을 때, 소년은 다리를 꼰 채 땅바닥에 앉아서 고개를 숙이고 있었다. 그러다 브루노가 인사하자 그제야 고개를 들었다. 브루노는 비로소 소년의 얼굴을 똑바로 볼 수 있었다. 무척 특이하게 생긴 얼굴이었다. 피부는 거의 잿빛에 가까웠다. 하지만 주위에서 흔히 볼 수 있는 잿빛이 아니었다. 두 눈은 무척 컸다. 눈동자는 캐러멜 색깔이었다. 눈의 흰자위가 유난히 하얗게 보였다. 브루노가 소년의 두 눈에서 읽은 것은 슬픔이었다.

브루노는 여태껏 그 소년만큼 비쩍 마르고 슬퍼 보이는 사람을 만난 적이 없었다. 브루노는 한참 동안 망설이다가 소년에게 말을 걸었다.

"나는 탐험을 하고 있어."

"그래?"

브루노의 말에 소년이 힘없이 대꾸했다.

"응. 탐험을 시작한 지 거의 두 시간이나 됐어."

엄격히 말해서 그 말은 거짓이었다. 탐험을 시작하고 나서 겨우 한 시간 남짓 흘렀을 뿐이었다. 브루노는 '조금 부풀려 말하면 어때? 이런 건 큰 잘못이 아닐 거야.' 하고 생각했다. 약간 과장해서 말하면, 모험을 즐기는 진짜 탐험가처럼 보일 것 같았다.

소년이 물었다.

"그래서, 발견한 게 있니?"

"없어."

"전혀 없어?"

브루노는 잠시 뜸을 들였다가 입을 열었다.

"전혀 없는 건 아냐. 너를 발견했으니까."

브루노는 소년에게 왜 그렇게 슬퍼 보이냐고 묻고 싶었다. 하지만 선뜻 입이 떨어지지 않았다. 아무리 생각해도 그런 질문을 던지는 것 자체가 무례한 행동 같았다. 브루노는 많은 사람들을 대해 보지 않았지만, 알 만한 것은 알고 있었다. 슬퍼하는 사람에게 왜 그러냐고 묻는 것은 분명히 실례이다. 그런데 슬퍼하는 이유를 묻는 것 자체를 싫어하는 사람이 있는가 하면, 묻지도 않았는데 자기가 왜 슬퍼하는지 스스로 말하는 사람도 있다. 심지어 그 이유에 대해 몇 달씩 끊임없이 이야기하는 사람도 있다. 소년은 그런 사람일지도 모른다. 물론 그와 반대로 전혀 그렇지 않은 사람일 수도 있지만, 어쨌거나 브루노는 좀 더 지켜보는 것이 좋겠다고 생각했다. 이번 탐험에서 벌써 무언가를 발견했다. 아우비츠로 이사를 온 지 몇 달 만에 처음으로 철조망 너머에서 생활하는 사람과 직접 만나 대화를 주고받게 되었던 것이다. 브루노는 이 기회를 놓치지 않고 최대한 활용해야겠다고 생각했다.

브루노는 철조망을 사이에 둔 채 소년과 똑같이 다리를 꼬고 마주 앉았다. 문득 초콜릿이나 과자를 챙겨 올걸 그랬다는 생각이 들었다. 이 애랑 사이좋게 나누어 먹는다면 얼마나 좋을까.

"나는 이 철조망 이쪽 편에 있는 집에서 살아."

브루노가 말했다.

"그래? 지난번에 그 집을 봤어. 네 얼굴은 못 봤지만 말이야."

"내 방은 이 층에 있어. 내 방 창문에서 내다보면 이 철조망이 보여. 참, 내 이름은 브루노야."

"나는 쉬뮈엘이야."

소년의 말에 브루노는 고개를 번쩍 들었다. 소년이 이름을 제대로 말한 것인지 의심스러웠기 때문이었다.

"이름이 뭐라고?"

"쉬뮈엘이라고 했잖아."

소년이 말했다. 자기의 이름에 무슨 문제라도 있느냐는 말투였다.

"쉬뮈엘이라고?"

"그래, 쉬뮈엘. 그런데 네 이름은 뭐라고 그랬지?"

169

"브루노."

"그런 이름은 생전 처음 들어 봐."

"나도 쉬뮈엘 같은 이름은 한 번도 못 들어 봤어. 쉬뮈 엘……."

브루노는 잠시 생각에 잠겼다.

"쉬뮈엘……."

브루노는 한 번 더 그 이름을 되뇌었다.

"발음을 했을 때 느낌이 좋아. 쉬뮈엘. 마치 바람 소리 같은 걸."

쉬뮈엘이 기쁜 표정으로 고개를 끄덕였다.

"브루노. 그래, 나도 네 이름이 마음에 들어. 왠지 따뜻한 느 낌이야."

"나는 지금껏 쉬뮈엘이라는 이름을 가진 사람을 한 번도 만 나 본 적이 없어."

브루노가 말했다.

"그래? 하지만 내가 사는 이곳에는 쉬뮈엘이라고 불리는 사 람이 수십 명이나 되는걸. 아니, 어쩌면 수백 명일지도 몰라. 나 도 나만의 독특한 이름을 갖고 싶은데, 쉬뮈엘이란 이름이 너무 많아."

"나는 브루노라는 이름을 가진 사람과는 못 만나 봤어. 브루노라는 이름을 가진 건 나 혼자뿐인 것 같아."

"넌 참 운이 좋구나."

쉬뮈엘이 말했다.

"맞아. 그런 것 같아. 그런데 너 몇 살이니?"

쉬뮈엘은 브루노의 질문에 잠시 생각하는 표정을 짓더니 손가락을 내려다보았다. 그러고는 계산하듯 손가락을 움직였다.

"아홉 살이야. 1934년 4월 15일에 태어났어."

브루노는 놀란 눈으로 그를 바라보았다.

"뭐라고? 다시 한 번 말해 볼래? 방금 뭐라고 말했니?"

"아홉 살이고, 1934년 4월 15일에 태어났다고 했는데. 왜, 뭐가 잘못됐어?"

갑자기 브루노의 두 눈이 휘둥그레지면서 입이 'O'자 모양으로 벌어졌다.

"이럴 수가! 믿을 수가 없어."

브루노는 나지막이 중얼거렸다.

"믿을 수가 없다니……, 뭘 믿을 수가 없다는 거야?"

쉬뮈엘이 물었다.

"아냐, 아무것도."

브루노가 재빨리 고개를 흔들며 말했다.

"나를 못 믿겠다는 거니?"

쉬뮈엘이 다시 물었다.

"아니, 너를 못 믿겠다는 게 아니야. 그저 너무 놀랐다는 거지. 나도 1934년 4월 15일에 태어났거든. 그러니까 우리 둘은 똑같은 날에 태어난 거잖아. 정말 놀랍다."

쉬뮈엘은 잠시 생각하는 표정을 지었다.

"그럼 너도 아홉 살이구나?"

"그래. 정말 신기하지 않니?"

"정말 신기한데. 내가 사는 이쪽에는 쉬뮈엘이 수십 명 있지만, 나와 생년월일이 똑같은 사람을 만난 건 지금이 처음이야."

"생년월일이 같으니까 우리는 쌍둥이나 다름없어."

브루노가 말했다. 그러자 쉬뮈엘이 고개를 끄덕였다.

"정말 그렇게도 볼 수 있겠구나."

브루노는 갑자기 행복한 기분이 들었다. 문득 가장 친한 친구들인 칼과 마틴, 다니엘의 얼굴이 머릿속에 떠올랐다. 뒤이어 베를린에서 그들과 함께 만들었던 즐거운 추억과 아우비츠로 떠나온 뒤로 느꼈던 지독한 외로움이 가슴 아프게 스쳐 지나갔다.

"넌 친구들이 많니?"

브루노는 그렇게 묻고 나서 고개를 약간 옆으로 돌린 채 대답을 기다렸다.

"응. 그런 편이야."

쉬뮈엘의 대답에 브루노는 자기도 모르게 얼굴을 찌푸리고 말았다. 사실 쉬뮈엘에게서 친구가 하나도 없다는 대답이 나오기를 바라고 있었다. 그래야 두 사람 사이에 공통점이 생길 수 있기 때문이었다.

"그 친구들과 친해?"

"음, 별로 친하진 않아. 여기엔 내 또래의 남자 아이들이 아주 많이 있어. 그래서 서로 싸울 때가 많아. 내가 이쪽으로 온 것도 어떤 애랑 싸워서야. 잠시 나 혼자 있고 싶었거든."

"참 불공평하다."

브루노가 말했다.

"내가 사는 이쪽에는 얘기를 나눌 사람도, 같이 놀 사람도 없어. 답답한 감옥에 갇힌 거나 다름없는 생활이야. 그런데 너한테는 친구들이 수십 명이나 된다니……. 너는 그 애들과 날마다 몇 시간씩 함께 어울려 놀 수 있어서 좋겠다."

"친구들이 많다고 좋은 건 아냐."

"어쨌든 난 네가 부러워. 아무래도 안 되겠어. 아버지한테 이

건 너무 불공평하다고 말해야겠어."

그러자 쉬뮈엘이 눈을 가늘게 뜨고 물었다.

"너는 어디서 왔니?"

"베를린."

"베를린? 어디에 있는 건데?"

브루노는 대답을 하려고 입을 열었다. 그러나 뭐라고 설명을 해야 할지 난감했다.

"당연히 독일에 있지. 베를린이 어디 있는지 모르면……. 그럼 너는 독일에서 온 게 아니야?"

"응. 나는 폴란드 사람이야."

쉬뮈엘이 말했다.

브루노는 다시 얼굴을 찌푸렸다.

"그런데 왜 독일어를 하는 거야?"

"네가 먼저 독일어로 인사를 건넸으니까 나도 독일어로 말한 거야. 그런데 너 폴란드어를 할 줄 아니?"

브루노가 어색하게 웃었다.

"아니, 못 해. 너는 두 나라 말을 하는구나. 와, 대단하다! 내가 두 나라 말을 할 줄 아는 사람을 본 건 네가 처음이야. 우리 나이 또래에서는 아주 드문데, 넌 정말 대단해."

"엄마가 우리 학교 선생님이셔. 그래서 엄마한테 독일어를 배웠어. 우리 엄마는 프랑스어도 할 줄 아셔. 이탈리아어랑 영어도 할 줄 아시고. 우리 엄마는 진짜 똑똑한 분이야. 나는 아직까지는 프랑스어와 이탈리아어를 할 줄 몰라. 그런데 영어는 엄마가 언젠가 꼭 가르쳐 준다고 약속하셨어. 영어는 반드시 배워야 한대."

"폴란드……."

브루노는 말을 할까 말까 망설였다. 그러다 에라 모르겠다는 심정으로 입을 열었다.

"폴란드는 독일만큼 좋지 않지? 그렇지?"

브루노의 말에 쉬뮈엘의 표정이 일그러졌다. 곧 쉬뮈엘이 물었다.

"왜 그렇게 생각하니?"

"그야 독일이 세계에서 가장 위대한 나라니까 그렇지."

브루노가 대답했다. 아버지와 할아버지가 대화를 나눌 때 엿들었던 내용이 기억났다. 그래서 한마디 덧붙였다.

"우리는 그 어떤 민족보다 훨씬 더 뛰어난 민족이야. 위대한 민족이지."

쉬뮈엘은 브루노를 물끄러미 바라보기만 할 뿐, 한참 동안 아무 말도 하지 않았다. 브루노는 재빨리 화제를 바꾸고 싶었다. 하지만 말이 쉽게 나오지 않았다. 아무리 생각해도 조금 전에 내뱉은 말이 옳은 것 같지 않았다. 브루노는 쉬뮈엘이 자기를 못된 아이로 생각할까 봐 몹시 불안했다.

"폴란드는 어디에 있니?"

한참 망설인 끝에 브루노가 침묵을 깨고 물었다.

"여기서 아주 멀어."

쉬뮈엘이 대답했다.

브루노는 얼마 전 지리 수업 시간에 리스트 선생님이 가르쳐 준 나라들을 애써 기억해 냈다.

"너 덴마크에 대해서 들어 봤니?"

"아니."

"내 생각엔 폴란드가 덴마크 어디쯤에 있는 나라인 것 같은데……."

브루노는 똑똑한 척하려고 애를 썼지만, 점점 더 혼란스러워질 뿐이었다. 내친 김에 더 아는 체를 했다. 자신이 똑똑하다는 걸 쉬미엘에게 보여 주고 싶었다.

"덴마크는 아주 멀리 있으니까 말이야."

쉬뮈엘은 다시금 브루노의 얼굴을 물끄러미 바라보았다. 잠시 후 쉬뮈엘은 무언가 말을 하려고 입을 열었다가 도로 다물었다. 자신이 하려는 말을 다시 한 번 주의 깊게 생각해 보는 것 같았다.

마침내 쉬뮈엘이 입을 열었다.

"여기가 바로 폴란드야."

"여기가 폴란드라고? 그게 정말이니?"

"그래. 그리고 덴마크는 폴란드나 독일에서 무척 멀어."

브루노는 얼굴을 찌푸렸다. 브루노도 덴마크나 폴란드 같은 나라 이름은 들어서 알고 있었다. 하지만 그런 나라들이 어디에 있는지는 아무리 생각해도 감을 잡을 수 없었다. 감을 잡기는커녕 오히려 머릿속이 뒤죽박죽 엉망이 되어 버렸다.

"음, 그렇구나. 어쨌든 그런 건 모두 상대적인 거잖아. 안 그래? 그러니까 내 말은 거리로 봤을 때 말이야."

브루노는 자기도 무슨 말인지 모를 말을 지껄였다. 어서 빨리 화제를 바꾸고 싶었다. 지리에 관련된 이야기를 하다가는 자신의 무지만 드러날 것 같았다. 브루노는 앞으로 지리 수업 시간에 좀 더 정신을 집중해야겠다고 마음먹었다.

쉬뮈엘이 말했다.

"나는 한 번도 베를린에 가 본 적이 없어."

"나도 여기 오기 전에는 한 번도 폴란드에 안 가 봤어. 이곳이 진짜 폴란드라면 말이야."

"폴란드인 건 확실해. 그런데 여기는 별로 좋은 데가 아니야."

쉬미엘이 목소리를 낮추어 말했다. 브루노도 이와 같은 생각이었다.

"내가 보기에도 그런 것 같아."

쉬뮈엘이 또 나직하게 말했다.

"내가 살던 곳은 여기보다 훨씬 좋았어."

"베를린도 여기보다 멋졌어."

브루노가 말했다.

"베를린에서 우리 가족은 아주 커다란 집에 살았어. 지하실과 작은 창문이 달린 꼭대기 층까지 합치면 모두 오 층이나 되는 집이었지. 주변에는 멋진 가게들이 죽 늘어서 있었고 말이야. 싱싱한 과일과 채소를 파는 노점과 카페도 엄청나게 많았어. 그런데 네가 만약 베를린에 가게 된다면, 토요일에는 시내를 돌아다니지 않는 게 좋아. 사람들이 너무 많아서 이리저리 떠밀려 다니기 십상이니까. 베를린은 정말 좋은 곳이었어. 모든 게 변하기 전까지는 말이야."

"그게 무슨 뜻이니?"

쉬뮈엘이 물었다.

"내가 살던 베를린은 원래 굉장히 조용한 도시였어."

브루노는 베를린이 어떻게 변했는지에 대해서는 별로 말하고 싶지 않았지만 아무래도 말해 주는 편이 좋을 것 같았다.

"나는 밤에도 불을 켠 채 잠자리에 누워 책을 읽곤 했지. 그런데 언제부터인가 그렇게 할 수 없었어. 도시 전체가 몹시 시끄럽고 무시무시하게 변했던 거야."

"밤에 불을 켜지 못하게 했어?"

"그래. 어두워지자마자 집 안의 모든 불을 꺼야만 했어."

"그렇다면 내가 살던 곳이 베를린보다는 훨씬 살기 좋은 곳이었네. 그곳에선 모든 사람들이 다 친절했어. 우리는 대가족이었고, 여기에서보다 훨씬 좋은 음식을 먹었어."

"너나 나나 정든 곳을 떠나온 점에서는 똑같구나."

브루노는 되도록 새 친구와 가까워지고 싶은 마음에 그렇게 말했다.

"그래. 네 말이 맞아."

쉬뮈엘이 말했다. 잠시 후 브루노가 물었다.

"너는 탐험하기를 좋아하니?"

"탐험? 그런 건 한 번도 해 본 적 없는데."

"나는 나중에 커서 탐험가가 될 거야. 지금은 유명한 탐험가들에 관한 책을 읽는 것밖에 특별히 할 수 있는 일이 없어. 하지만 책을 읽는 것도 좋다고 생각해. 내가 앞으로 진짜 탐험가가 되면, 그들이 저질렀던 실수를 똑같이 반복하진 않을 테니까. 책을 많이 읽은 덕분에 말이야."

브루노가 씩씩하게 말했다.

"어떤 실수를 반복하지 않는다는 거지?"

쉬뮈엘이 얼굴을 살짝 찌푸리며 물었다.

"음, 실수의 종류는 셀 수 없이 많아. 탐험에서 중요한 건 자신이 발견한 게 과연 발견할 만한 가치가 있는지를 알아야만 한다는 거야. 어떤 것들은 그저 그 자리에서 누군가 발견해 주기만을 기다리고 있기도 해. 아메리카 대륙 같은 게 그런 경우지. 그런가 하면 발견하지 않고 그냥 내버려 두는 편이 더 좋은 것들도 있어. 부엌 찬장 뒤에 있는 죽은 쥐가 그렇지."

"그럼 네가 나를 발견한 건 첫 번째 경우에 속하니?"

쉬미엘이 물었다.

"그래, 맞아."

브루노가 말했다. 그리고 잠깐 뜸을 들였다가 다시 입을 열었다.

"그런데 내가 뭐 한 가지 물어봐도 돼?"

"뭔데?"

브루노는 질문을 하기 전에 잠시 생각에 잠겼다. 보다 정확
하게 제대로 말하고 싶었기 때문이었다.

"네가 있는 그쪽에는 왜 그렇게 사람들이 많이 있는 거니?
거기서 다들 뭘 하는 거야?"

11

퓨리 씨

몇 달 전, 그러니까 브루노의 아버지가 새 제복을 입고 주위 사람들로부터 '사령관님'이라 불리기 시작하기 전의 일이다. 좀 더 정확히 말하자면, 학교에서 돌아온 브루노가 짐을 꾸리던 마리아를 보고 놀란 날보다 훨씬 전이다. 그날 저녁, 아버지는 평소와 달리 몹시 흥분한 표정으로 집에 돌아왔다. 마침 어머니와 브루노, 그레텔은 거실에 앉아서 저마다 책을 읽고 있었다. 아버지가 저벅저벅 발소리를 내며 씩씩하게 거실로 들어서서 소리쳤다.

"이번 목요일 저녁에는 모든 계획을 취소해야겠어!"

어머니가 말했다.

"당신은 그렇게 하세요. 저는 이미 극장에 가기로 약속이……."

"퓨리 씨가 내게 긴히 하실 말씀이 있다는군."

아버지가 어머니의 말을 중간에서 자르며 말했다. 아버지는 집안에서 유일하게 그렇게 해도 되는 사람이었다.

"오늘 오후에 전화를 받았소. 목요일 저녁밖에 시간을 내실 수 없다는군. 우리 집에서 저녁 식사를 하시겠대."

저녁 식사라는 말에 어머니의 두 눈이 휘둥그레지면서 입이 'O'자 모양으로 벌어졌다. 브루노는 그 모습을 바라보며 자신도 놀랐을 때 그런 표정이 되는지 궁금했다.

어머니가 하얗게 질린 얼굴로 물었다.

"당신 지금 농담하는 거 아니죠? 정말 여기 오신단 말예요? 우리 집예요?"

아버지가 고개를 끄덕였다.

"그래, 오셔. 7시에. 그러니 음식에 신경을 좀 써야 할 거요."

"맙소사!"

어머니의 눈동자가 부지런히 움직이기 시작했다. 아마도 머릿속에서 무엇부터 준비해야 할지 생각하는 것 같았다.

"푸리 씨가 누구예요?"

브루노가 물었다.

"발음이 잘못되었다, 브루노. 푸리 씨가 아니라 퓨리 씨야."

아버지가 아들을 위해 발음을 교정해 주었다. 브루노는 제대로 발음을 해 보려고 애썼지만 쉽지 않았다.

"푸리⋯⋯."

"그게 아니라니까! 아니, 됐다 됐어."

아버지가 포기한 듯 고개를 저었다.

"어쨌든 그 사람이 누군데요, 아버지?"

브루노가 다시 물었다. 아버지는 당황한 눈빛으로 브루노를 바라보았다.

"그 사람이 아니라 그분이라고 해야지. 퓨리 씨가 누구인지는 너도 잘 알고 있잖니?"

"저는 잘 몰라요."

"우리나라를 다스리는 총통이잖아, 이 바보야."

대부분 누나들이 그렇듯 그레텔이 잘난 척하며 끼어들었다. 브루노는 이런 것때문에도 그레텔이 꼴도 보기 싫었다.

"동생을 바보라고 부르면 못 써."

어머니가 말했다.

"그럼 멍청이라고 하면요?"

"그것도 안 돼."

그레텔이 풀 죽은 표정으로 자리에 앉았다. 그러면서 어머니의 눈을 피해 브루노를 향해서 혀를 날름 내밀었다.

"퓨리 씨 혼자 오시나요?"

어머니가 아버지에게 물었다.

"아 참, 그걸 안 여쭤 봤군. 하지만 여쭤 보나마나 그녀와 함께 오시지 않을까 싶소."

"어쩜 좋아."

어머니가 자리에서 일어나 생각에 잠긴 표정으로 주위를 왔다 갔다 했다. 목요일 전까지 준비해야 할 것들을 머릿속으로 정리하는 것 같았다. 목요일까지는 겨우 이틀밖에 남지 않았다.

"우선 창문부터 닦은 다음, 집 구석구석 대청소를 해야겠네."

어머니가 손가락을 꼽으며 혼잣말로 중얼거렸다.

"식탁도 새로 페인트칠을 하고, 음식도 주문해야 해. 하녀와 집사들에게 제복을 깨끗이 빨아 다림질해 입도록 지시도 하고 말이야. 접시와 유리잔들도 반짝반짝 빛이 나도록 닦아 놔야 하는데, 정말 할 일이 많군."

시간이 갈수록 목요일 저녁 식사 초대를 위해 준비해야 할 것들이 점점 더 늘어났다. 어머니는 도와주는 사람이 몇 명 더 있으면 훨씬 더 완벽하게 할 수 있을 것이라고 계속 투덜거리면서도 결국 예정된 시각에 맞춰 모든 준비를 마쳤다.

퓨리 씨가 도착하기 한 시간 전쯤이었다. 아버지가 그레텔과 브루노를 아래층의 서재로 불렀다. 그때까지 아버지가 서재로 남매를 불러들인 적은 거의 없었다. 그레텔은 하얀 원피스에 무릎까지 올라오는 양말을 신고, 머리카락은 소라 껍데기처럼 돌돌 말고 있었다. 브루노는 진갈색 반바지에 무늬 없는 흰색 셔츠를 입고 진갈색 넥타이를 맸다. 어머니는 그날을 위해 새 신발을 사 주었다. 약간 작아서 발가락이 아프고 걷기가 불편하기는 했지만, 브루노는 새 신발이 무척 마음에 들었다. 그런데 브루노가 생각하기에는 이 모든 게 좀 지나친 것 같았다.

'아무리 귀한 손님이라도 그렇지, 손님을 맞기 위해서 이렇게까지 멋지게 차려입을 필요가 있을까?'

더욱이 브루노와 그레텔은 손님과 저녁 식사를 함께하는 것도 아니었다. 둘은 한 시간 전에 이미 저녁을 먹었다.

"너희 둘, 지금부터 내가 하는 말 잘 들어라."

책상 앞에 앉은 아버지가 브루노와 그레텔을 세워 놓고 엄숙

한 목소리로 말했다.

"오늘 저녁은 아주 특별하다는 거 너희도 잘 알지?"

그레텔과 브루노가 고개를 끄덕였다.

"아버지가 뜻을 이루느냐 못 이루느냐, 즉 출세를 하느냐 못하느냐는 오늘 저녁 초대의 결과에 따라 정해진단다."

두 아이는 다시 고개를 끄덕였다.

"정말 중요한 저녁이지. 그래서 오늘 저녁 너희가 반드시 지켜야 할 기본적인 규칙들을 알려 주마."

아버지는 규칙을 무척 좋아하는 사람이었다. 집안에 중요한 행사가 있을 때마다, 아버지는 기존의 규칙에 새로운 사항들을 추가시켰다.

"먼저 퓨리 씨가 도착하시면, 현관 앞에 얌전히 서 있다가 인사를 드려야 한다. 퓨리 씨가 먼저 말을 걸기 전까지는 한마디도 해서는 안 돼. 대답을 할 때는 또랑또랑한 목소리로 한 마디한 마디 정확하게 발음해라. 알겠지?"

"아, 알았어요, 아버지……."

브루노가 우물거리듯 말했다.

"그렇게 말하면 안 돼! 또랑또랑한 목소리로 정확하게 발음하란 말이야!"

아버지가 큰 소리로 말했다.

"말할 때는 입을 크게 벌려. 그래야 정확한 발음이 나오는 거야. 그리고 어른처럼 의젓하게 행동해. 너희 둘 다 어린애처럼 굴어서는 절대 안 돼. 만약 퓨리 씨가 너희를 못 본 척하시면, 너희도 입 다물고 잠자코 있어. 대신 고개를 똑바로 들고 위대한 지도자를 추앙하는 존경과 예우의 눈빛으로 그분을 바라보도록 해. 알겠지?"

"네, 알았습니다."

그레텔이 또렷한 목소리로 말했다. 브루노는 대답을 하려다가 또 우물거리는 소리를 낼까 봐 가만히 있었다.

"어머니와 내가 퓨리 씨와 식사를 하는 동안, 너희 둘은 각자 방에 들어가 조용히 있어라. 집 안에서 뛰어다닌다거나 난간에서 미끄럼을 타서는 절대 안 돼."

아버지는 미끄럼이란 단어를 말할 때 브루노의 얼굴을 쏘아보았다.

"또 쓸데없이 아래층에 내려와서 어른들의 식사를 방해해서도 안 돼. 내 말 알아들었지? 너희 둘 중 한 사람이라도 말썽을 부렸다간 결코 용서하지 않을 거야."

브루노와 그레텔은 다시 한 번 고개를 끄덕였다. 그러자 아버지가 의자에서 일어섰다. 그것은 이야기가 끝났다는 표시였다.

"기본적인 규칙에 대한 설명은 여기까지다."

아버지가 말했다.

그로부터 정확히 사십오 분 뒤였다. 초인종이 울리면서 온 집안이 흥분의 도가니로 변했다. 브루노와 그레텔은 아버지가 시킨 대로 계단 옆에 나란히 섰다. 어머니도 그들 옆에 서서 초조한 듯 두 손을 비볐다. 아버지가 세 사람을 흘끗 쳐다보고는 만족스러운 듯 고개를 끄덕였다. 그런 다음 조심스레 현관문을 열었다.

문밖에는 두 사람이 서 있었다. 남자와 여자였다. 그런데 남자가 여자보다 키가 약간 작았다.

아버지가 두 사람에게 정중히 인사하고는 집 안으로 안내했다. 마리아가 평소보다 고개를 더 푹 숙인 채 손님들의 외투를 건네받았다. 잠시 후 아버지가 가족을 소개했다. 맨 먼저 어머니가 손님과 인사를 나누었다. 브루노는 그 틈을 타서 두 손님의 얼굴을 살펴보았다. 얼굴을 보면 그들이 환대를 받을 만큼 대단한 사람들인지 아닌지 알 수 있을 것 같았다.

퓨리 씨는 아버지보다 키가 훨씬 작았다. 이는 어디까지나 브루노의 생각이지만, 그다지 힘이 센 것 같지도 않았다. 퓨리 씨의 머리카락은 비교적 짧은 데다 짙은 갈색이었다. 코밑에 나 있는 콧수염이 인상적이라면 인상적이었다. 그것은 멋과는 거리가 멀었다. 너무 짧아서 볼품이 없었다. 일부러 그렇게 기른 것인지, 면도를 하다가 깜박 잊고 수염 있는 자리만 빼먹어서 그런 것인지 알쏭달쏭했다.

한편, 퓨리 씨 옆에 서 있는 여자는 대단한 미인이었다. 얼마나 예쁜지 눈이 부실 정도였다. 브루노는 그런 미인을 처음 보았다. 브루노는 금발에 붉은 입술이 돋보이는 미녀를 멍하니 쳐다보았다. 퓨리 씨가 어머니와 인사를 나누는 사이에 그녀도 브루노를 쳐다보았고 방긋 웃기까지 했다. 순간 브루노는 너무나 부끄러워 그 자리에서 도망치고 싶었다. 당연히 브루노의 얼굴은 벌겋게 달아올라 있었다.

"이쪽은 제 아이들입니다, 총통 각하."

아버지의 말이 떨어지자마자 그레텔과 브루노가 한 걸음 앞으로 나섰다.

"그레텔과 브루노입니다."

"누가 그레텔이고, 누가 브루노라는 건가?"

퓨리 씨가 물었다. 그 말에 모든 사람들이 웃음을 터뜨렸다. 그러나 브루노는 웃지 않았다. 그레텔은 여자 이름이고, 브루노는 남자 이름이므로 굳이 그런 질문을 할 필요가 있을까 싶었던 것이다. 브루노는 퓨리 씨의 질문에 주위 사람들이 웃는 것도 못마땅했다. 무엇이 그렇게 우습다고 큰 소리로 웃는 것인지 이해가 되지 않았다. 브루노가 생각하기에 그런 질문은 농담거리가 될 수 없었다. 이윽고 퓨리 씨가 손을 내밀어 두 아이에게 악수를 청했다. 브루노와 그레텔은 연습했던 대로 한껏 예의를 갖추어 정중하게 악수에 응했다.

금발 미녀가 말했다.

"참 귀여운 아이들이네요. 몇 살이죠?"

그녀의 질문에 아버지 대신 그레텔이 나섰다.

"저는 열두 살이고요, 애는 아홉 살이에요."

그레텔은 그렇게 말하면서 동생을 오만한 눈빛으로 흘끗 쳐다보았다. 그러고는 한마디 덧붙였다.

"저는 프랑스어도 할 줄 알아요."

엄격히 말해 그 말은 사실이 아니었다. 그저 학교에서 배운 몇 가지 표현이 그레텔이 아는 프랑스어의 전부였다.

"프랑스어를 할 줄 안다고? 굳이 프랑스어를 해야 할 필요가 있을까?"

퓨리 씨가 물었다. 이번에는 아무도 웃지 않았다. 웃음은커녕 어색한 침묵이 좌중을 감쌌다. 그레텔은 퓨리 씨에게서 시선을 떼지 못한 채 그 질문에 대답을 해야 할지 말아야 할지 망설였다. 브루노는 그레텔이 실수했다는 걸 알아채고는 속으로 쾌재를 불렀다.

이윽고 퓨리 씨가 뒤돌아서서 식당으로 들어갔다. 아버지와 어머니도 식당으로 향했다. 브루노가 보기에 퓨리 씨는 무례한 사람이었다. 식당 안으로 들어가자마자 단 한마디 말도 없이 식탁의 상석에 앉았다. 그 자리는 아버지의 지정석이었다. 아버지의 표정이 약간 굳었다. 어머니가 라스에게 수프를 데우라고 말했다.

"나도 프랑스어를 할 줄 안단다."

금발 미녀가 브루노와 그레텔 쪽으로 몸을 기울이고는 웃으면서 말했다. 그녀는 어머니나 아버지만큼 퓨리 씨를 두려워하지는 않는 것 같았다.

"프랑스어는 무척이나 아름다운 언어이지. 프랑스어를 배우고 있다니 참 똑똑한 아이구나."

"에바!"

식당에 있는 퓨리 씨가 큰 소리로 미녀의 이름을 불렀다. 그는 마치 강아지를 부르듯 딱 소리가 나게 손가락까지 튕겼다.

금발 미녀는 잠시 눈동자를 굴리더니 천천히 허리를 폈다. 그러고는 퓨리 씨 쪽을 흘끗 쳐다보았다.

"브루노, 네 신발 참 멋지구나. 하지만 너한테는 약간 작아 보이는데."

그녀가 다시 몸을 돌리고는 웃으며 말했다.

"발가락이 조이지 않니? 만약 조이면 엄마한테 말씀드려. 병이 날지도 모르니까."

"조금 조이기는 해요."

브루노가 말했다. 그런데 그레텔이 끼어들었다.

"저는 평소에는 이런 곱슬머리가 아니에요."

그레텔은 미녀가 동생하고만 이야기하자 몹시 기분이 상했다.

그레텔의 말을 들은 금발 미녀가 말했다.

"그러니? 하지만 그렇게 하니까 아주 예쁜데."

"에바!"

퓨리 씨가 또다시 큰 소리로 미녀의 이름을 불렀다. 이번에는 미녀도 어쩔 수 없는지 퓨리 씨 쪽으로 걸음을 옮겼다.

"만나서 반가웠다, 얘들아."

그녀는 그렇게 말하고 식당 안으로 들어갔다. 그러고는 퓨리 씨의 왼쪽에 자리를 잡고 앉았다. 그레텔은 계단을 향해 걸어갔다. 그러나 브루노는 그 자리에 붙박인 듯 서서 멍하니 금발 미녀를 바라보고 있었다. 미녀는 소년과 눈이 마주치자 가볍게 손을 흔들어 주었다. 그러나 아쉽게도 바로 그때 아버지가 나타나서 식당 문을 닫아 버렸다. 아버지는 문을 닫으면서 브루노를 향해 고개를 까딱거렸다. 브루노는 이제 자기 방으로 올라가야만 할 때라는 것을 깨달았다. 방 안에 들어가서 끽 소리도 내지 않고 얌전히 있어야만 했다. 시끄럽게 떠들거나 난간에서 미끄럼을 타는 것은 아버지가 말한 기본적인 규칙에 어긋나는 행동이었다.

퓨리 씨와 에바는 브루노의 집에서 두 시간쯤 머물다가 돌아갔다. 그레텔과 브루노는 두 사람에게 작별 인사를 하지 못했다. 그럴 기회가 주어지지 않았다. 그래도 브루노는 창문을 통해 두 사람이 떠나는 모습을 지켜보았다. 그들은 자신들이 타고 온 자동차를 향해 천천히 걸어갔다. 그들이 다가가자 운전사가 두 사람을 향해 고개를 숙였다. 퓨리 씨는 숙녀를 위해 먼저 차문을 열어 주지도 않았다. 그러기는커녕 자기 혼자서 냉큼 차에 올라타서는 신문을 펼쳐 들었다

"정말 무례하기 짝이 없는 사람이네."

브루노가 중얼거렸다. 물론 브루노라면 숙녀를 위해 자동차

문을 열어 주고도 남았을 터였다.

에바는 차에 오르기 전, 어머니에게 저녁 식사에 초대해 줘서 감사하다고 말했다. 그러고는 다시 한 번 작별 인사를 했다.

그날 밤 늦게, 브루노는 어머니와 아버지가 나누는 이야기를 엿들었다. 일부러 엿들은 것은 아니었다. 서재 문틈이나 열쇠 구멍을 통해 새어 나온 말소리가 계단을 타고 이 층으로 올라와 브루노의 방문 아래 틈새로 새어 들어왔던 것이다. 두 사람은 평소와 달리 큰 소리로 이야기를 나누고 있었다. 하지만 브루노의 귀에는 다 들리지 않았다. 앞뒤가 잘린 대화의 일부분만 들렸다.

"……베를린을 떠나서 그런 곳으로 간다면……."

어머니의 목소리였다.

"……선택의 여지가 없소. 적어도 우리가 이 생활을 계속하려면……."

이번에는 아버지였다.

"……마치 그러는 게 세상에서 가장 당연한 일인 것처럼 말하는군요. 하지만 그렇지 않아요. 절대로 그렇지……."

"……그렇게 되면 나는 멀리 쫓겨나서 엄청난 고통을……."

"……아이들이 그런 곳에서 자란다고 상상이나 해 보

셨……."

"……이미 결론이 난 거요. 이 문제에 대해서 한마디도 더 듣고 싶지 않아……."

마지막 목소리의 주인공은 아버지였다. 두 사람의 대화는 거기서 끝났다. 브루노는 어머니가 아버지의 서재에서 나오는 소리를 들으면서 스르르 잠이 들었다.

그로부터 이틀 뒤, 학교에서 돌아온 브루노는 마리아가 그의 방에서 짐을 꾸리고 있는 것을 보았다. 마리아는 옷장 안에 든 브루노의 물건들을 모두 꺼내 커다란 나무 상자 네 짝에 챙겨 넣었다. 마리아는 심지어 브루노가 아무도 모르게 옷장 안쪽에 보물처럼 깊숙이 숨겨 둔 물건들까지도 죄다 밖으로 끄집어내 놓았다.

12

쉬뮈엘의 이야기

쉬뮈엘이 입을 열었다.

"내가 아는 건 이것뿐이야. 여기 오기 전에 나는 부모님이랑 요제프와 함께 작은 아파트에서 살았어. 요제프는 내 동생이야. 우리 집 바로 아래층에서 아빠가 시계방을 운영하셨지. 우리는 매일 아침 7시에 다 함께 아침 식사를 했고, 나와 동생이 학교에 가 있는 동안 아빠는 사람들이 가져온 고장 난 시계를 고치셨어. 물론 새 시계를 만드는 일도 하셨지. 아빠가 내게도 멋진 시계를 하나 만들어 주셨는데, 지금은 갖고 있지 않아. 글자판이 금으로 된 시계였어. 매일 밤 자기 전에 태엽을 감아 두면 늘 정확한 시각을 알 수 있었어."

"그 시계가 지금 어디에 있는데?"

브루노가 물었다.

"저 사람들이 빼앗아 갔어."

"저 사람들? 누구 말이야?"

"저기 있는 군인들이지 누군 누구겠어?"

쉬뮈엘은 지극히 당연한 것을 왜 묻느냐는 듯한 표정을 지었다. 그리고 말을 이었다.

"아무튼 어느 날인가부터 모든 게 변하기 시작했어. 학교에서 돌아와 보니 엄마가 천으로 나와 내 동생에게 줄 완장을 만들고 계셨지. 완장에는 별이 그려져 있었는데, 바로 이렇게 생긴 거야."

쉬미엘은 그렇게 말하면서 손가락으로 땅바닥에 그림을 그렸다.

"우리가 집 밖으로 나갈 때마다 엄마는 그 완장을 차게 하셨어."

완장 얘기라면 브루노도 할 말이 있었다.

"우리 아버지도 완장을 차고 계셔. 제복 위에 차는 완장인데, 얼마나 멋있는지 몰라. 빨간색 바탕 위에 흰색 동그라미가 있고, 그 안에 검은색 무늬가 그려져 있어. 이렇게 생긴 거야."

브루노도 땅바닥에 그림을 그렸다.

쉬뮈엘이 중얼거렸다.

"내가 그린 것과 다르구나."

"그런데 나한테는 아무도 완장을 주지 않았어."

브루노가 서운한 얼굴로 투덜대자 쉬뮈엘이 말했다.

"나는 완장을 차고 싶어서 차는 게 아니야. 이런 거 갖고 싶다고 말한 적은 없어."

"그래? 나는 완장이 하나 있으면 좋겠어. 그런데 둘 중에 어떤 게 더 좋은지는 잘 모르겠어. 네 것과 우리 아버지 것 중에 어떤 게 더 멋질까?"

브루노의 말에 쉬뮈엘이 고개를 설레설레 흔들었다.

"나는 지난 일에 대해 자주 생각하지 않아. 시계방 위에서 살았던 시절을 생각하면 슬프기만 해. 우리는 그 완장을 몇 달 동안 차고 다녔어. 그런데 어느 날 학교에서 돌아와 보니, 엄마가 그 집에서 더 이상 살 수 없다고 말씀하시……."

"어? 나도 그랬는데!"

쉬뮈엘이 말을 끝내기도 전에 브루노가 소리쳤다. 브루노는 이 세상에서 자기 혼자만 억지로 이사를 한 것이 아니라는 사실에 내심 기뻤다.

"어느 날 퓨리 씨가 우리 집에 저녁을 먹으러 왔었는데, 그날 이후 우리 가족이 여기로 이사를 오게 된 거야. 하지만 난 이곳이 너무 싫어."

브루노는 그렇게 말하고 갑자기 커다란 목소리로 물었다.

"그런데 퓨리 씨가 너네 집에도 왔었니? 그래서 여기로 이사를 오게 된 거야?"

"아니, 그렇진 않아. 우리는 더 이상 그 아파트에서 살 수 없다는 얘기를 듣고 나서 얼마 뒤 크라쿠프(폴란드 왕국의 옛 수도./옮긴이) 내의 한 지역으로 이사를 가야만 했어. 그곳에는 군인들이 세운 높다란 벽이 있었지. 새로 이사 간 곳은 정말이지 끔찍했어. 작은 방 하나에서 엄마와 아빠, 동생 그리고 나까지 네 식구가 다 함께 지내야 했지."

"네 식구가 한방에서 지냈단 말이야?"

"우리 식구만이 아니야. 그 방에는 다른 사람들도 있었어. 나보다 덩치가 큰 아이들 중 하나는 아무 이유도 없이 나를 때리곤 했어. 게다가 그 애네 엄마랑 아빠는 서로 싸우는 게 일이었지."

"아니, 그 작은 방에 너네 가족 말고 또 다른 가족이 살았단 말이야? 아무래도 거짓말 같은데……."

브루노가 고개를 설레설레 흔들며 말했다.

"거짓말 같기도 할 거야."

쉬뮈엘이 말했다.

"하지만 거짓말 아니야. 그 방에서 함께 지낸 사람들은 모두 합쳐 열한 명이나 됐어."

브루노가 눈을 동그랗게 떴다. 아무리 생각해도 쉬뮈엘의 말은 거짓인 것 같았다. 열한 명이나 되는 사람들이 한방에서 지낸다니, 믿으려 해도 믿을 수 없는 일이었다. 브루노는 쉬뮈엘에게 거짓말하지 말라고 말하려다가 그만두었다. 그런 말은 이야기를 좀 더 들어 보고 해도 늦지 않을 것 같았다.

쉬뮈엘이 계속해서 말했다.

"우리는 그렇게 몇 달 동안 살았어. 열한 명이 작은 방 한 칸에서 말이야. 그 방에는 작은 창문이 하나 있었는데, 나는 창밖을 내다보고 싶지 않았어. 창밖으로 보이는 건 군인들이 쌓은 벽뿐이었으니까. 그 벽이 너무 싫었어. 원래 우리가 살던 집이 그 벽 너머에 있었거든. 같은 도시 안이긴 했지만, 새로 이사 온 곳은 몹시 환경이 나빴어. 밤낮으로 들리는 요란한 소음 때문에 잠을 이룰 수가 없을 정도였지. 그리고 아무 이유 없이 나를 때리는 루카라는 아이도 너무 싫었어."

"그레텔도 가끔 나를 때리는데. 그레텔은 우리 누나인데, 아주 이기적이고 못됐어. 하지만 이제 곧 내가 누나보다 힘도 더 세지고 키도 더 클걸. 그때는 내가 누나를 마음껏 두들겨 패 줄거야."

"그러던 어느 날, 군인들이 거대한 트럭을 타고 몰려왔어."

쉬뮈엘이 브루노의 말에는 관심이 없다는 듯 한마디 반응도 없이 자기 이야기를 계속 이어 나갔다.

"군인들은 우리와 같은 건물에 사는 모든 사람들에게 당장 떠나라고 명령했어. 그때 대부분 사람들은 떠나고 싶어 하지 않았어. 그래서 곳곳에 몸을 숨겼지. 하지만 결국에는 군인들에게 다 들키고 말았어. 그렇게 해서 다들 트럭에 실려 기차역으로 갔고, 기차는……."

쉬뮈엘이 갑자기 머뭇거리면서 입술을 꽉 깨물었다. 브루노는 쉬뮈엘이 울음을 참고 있는 것을 눈치 챘다. 하지만 왜 우는지는 알 수 없었다.

이윽고 쉬뮈엘이 다시 입을 열었다.

"우리가 탄 기차는 정말 끔찍했어. 기차 안에 너무나 많은 사람들이 있었지. 산소가 부족해서 숨 쉬기가 힘들 정도였어. 냄새는 또 얼마나 지독했는지 몰라."

"기차 한 대에 죄다 우르르 몰려서 탔으니까 그렇지."

브루노가 말했다. 브루노는 몇 달 전 베를린을 떠나올 때 역에서 보았던 기차 두 대를 떠올렸다.

"나도 그런 경험을 했기 때문에 잘 알아. 내가 여기 올 때, 플랫폼 맞은편에 기차가 또 한 대 있었어. 그런데 다른 사람들은 아무도 내가 탄 기차를 못 본 것 같더라. 우리 가족이 탄 기차는 사람도 별로 없고 아주 쾌적했어. 너도 그 기차에 탔어야 했는데 말이야."

"그런 기차가 있었겠지. 그래도 아마 우리 가족은 탈 수 없었을 거야."

쉬뮈엘이 고개를 설레설레 저으며 말했다.

"왜?"

"우리는 기차에서 내릴 수가 없었거든."

"왜 못 내려? 기차 끝 부분에 출입문이 있잖아. 몰랐어?"

"우리가 탄 기차엔 출입문이 없었어."

브루노가 한숨을 내쉬었다.

"말도 안 돼. 출입문이 없는 기차가 어디 있니? 기차 끝에 있다니까. 식당차 다음에 말이야."

"아니, 정말 어디에도 출입문은 없었어. 만약 출입문이 있었다면, 우리는 모두 그 문을 통해 밖으로 뛰어내렸을 거야."

쉬뮈엘이 진지한 눈빛으로 말했다.

브루노는 입 속에서 "출입문은 분명히 있다니까!"라고 우물거렸다. 그러나 큰 소리로 분명하게 한 말이 아니었기 때문에 쉬뮈엘은 듣지 못했다.

"마침내 기차는 정말 정말 추운 어느 역에서 멈춰 섰어. 우리 가족도 그렇고 다른 사람들도 모두 거기서부터 여기까지 내내 걸어와야 했어."

"우리는 자동차를 타고 왔는데."

브루노가 자랑스럽게 말했다.

"여기에 도착하자마자 엄마는 우리에게서 떨어져 어딘가로

가고, 아빠와 나, 그리고 내 동생 요제프는 저쪽에 있는 오두막 집으로 떠밀려 들어갔어. 그리고 그 뒤로 지금까지 우리는 줄곧 거기서 살고 있지."

쉬뮈엘은 이야기를 하는 내내 슬픈 표정을 짓고 있었다. 브루노는 그 이유를 알 수 없었다. 쉬뮈엘의 이야기는 특별히 슬픈 이야기도 아니었다. 브루노도 아우비츠로 억지로 이사를 오기까지 쉬뮈엘과 비슷한 과정을 겪었다.

브루노가 물었다.

"네가 사는 곳에는 다른 아이들도 많이 있니?"

"응. 수백 명은 될 거야."

쉬뮈엘의 대답에 브루노의 눈이 또다시 커졌다.

"뭐? 수백 명이나 된다고? 이건 너무 불공평해. 내가 사는 이쪽에는 같이 놀 아이가 한 명도 없는데……. 정말 단 한 명도 없다니까."

"수백 명이 있으면 뭐 하니? 함께 놀지도 않는데."

"함께 안 놀아? 왜?"

"함께 놀면? 대체 뭘 하고 놀겠니?"

쉬뮈엘이 따지듯이 물었다.

"글쎄, 그건 나도 잘 모르지만……. 그래도 놀 거리야 생각해 보면 많지 않을까? 예를 들면 축구 같은 것도 있고, 탐험도 있을 것 같은데. 그쪽에는 탐험할 게 많지 않니? 신기한 게 좀 있지 않아?"

쉬뮈엘은 힘없이 고개만 저을 뿐 아무 말도 하지 않았다. 그러다 잠시 후 고개를 돌려 오두막 쪽을 바라보았다. 그러고는 도로 브루노 쪽으로 고개를 돌렸다.

"너 먹을 것 좀 갖고 있니?"

쉬뮈엘이 망설이던 끝에 물었다. 수척한 얼굴에 비쩍 마른 몸으로 보아 며칠 동안 굶은 것 같았다.

"없는데. 원래는 초콜릿을 준비해 오려고 했는데 그만 깜박 잊고 안 가져왔어."

"초콜릿……."

쉬뮈엘이 입맛을 다시며 초콜릿이라는 말을 천천히 되뇌었다.

"나는 초콜릿을 딱 한 번 먹어 봤어."

"딱 한 번 먹어 봤다고? 나는 많이 먹어 봤는데. 초콜릿을 좋아하거든. 그런데 마음대로 실컷 먹지는 못해. 충치가 생길지 모른다고 엄마가 못 먹게 하시거든."

"혹시 빵 같은 건 없니?"

쉬뮈엘이 다시 물었다. 브루노가 고개를 흔들었다.

"지금은 아무것도 없어. 우리는 저녁 식사를 항상 6시 30분에 해. 너는 저녁을 몇 시에 먹니?"

쉬뮈엘이 말없이 어깨만 한 번 으쓱거렸다. 그러고는 갑자기 자리에서 일어서며 말했다.

"난 이제 그만 가 봐야 할 것 같아."

"다음에 언제 한번 우리 집에 저녁 먹으러 와."

브루노가 말했다. 말은 그렇게 했지만 처음 만난 아이에게 저녁 식사 초대를 하는 것이 잘하는 짓인지 어떤지 판단이 서지 않았다.

"그러지 뭐."

쉬뮈엘이 심드렁하게 대꾸했다. 브루노의 말을 믿지 않는다는 말투였다.

"내가 너희 집에 놀러 갈까?"

브루노가 희망에 찬 목소리로 물었다.

"내가 그쪽으로 가서 네 친구들도 만나면 좋잖아."

브루노는 쉬뮈엘이 먼저 그런 제안을 해 주기를 바랐지만 그럴 기미가 전혀 보이지 않자 먼저 얘기를 꺼냈다.

쉬뮈엘이 대답했다.

"하지만 너는 철조망 건너편에 있잖아."

"밑으로 기어서 들어가면 돼."

브루노는 그렇게 말하고 몸을 숙여 철조망 아랫부분을 들어 올렸다. 철조망은 의외로 쉽게 들어 올려졌다. 브루노는 엎드린 자세에서 지면과 들어 올려진 철조망 사이로 머리를 들이밀어 보았다. 철조망을 위로 조금만 더 들어 올린다면 브루노처럼 어린 아이는 충분히 기어서 왔다 갔다 할 수 있을 것 같았다.

"이제 정말 가 봐야겠어."

불안한 표정으로 브루노의 행동을 지켜보던 쉬뮈엘이 주춤 주춤 뒤로 물러서며 말했다.

"그래? 그럼 나중에 또 만나자."

브루노가 말했다.

"아니, 난 다시 여기에 안 올래. 군인들한테 붙잡히기라도 하면 난 끝장이야."

쉬뮈엘은 그렇게 말하고 뒤돌아서 걸어갔다. 브루노는 뻣뻣이 선 채 새 친구의 뒷모습을 바라보았다. 비쩍 말라서일까, 쉬뮈엘의 키가 무척 작아 보였다.

"내일 다시 올게!"

브루노가 점점 멀어져 가는 쉬뮈엘의 등에 대고 소리쳤다. 쉬뮈엘은 아무 대답도 없이 브루노를 홀로 남겨 둔 채 오두막을 향해 뛰기 시작했다.

브루노는 그만 집으로 돌아가야겠다고 생각했다. 하루 동안의 탐험은 그 정도면 넘칠 만큼 충분했다. 기분이 무척 좋았다. 더욱이 오늘 찾은 것을 생각하니 얼마나 기분이 좋은지 하늘 높이 날아갈 것 같았다. 당장 집으로 달려가서 어머니와 아버지, 그레텔에게 쉬뮈엘과 만난 걸 자랑하고 싶었다. 브루노의 이야기를 들으면, 그레텔은 끓어오르는 질투심을 못 이겨 미쳐 버릴 터였다. 브루노는 마리아와 라스에게도 그날 오후의 모험담과 재미있는 이름을 가진 새 친구에 대해서 말하고 싶었다.

'친구와 내 생일이 똑같다는 걸 알면 다들 깜짝 놀라겠지?'

브루노는 식구들의 반응을 상상하면서 걸음을 재촉했다. 그런데 집이 점점 가까워질수록 브루노의 마음은 뒤숭숭해졌다. 아무래도 쉬뮈엘 얘기는 식구들에게 하지 않는 것이 좋을 것 같았다.

'그래, 엄마와 아버지는 내가 쉬뮈엘과 친구가 되는 걸 반대할지도 몰라. 나를 아예 밖으로 못 나가게 할 수도 있어.'

브루노는 그렇게 생각하며 현관문을 열고 집 안으로 들어갔다. 부엌 쪽에서 저녁 때 먹을 쇠고기를 굽는 구수한 냄새가 풍겼다. 순간, 브루노는 그날 있었던 일을 당분간 아무에게도 말하지 않기로 마음을 굳혔다. 그날 오후의 일을 자기와 쉬뮈엘, 두 사람만의 소중한 비밀로 간직하기로 결심한 것이다.

13
포도주 사건

한 주 한 주 시간이 흘러가면서 브루노는 초조하고 불안했다. 베를린으로 돌아가지 못하리라는 예감은 조금씩 확신으로 굳어졌다. 그와 더불어 익숙한 옛집의 층계 난간에서 미끄럼을 타고, 소중한 친구들인 칼과 다니엘과 마틴을 다시 만나고 싶은 열망도 조금씩 마음속에서 잦아들었다. 반면에 하루하루 시간이 지날수록 새로운 생활에 익숙해져서 자신이 불행하다는 생각도 더 이상 들지 않았다. 이 모든 변화는 아무래도 이야기를 나눌 상대가 생긴 덕인 것 같았다. 브루노는 매일 오후 수업이 끝나면 철조망을 따라 한참 동안 걸어가서 새 친구인 쉬뮈엘을 만났다. 둘은 거기 마주앉아 해 질 무렵까지 이야기를 나누었다. 쉬뮈엘과 이야기를 나누다 보면 그동안 베를린을 그리며 힘들었던 시간들을 보상받는 것 같은 기분이 들었다.

어느 날 오후였다. 브루노는 평소처럼 부엌의 냉장고 안에서 빵과 치즈를 잔뜩 꺼내 주머니 안에 집어넣었다. 그때 부엌 안으로 들어선 마리아가 그 장면을 보고는 우뚝 멈춰 섰다.

"어, 마리아 아줌마! 깜짝 놀랐잖아요. 인기척이라도 좀 내시지……."

브루노는 태연한 척하려고 애썼다.

"설마 그걸 또 드시려는 건 아니죠?"

마리아가 웃는 얼굴로 말했다.

"조금 전에 점심을 드셨잖아요. 그런데 벌써 또 배가 고프세요?"

"약간 고픈 것 같아요. 지금 막 산책을 나가려는 참이었는데, 도중에 허기가 질 것 같아서 미리 챙겨 두는 거예요."

마리아는 그 말에 어깨를 한 번 으쓱거리고는 스토브 쪽으로 걸어갔다. 그리고 물이 담긴 냄비를 불 위에 올려놓았다. 스토브 옆에는 감자와 당근이 수북하게 쌓여 있었다. 감자와 당근의 껍질을 벗기는 것은 몇 시간 뒤에 올 파벨의 몫이었다. 브루노는 밖으로 나가려다가 감자와 당근을 보고 멈추어 섰다. 한동안 머릿속에서 맴돌았던 의문이 다시금 고개를 들었기 때문이었다.

'바로 지금이야.'

브루노는 이렇게 생각했다. 전에는 감히 누구에게 물어볼 엄두조차 내지 못했는데, 지금 그 의문을 풀 기회가 온 것이다.

"마리아 아줌마, 한 가지 물어봐도 돼요?"

갑작스런 브루노의 말에 마리아가 뒤돌아서서 놀란 표정으로 그를 바라보았다.

"그럼요. 어서 말씀하세요, 도련님."

"제가 질문하기 전에 아무한테도 말하지 않겠다고 약속하실 수 있어요?"

마리아는 의심하는 듯한 눈길로 잠시 브루노를 바라보다가 고개를 끄덕였다.

"좋아요, 약속할게요. 뭘 알고 싶으신데요?"

브루노가 조심스럽게 입을 열었다.

"파벨 아저씨에 대한 거예요. 아줌마도 알죠? 오후에 우리 집에 와서 감자나 당근 껍질 벗기는 일을 하고, 저녁 식사 시중까지 드는 아저씨 말예요."

"물론 알죠."

마리아가 안심했다는 목소리로 빙그레 웃으며 말했다. 브루노의 질문이 그리 심각한 것이 아니어서 다행이라고 생각하는 듯했다.

"잘 알아요. 여러 번 얘기도 나누어 보았는걸요. 그런데 왜요?"

"저어, 그러니까……."

브루노는 공연히 쓸데없는 말까지 하게 될까 봐 일단 머릿속에서 신중하게 단어를 골랐다.

"여기로 이사 온 지 얼마 안 되었을 때, 제가 떡갈나무에 그네를 매달아서 타다가 떨어졌던 일 기억하죠? 그래서 무릎을 다쳤었잖아요."

"네, 기억나요. 설마 또 다치신 건 아니죠?"

"아니, 그런 건 아니에요. 제가 그네에서 떨어졌을 때, 주위에 어른이라곤 파벨 아저씨뿐이었어요. 그래서 아저씨가 저를 이리로 데려와서, 상처 난 무릎을 물로 씻고, 초록색 약을 발랐어요. 약을 바를 때 좀 따끔거리긴 했지만, 그 덕분에 금방 나을 수 있었던 것 같아요. 아저씨는 약을 바른 다음 반창고도 붙였죠."

"도련님 같은 아이가 다친 걸 보면 누구라도 그렇게 했을 거예요."

마리아가 말했다.

"저도 그건 알아요. 그런데 그때 파벨 아저씨가 자기는 원래 웨이터가 아니라고 말했어요."

그 말에 마리아는 표정이 딱딱하게 굳었다. 그러더니 아무 말 없이 시선을 다른 데로 돌린 채 혀로 입술을 축였다. 그리고 잠시 후 고개를 끄덕이며 말했다.

"그랬군요. 그럼 자기가 웨이터가 아니라 뭐라던가요?"

"의사래요. 식당이 아니라 병원에서 일했다고 했어요. 말도 안 되죠? 파벨 아저씨는 의사가 아니죠?"

마리아가 고개를 설레설레 흔들며 말했다.

"당연히 아니죠. 그분은 의사가 아니라 웨이터예요."

"그럴 줄 알았어요. 그런데 왜 저한테 그런 거짓말을 했을까요? 이해가 안 돼요."

브루노가 고개를 갸우뚱거리자 마리아가 나지막한 목소리로 조심스레 말했다.

"도련님. 파벨 씨는 지금은 더 이상 의사가 아니에요. 그렇지만 전에는 의사였어요. 이곳으로 오기 전, 또 다른 삶을 살 때 말예요."

"또 다른 삶을 살 때는 의사였다고요?"

브루노는 찌푸린 표정으로 곰곰이 생각했다.

"네, 분명해요. 여기에 오기 전엔 의사로 일했어요."

"파벨 아저씨가 전에 의사였다면, 왜 지금은 의사가 아니죠?"

마리아는 브루노의 질문에 한숨을 내쉬었다. 그러고는 창밖으로 고개를 내밀고 주변에 사람이 없는지 확인했다. 잠시 후 마리아와 브루노는 나란히 의자에 앉았다.

"파벨 씨에게 직접 들은 얘기가 있긴 해요, 도련님."

"무슨 얘기요? 어서 얘기해 주세요."

브루노는 의사였던 파벨 씨의 이야기를 빨리 듣고 싶었다. 그러나 마리아는 그 얘기를 하기 전에 먼저 이렇게 당부했다.

"저한테 들은 얘기는 아무한테도 말하지 않겠다는 약속부터 하세요. 말을 했다간 우리 둘 다 엄청난 곤경에 빠질 거예요."

"아무한테도 말하지 않을게요. 약속해요."

브루노가 다짐했다. 브루노는 다른 사람의 비밀 이야기를 듣는 것을 좋아했지만, 여간해서는 그것을 퍼뜨리지 않는 편이었다. 물론 가끔씩 어쩔 수 없이 비밀을 말하는 경우가 있기는 했다. 하지만 그것은 극히 예외적인 경우였다.

"좋아요. 그럼 이제 도련님에게 제가 알고 있는 만큼만 얘기할게요."

브루노는 쉬뮈엘과의 약속 장소에 조금 늦게 도착했다. 다행히 쉬뮈엘은 평소와 다름없이 땅바닥에 다리를 꼬고 앉아서 브루노를 기다리고 있었다.

"늦어서 미안해."

브루노가 준비해 온 빵과 치즈를 철조망 사이로 건네주며 말했다. 빵과 치즈는 냉장고에서 꺼냈을 때보다 작아져 있었다. 브루노가 오는 길에 조금씩 떼어 먹었기 때문이었다.

"마리아 아줌마와 얘기를 나누느라고 늦었어."

"마리아 아줌마가 누군데?"

쉬뮈엘이 친구의 얼굴은 쳐다보지도 않은 채 물었다. 쉬뮈엘은 음식을 먹느라 정신이 없었다.

"우리 집 가정부 아줌마야. 아주 착한 분이셔. 물론 아버지는 아줌마가 월급을 너무 많이 받는다고 불평을 하시지만 말이야."

"음, 그렇구나."

쉬뮈엘이 건성으로 대꾸했다.

"오늘은 아줌마가 파벨 아저씨에 대한 얘기를 해 주었어. 파벨 아저씨는 우리 집에서 채소를 다듬고 저녁 식사 시중을 드는 분이야. 아마 아저씨도 네가 사는 곳에 사실걸?"

브루노의 말에 쉬뮈엘이 음식을 씹다가 말고 고개를 번쩍 들었다.

"내가 사는 곳에?"

"응. 혹시 그 아저씨를 아니? 꽤 나이가 많은 아저씨인데, 흰색 재킷을 갖고 있어. 우리 집에서 식사 시중을 들 때 입는 옷이지. 너도 아마 본 적이 있을 거야."

"아니, 난 모르겠는데."

쉬뮈엘이 고개를 설레설레 흔들었다.

"아니야, 모를 리 없어!"

브루노가 짜증 난 목소리로 외쳤다. 쉬뮈엘이 일부러 모른 척하는 것 같았기 때문이었다.

"보통 어른들보다 키가 작고, 잿빛 머리에 약간 등이 굽은 사람이야. 한 번 잘 생각해 봐."

"너는 이 안에 사람들이 얼마나 많이 있는지 모르는구나. 여기엔 사람들이 수천 명도 넘게 있어."

"그 아저씨 이름은 파벨이야."

브루노는 쉬뮈엘의 말을 듣고도 포기할 수 없었다.

"내가 그네에서 떨어져서 무릎을 다쳤을 때, 그 아저씨가 상처 부위를 깨끗이 소독하고 반창고까지 붙여 주셨어. 그 아저씨도 너처럼 폴란드 출신이야. 그래서 너한테 얘기하는 거야."

하지만 쉬뮈엘은 여전히 심드렁하게 대꾸했다.

"여기 있는 사람들은 거의 다 폴란드 출신이야. 물론 몇몇은 예외지만 말이야. 체코슬로바키아에서 온 사람들도······."

"그래도 알려고 하면 알 수도 있잖아. 참, 파벨 아저씨는 원래 고향에서 의사였대. 이곳에 온 다음부터는 의사로 일할 수 없게 됐다나 봐. 만약 내가 다쳤을 때 나를 치료해 준 사람이 파벨 아저씨였다는 걸 우리 아버지가 알게 되면, 큰 문제가 생길 거래."

"그러고도 남을 거야. 군인들은 대개 남들이 잘되는 걸 싫어하니까. 그들은 그 반대의 경우를 좋아해."

쉬뮈엘이 말했다.

"그렇구나."

브루노는 쉬뮈엘의 말뜻을 제대로 이해하지 못했으면서도 고개를 끄덕이며 그렇게 말했다.

잠시 후 브루노는 하늘을 올려다보았다. 철조망 윗부분에 있는 뾰족한 가시줄이 눈에 띄었다. 브루노는 그것을 바라보다가 쉬뮈엘에게 질문을 던졌다.

"너는 커서 뭐가 되고 싶니?"

"나? 나는 동물원 사육사가 되고 싶어."

"동물원 사육사?"

"응. 동물을 좋아하거든."

쉬뮈엘이 나지막이 말했다.

"나는 커서 군인이 될 거야. 우리 아버지처럼 멋진 군인이 될래."

브루노의 목소리는 쉬뮈엘과는 달리 자신감에 차 있었다. 그런데 쉬뮈엘은 군인 얘기를 듣고 전혀 좋아하지 않았다. 좋아하기는커녕 오히려 이렇게 말했다.

"난 군인이 되고 싶은 생각은 손톱만큼도 없어."

당황한 브루노는 재빨리 대꾸했다.

"내가 말하는 군인은 코틀러 중위 같은 사람이 아니야. 남의 집을 마치 제 집인 양 드나들고, 남의 누나랑 시도 때도 없이 낄낄거리고, 남의 엄마한테 귓속말을 하는 그런 군인이 아니라고. 나는 코틀러 중위를 훌륭한 군인이라고 생각하지 않아. 내가 되고 싶은 건 우리 아버지 같은 군인이야. 우리 아버지는 정말 훌륭한 군인이셔."

"이 세상에 훌륭한 군인이라는 건 없어."

쉬뮈엘이 말했다.

"아니야, 분명히 있어."

"그게 누군데?"

"우리 아버지. 사람들은 우리 아버지를 '사령관님'이라고 불러. 그리고 무조건 아버지가 명령하는 대로 따르지. 그게 다 우리 아버지가 훌륭한 군인이기 때문이 아니겠어? 퓨리 씨가 아버지를 염두에 둔 중대한 계획을 세운 것만 봐도 우리 아버지는 무척 훌륭한 군인일 거야."

"이 세상에 훌륭한 군인은 없어."

쉬뮈엘이 똑같은 말을 반복했다.

"우리 아버지는 다르다니까."

브루노도 굽히지 않고 다시 한 번 강조해서 말했다. 브루노는 쉬뮈엘이 그런 말을 또다시 하지 않기를 바랐다. 어렵게 사귄 새 친구와 말싸움을 벌이고 싶지 않았기 때문이었다. 쉬뮈엘은 아우비츠에 와서 사귄 유일한 친구였다. 하지만 아무리 유일한 친구라도 아버지를 나쁘게 말하는 건 용납할 수 없었다. 자기 아버지를 나쁘게 말하는데 세상에 어떤 아들이 가만히 듣고 만 있겠는가? 그런 아들은 결코 없을 것이었다.

두 소년은 한동안 아무 말도 하지 않았다. 둘 다 나중에 후회할 말을 섣불리 내뱉고 싶지 않았다. 잠시 후 쉬뮈엘이 먼저 입을 열었다.

"너는 이곳 생활이 어떤지 전혀 모르고 있어. 그렇지?"

쉬뮈엘의 목소리는 알아듣기가 힘들 만큼 작았다.

"쉬뮈엘, 너는 여자 형제가 없지?"

브루노가 쉬뮈엘의 말을 못 들은 척 딴소리를 했다. 쉬뮈엘의 질문에 대답하기가 곤란했기 때문이었다.

"없어."

쉬뮈엘이 고개를 저으며 말했다.

"넌 참 좋겠다. 우리 누나 그레텔은 이제 겨우 열두 살이면서 자신이 세상의 모든 걸 다 안다고 착각하고 있어. 게다가 어처구니없는 짓만 골라서 하지. 하루 종일 자기 방에서 창밖을 내다보고 있다가 코틀러 중위가 집으로 걸어오고 있는 게 보이면 잽싸게 현관 쪽으로 달려 내려가. 그러고는 마치 우연히 그곳에 있었던 것처럼 연극을 하지. 며칠 전에는 나도 똑똑히 봤는데, 중위가 문을 열고 들어오니까 깜짝 놀란 척하면서 '어머, 코틀러 중위님! 오시는 줄 몰랐어요.'라고 말하더라고. 몇 시간 전부터 목을 빼고 기다리고 있는 걸 내가 뻔히 알고 있는데도 말이야."

브루노는 쉬뮈엘의 얼굴을 피해 약간 고개를 옆으로 돌린 채 말했다. 잠시 후 브루노는 쉬뮈엘의 얼굴을 곁눈질로 슬쩍 쳐다보았다. 이상하게 쉬뮈엘의 얼굴이 평소보다 훨씬 더 창백해 보였다.

"왜 그래, 쉬뮈엘? 어디가 아픈 사람 같아."

"난 그 사람에 대한 얘기 싫어."

쉬뮈엘이 힘없이 말했다.

"그 사람이라니, 누구 말이야?"

"코틀러 중위. 이름만 들어도 소름 끼쳐. 너무 무서워."

브루노도 솔직하게 말했다.

"사실 나도 코틀러 중위가 조금 무섭기는 해. 늘 잘난 척하고 으스대니까. 게다가 몸에선 지독한 냄새까지 나. 아마 화장수를 너무 많이 바르기 때문일 거야."

쉬뮈엘은 몸을 부들부들 떨기 시작했다. 마치 추위하는 사람 같았다.

"대체 왜 그래? 그렇게까지 춥진 않은데……. 그렇게 추위를 많이 타면 점퍼를 갖고 오지 그랬니?"

브루노는 그렇게 말하고 혼잣말처럼 중얼거렸다.

"날이 저물어서인지 나도 좀 춥긴 하다."

그날 저녁, 브루노는 기분이 몹시 나빴다. 오붓한 저녁 식탁에 코틀러 중위가 끼었기 때문이었다. 파벨은 평소와 다름없이 흰색 재킷을 입고 식사 시중을 들었다. 브루노는 파벨이 식탁을 돌며 접시를 나르는 모습을 가만히 지켜보았다. 파벨의 얼굴을 바라보면 슬픈 생각이 들었다. 심지어 그가 입고 있는 흰색 재킷까지도 슬퍼 보였다. '지금 입고 있는 저 옷이 예전에 의사로 일할 때 입던 옷과 같은 건 아닐까?' 브루노는 문득 그것이 궁금했다. 아무래도 예전에 입던 옷을 지금도 입고 있는 것 같았다.

파벨은 식탁에 빙 둘러앉은 사람들 앞에 접시를 내려놓고는 벽 쪽으로 물러섰다. 그는 사람들이 이야기를 나누며 음식을 먹는 동안 꼼짝도 하지 않았다. 눈동자도 전혀 움직임이 없었다. 그래서인지 마치 그 자리에 선 채로 눈을 뜨고 잠이 든 사람 같았다. 식탁 위의 음식이 떨어지면 그제야 움직였다. 그런데 어딘가 모르게 불안해 보였다. 몸도 허약하고 왜소해진 것 같았다. 두 뺨도 핏기가 없이 핼쑥했다. 그런 데다 두 눈에는 눈물이 가득 괴어 있어서 살짝만 깜박거려도 볼을 타고 주르르 쏟아져 내릴 것만 같았다. 브루노는 파벨이 눈을 깜박이지 않기를 바랐다.

이윽고 파벨이 접시를 들고 브루노 곁으로 다가왔다. 브루노는 접시를 내려놓는 파벨의 손이 가볍게 떨리는 것을 눈치 챘다. 파벨은 확실히 몸 상태가 좋지 않아 보였다. 벽 쪽으로 돌아갈 때의 걸음걸이도 전 같지 않았다. 다리에 힘이 없는 듯 약간 휘청거렸다.

파벨은 귀까지 어두워진 것 같았다. 어머니가 수프를 더 가져다 달라고 두 번이나 그를 불렀는데도 벽 쪽에 가만히 서 있었다. 파벨의 실수는 그것뿐만이 아니었다. 때맞추어 포도주 병의 코르크를 따 놓지 않아서 아버지한테 핀잔을 듣기도 했다.

"리스트 선생님은 우리가 시나 희곡을 읽지 못하게 해요."

브루노가 음식을 먹으면서 말했다. 그날 저녁에는 손님과 함께 식사를 하게 된 탓에 가족들 모두 정장 차림이었다. 아버지는 제복을, 어머니는 눈동자 색깔과 똑같은 녹색 드레스를, 그레텔과 브루노는 베를린에서 교회에 갈 때 입었던 옷을 입고 있었다.

"일주일에 단 하루라도 시와 희곡을 읽게 해 달라고 부탁 드려 보았지만, 단호하게 거절하셨어요. 선생님이 우리 교육을 맡고 있는 동안에는 절대 안 된대요."

"선생님 나름대로 소신이 있어서 그러시는 걸 거다."

아버지가 나이프로 양고기를 자르며 말했다.

"리스트 선생님은 매일 우리에게 역사와 지리만 공부하라고 한단 말예요. 그래서 이제는 점점 그 과목들이 싫어지려고 해요."

"싫다는 표현은 함부로 쓰면 안 돼, 브루노."

어머니가 충고했다.

"왜 역사가 싫다는 거냐?"

아버지가 잠시 포크를 내려놓고 식탁 맞은편의 브루노를 바라보며 물었다. 브루노는 습관처럼 어깨를 한 번 으쓱거렸다.

"지루하니까요."

"지루하다고? 역사 공부가 지루해? 브루노, 지금부터 내 말 잘 들어라."

아버지가 몸을 앞으로 약간 숙이며 나이프로 브루노를 가리켰다.

"역사는 매우 중요한 거야. 그 무엇보다도 중요하지. 지금 우리가 이곳에 있는 것도 다 역사에 따른 결과야. 역사가 없다면, 우리들 중 누구도 지금 이 식탁 앞에 앉아 있지 않을 거다. 아마도 베를린 집에 있는 식탁 앞에 안전하게 모여 있겠지. 지금 우리는 역사를 고쳐 쓰고 있는 거야."

"그래도 지루한 걸 어떡해요."

브루노가 중얼거렸다. 순간 코틀러 중위가 브루노를 노려보았다.

"제 남동생을 용서하세요, 코틀러 중위님."

그레텔은 그렇게 말하면서 중위의 팔에 슬그머니 손을 얹었다. 그러자 어머니가 눈을 가늘게 뜨고 딸의 얼굴을 쏘아보았다.

"쟤는 아직 무식한 꼬마예요. 그래서 뭘 모르죠."

"뭐? 내가 무식하다고?"

브루노가 그레텔의 말을 듣고 참다못해 소리쳤다.

"코틀러 중위님, 제 누나를 용서해 주세요."

브루노는 누나에게 앙갚음을 하려고 정중하게 말했다.

"누나는 정말 못 말리는 문제아예요. 저희 가족들도 두 손 두 발 다 들었다니까요. 심지어 병원에서도 치료가 불가능하다고 했어요."

"그만 하지 못해, 브루노!"

그레텔이 얼굴이 새빨개져서 소리쳤다.

"누나나 그만 하시지."

브루노가 빙긋이 웃으며 응수했다.

"얘들아, 제발 좀……."

어머니가 말하다 말고 아버지를 흘끗 쳐다보았다. 아버지가 식탁 위에 나이프를 내려놓았다. 순간 모두가 입을 꾹 다물었다. 브루노는 아버지의 얼굴을 재빨리 훔쳐보았다. 딱히 화가 났다고는 볼 수 없지만, 어쨌든 표정은 딱딱하게 굳어 있었다. 이를테면 아이들이 싸우는 꼴을 더 이상 두고 보지 않겠다는 듯한 표정이었다.

코틀러 중위가 어색한 침묵을 깨고 말했다.

"저는 어렸을 때 역사 과목을 굉장히 좋아했습니다. 제 아버지가 대학에서 문학을 가르치셨지만, 저는 문학보다는 사회 과학을 더 좋아했죠."

"어머, 그랬군요. 그런 줄 몰랐어요, 코틀러 중위. 부친께서 요즘도 강의를 하시나요?"

어머니가 중위를 쳐다보며 물었다.

"아마 그러실 겁니다. 실은 저도 확실히는 모릅니다."

어머니는 그 말에 짐짓 얼굴을 찌푸리며 물었다.

"어머, 어떻게 모를 수가 있죠? 부친과 서로 연락을 안 하고 지내나요?"

젊은 중위는 어머니의 질문이 떨어지기가 무섭게 양고기를 입 안 가득 넣고 우물거렸다. 대답을 하기 전에 생각할 시간을 벌려고 일부러 그런 것 같았다. 중위는 부지런히 입을 움직이면서 브루노를 쳐다보았다. 왜 역사 따위의 화제를 끄집어내 애먼 사람을 난처하게 만들었느냐는 식의 원망 섞인 눈빛이었다.

"코틀러 중위님. 정말 아버님과 서로 연락을 안 하나요?"

어머니가 다그치듯 말했다.

"뭐, 그렇다고 볼 수 있습니다."

중위는 어머니의 얼굴을 쳐다보지도 않은 채 어깨만 한 번 으쓱거렸다.

"아버지께선 몇 년 전에 독일을 떠나셨어요. 아마 1938년일 겁니다. 그 후로는 한 번도 뵌 적이 없습니다."

아버지가 잠시 포크를 멈추고 코틀러 중위를 바라보았다. 아버지는 얼굴을 약간 찌푸리고 있었다.

"어디로 가신 건가?"

아버지가 물었다.

"방금 뭐라고 말씀하셨습니까, 사령관님?"

코틀러 중위가 잘 알아듣지 못했다는 표정을 지으며 물었다. 하지만 아버지의 목소리는 누가 들어도 크고 명료했다.

"어디로 가셨냐고 물었네. 대학에서 문학을 가르치셨다는 자네 부친 말일세. 독일을 떠나서 어디로 가셨나?"

아버지의 질문에 중위의 얼굴이 벌겋게 달아올랐다. 그는 약간 더듬거리기 시작했다.

"그, 그게…… 혀, 현재는 스위스에 계실 겁니다. 가장 최근에 들은 바로는…… 베른의 어느 대학에 재직 중이라고 했습니다."

분위기가 불편해지자 어머니가 재빨리 끼어들었다.

"어머, 그래요? 스위스는 정말 아름다운 나라죠. 아직 한 번도 가 보지는 못했지만, 다른 사람들 얘기로는……."

"자네 부친께서는 그다지 연로한 편은 아니겠군."

아버지가 묵직한 저음으로 말했다. 그 목소리에 좌중은 다시 쥐 죽은 듯 고요해졌다.

"자네 나이가 올해 겨우……. 몇 살이지? 열일곱? 열여덟인가?"

"얼마 전 생일에 열아홉 살이 되었습니다, 사령관님."

"그렇다면 자네 부친은…… 사십 대이시겠군. 안 그런가?"

코틀러는 아무 말도 없이 계속 먹기만 했다. 그러나 표정은 전혀 음식의 맛을 즐기고 있는 것 같지 않았다.

"그런 젊은 분이 조국을 등지고 다른 나라로 떠났다는 게 좀 이상하군."

아버지가 중얼거렸다. 그러자 코틀러가 재빨리 말했다.

"아버지와 저는 가까운 사이가 아닙니다."

코틀러는 식탁에 앉아 있는 사람들과 일일이 눈을 마주쳤다. 마치 모든 사람들에게 자기를 나쁘게 보지 말라고 부탁하는 것 같았다.

"정말입니다. 몇 년 동안 한 번도 대화를 나누어 본 적이 없을 정도입니다."

그러나 아버지는 코틀러를 봐줄 마음이 없는 듯했다.

"독일을 떠나는 이유가 뭐라고 하시던가? 조국이 역사상 가장 위대한 영광의 시기를 맞이하여 지도자가 국민들의 절대적인 지지를 필요로 하고 있는 이때, 이 나라를 떠난 이유가 뭐지? 지금은 국가 재건을 위해 우리 모두 맡은 바 역할을 의연하게 수행해야만 할 중요한 시기이네. 혹시 부친이 결핵 환자이신가?"

코틀러 중위는 몹시 당황한 표정으로 아버지를 바라보았다.

"네? 무, 무슨 뜻이신지……?"

"요양을 하기 위해서 스위스로 가셨느냐 이 말일세. 그렇지 않다면 1938년에 독일을 떠나야만 했던 무슨 특별한 이유가 있나?"

"죄송하지만 저도 모르겠습니다, 사령관님. 그런 건 아버지께 직접 여쭈어 보시는 게 나을 것 같습니다."

"가까운 곳에 계시다면야 얼마든지 그럴 수 있겠지. 아무튼 내 추측이 맞을 걸세. 건강 문제 때문에 가셨을 테지."

아버지는 잠시 머뭇거리다가 포크와 나이프를 들고 다시 음식을 먹기 시작했다.

"그게 아니면…… 아마 반대를 해서였겠지."

"반대를 해서였다뇨? 사령관님, 그게 무슨 말씀이십니까?"

"국가 정책에 반대를 했단 말일세. 가끔씩 그런 인간들이 있다고 하더군. 아주 특이한 인간들이지. 그런 작자들은 정신병자이거나 반역자, 둘 중 하나야. 단순한 겁쟁이들도 있겠지만. 그런데 자네는 자네 상관에게 부친의 정치관에 대해 보고했겠지? 안 그런가, 코틀러 중위?"

아버지의 질문에 젊은 장교의 입이 떡 벌어졌다. 뒤이어 그가 꿀꺽 침을 삼키는 소리가 들렸다.

그러자 아버지가 갑자기 쾌활한 목소리로 말했다.

"아, 아닐세. 내 말에 신경 쓸 거 없네. 이런 얘기는 식사 자리에 어울리지 않는 것 같네. 나중에 단 둘이 좀 더 진지하게 얘기하도록 하세."

하지만 코틀러는 불안한 표정으로 몸을 약간 숙이며 말했다.

"사령관님……. 저는 정말……."

"그 얘기는 식사 자리에 어울리지 않는다고 했잖나? 그만두게."

아버지가 단호하게 잘라 말하자 코틀러는 입을 다물었다. 브루노는 두 사람의 얼굴을 번갈아 바라보았다. 똑같은 상황에서 한 사람은 밝게 웃는 표정이었고, 나머지 한 사람은 겁에 질린 표정이었다.

"나도 스위스에 가 보고 싶어요."

그레텔이 침묵을 깨고 말했다.

"어서 저녁이나 먹어라, 그레텔."

어머니가 말했다.

"왜요? 난 지금 얘기하고 싶은걸요."

"잠자코 먹기나 하라니까!"

어머니가 얼굴을 붉히며 소리쳤다. 분위기가 또 한 차례 험

악해졌다. 어머니가 무슨 말인가를 덧붙이려는 순간, 아버지가 파벨을 불렀다.

"자네 오늘 무슨 일 있나?"

파벨이 새 포도주 병의 코르크를 뽑는 것을 바라보면서 아버지가 물었다.

"내가 포도주를 좀 더 준비하라고 말한 게 벌써 네 번째야."

브루노가 걱정스러운 눈빛으로 파벨을 쳐다보았다. 다행히 파벨은 비교적 쉽게 포도주 병의 코르크를 뽑았다. 그런데 예기치 않은 사건이 터졌다. 파벨이 아버지의 잔에 포도주를 따른 뒤 코틀러 중위를 향해 돌아서다가, 손에 들고 있던 병을 놓쳐 버렸다. 순간 둔탁한 소리와 함께 포도주 병이 식탁 위로 떨어지면서 젊은 장교의 무릎에 붉은 포도주를 콸콸 쏟아 냈다.

빳빳하게 풀을 먹여 주름 하나 없이 말끔하게 다림질된 코틀러 중위의 바지가 삽시간에 붉게 물들었다. 사람들의 시선이 일제히 중위에게 쏠렸다.

이윽고 젊은 중위가 취한 행동은 그야말로 무자비했다. 아무도 예상치 못한 일이었다. 바로 전까지 겁에 질려 있던 젊은 장교 코틀러는 이제 분통을 터뜨렸다. 코틀러는 벌떡 일어나 인정사정없이 파벨을 두들겨 팼다. 한때 의사였고 지금은 웨이터인 폴란드 사람을 군인이 마구 때리고 있었다. 그 자리의 어느 누구도 중위의 행동을 막지 못했다. 브루노도, 그레텔도, 어머니도, 심지어 아버지조차 말이다. 브루노는 급기야 울음을 터뜨렸고, 그레텔은 얼굴이 하얗게 질렸다. 그러나 그 폭력과 잔인함을 제대로 눈뜨고 지켜본 사람은 아무도 없었다.

그날 밤, 잠자리에 든 브루노는 저녁 식사 때 일어난 일에 대해 한참 동안 생각했다. 브루노가 그네를 만들던 날, 파벨은 친절하게 타이어를 옮겨다 주었다. 그뿐만 아니라 피가 흐르는 무릎을 깨끗이 닦아 주었고, 초록색 약도 발라 주었다. 그런 착한 사람한테 어떻게 그럴 수가 있는 것인지, 브루노는 도저히 이해할 수가 없었다.

아버지는 대체로 친절하고 사려 깊은 사람이었다. 그리고 코틀러 중위에게 제복은 무척이나 중요한 의미를 갖는 것이었다. 그렇다고는 해도 파벨에게 끔찍한 짓을 하는 코틀러를 말리지 않는 건 절대로 올바른 행동이 아니었다. 만약 그것이 아우비츠에서 살아가는 방식이라면, 어떤 상황에서도 불평불만을 입 밖에 내지 말아야 할 것이었다. 그저 입을 꾹 다물고 아무런 문제도 일으키지 않는 것이 상책일 터였다. 하지만 모든 사람들이 그렇게 죽은 듯 있지는 않을 것이다.

베를린에서 보냈던 시절은 이제 브루노에게 아주 오래전 일처럼 여겨졌다. 가장 소중한 친구들인 칼과 마틴, 다니엘의 얼굴도 거의 생각나지 않았다. 그들 중 한 아이가 빨간 머리였다는 것 정도만 기억날 뿐이었다.

14

이유 있는 거짓말

그 사건 후, 몇 주가 지났다. 브루노는 수업이 끝난 뒤 어머니가 낮잠을 자는 틈을 타서 몰래 집을 빠져나갔다. 그리고 철조망을 따라 한참 동안 걸어가서는 쉬뮈엘을 만났다. 쉬뮈엘도 거의 매일 오후에 그곳에서 다리를 꼬고 앉아 땅바닥을 바라보며 브루노를 기다렸다.

어느 날 오후, 브루노는 쉬뮈엘의 눈가가 시퍼렇게 멍들어 있는 것을 보았다. 어떻게 된 일이냐고 묻자, 쉬뮈엘은 고개를 흔들며 말하고 싶지 않다고 대답했다. 베를린의 학교를 비롯하여 이 세상에는 어디에나 불량배들이 있게 마련이었다. 브루노는 쉬뮈엘도 그런 녀석들에게 당했을 것이라고 생각했다. 곤경에 빠진 친구를 돕고 싶었다. 하지만 뾰족한 방법이 떠오르지 않았다. 그런데 쉬뮈엘의 표정으로 보니 불량배에게 얻어맞은 사실을 숨기고 싶어 하는 것 같았다.

브루노는 쉬뮈엘을 만날 때마다 철조망 밑으로 기어 들어가서 함께 놀 수 없겠느냐고 말했다. 정말 그렇게 하고 싶었다. 하지만 쉬뮈엘은 번번이 퇴짜를 놓았다.

"왜 네가 이쪽으로 넘어오고 싶어 하는지 모르겠어. 여기는 그다지 좋은 곳이 아니야."

"네가 우리 집에 와 보지 않아서 그런 말을 하는 거야. 우리 집도 좋은 곳은 아니야. 겨우 삼 층밖에 안 돼. 베를린에서는 오 층짜리 집에서 살았는데 말이야. 삼 층짜리 집이라니, 사람이 어떻게 이렇게 좁은 집에서 살 수가 있겠니?"

브루노가 말했다. 그러자 쉬뮈엘이 브루노를 쳐다보았다. 브루노는 열한 명이 한방에서 지냈다는 쉬뮈엘의 이야기를 까맣게 잊고 있었다. 그 방에는 아무 이유 없이 쉬뮈엘을 때리는 루카라는 소년도 있었다.

어느 날, 브루노는 쉬뮈엘에게 왜 그쪽에 사는 사람들은 모두 똑같은 줄무늬 파자마와 헝겊 모자를 쓰고 있느냐고 물었다.

"우리가 여기 도착했을 때 군인들이 준 거야. 입고 온 옷들은 모두 빼앗고 대신 이걸 줬지."

"하지만 아침에 일어났을 때 다른 옷을 입고 싶다는 생각이 들지는 않니? 네 옷장 안에 다른 옷들도 있을 거 아냐."

쉬뮈엘은 브루노의 말에 눈을 깜박이며 무언가 말을 하려고 입을 열었다. 그러다가 곧 다시 입을 다물고 생각에 잠겼다.

브루노가 말했다.

"나는 줄무늬가 싫던데."

그러나 그 말은 사실이 아니었다. 브루노는 줄무늬를 무척 좋아했다. 헐렁한 파자마도 좋아했다. 그런데 브루노는 매일 몸에 꽉 끼는 바지와 셔츠를 입고, 넥타이에 구두까지 신어야만 했다. 브루노는 그런 자신이 불쌍했다. 하루 종일 헐렁한 파자마를 입고 지내는 쉬뮈엘과 철조망 너머의 아이들이 한없이 부러웠다.

며칠 뒤, 브루노가 잠에서 깼을 때 창밖에는 비가 내리고 있었다. 참으로 오랜만에 내리는 비였다. 밤부터 내리기 시작한 것 같았다. 브루노가 아침 식사를 하는 동안에도 비는 계속해서 내렸다. 리스트 선생님과 수업을 하는 오전 시간에도 내내 그치지 않았다. 점심을 먹을 때도, 오후에 역사와 지리 수업을 마쳤을 때까지도 쉬지 않고 내렸다. 브루노는 줄기차게 퍼붓는 비가 원망스러웠다. 그 이유는 딱 하나, 쉬뮈엘을 만나러 몰래 밖에 나갈 수가 없기 때문이었다.

그날 오후, 브루노는 할 수 없이 자기 방에서 책을 읽기로 했다. 그러나 쉬뮈엘을 만나지 못한다는 아쉬움과 불안감 때문에 좀처럼 책에 집중이 되지 않았다.

"쉬뮈엘은 지금 뭘 하고 있을까?"

브루노가 그렇게 중얼거릴 때였다. 골칫덩이 그레텔이 방으로 들어왔다. 그레텔은 브루노의 방에 자주 오지 않는 편이었다. 그냥 자기 방에서 인형들의 위치를 이리저리 바꾸며 혼자 놀기를 좋아했다. 그런데 그날은 비가 와서인지 혼자 노는 것이 별로 재미가 없는 모양이었다.

"왜 왔어?"

브루노가 책을 들고 침대에 누운 자세로 퉁명스럽게 물었다.

"왜 내가 오면 안 되는 일이라도 있니?"

"난 지금 독서 중이야."

"무슨 책을 읽는데?"

그레텔이 물었다. 브루노는 대답 대신 책 표지를 그녀에게 보여 주었다. 그레텔은 제목을 확인하고는 쯧쯧 하고 혀를 찼다. 그 바람에 침이 브루노의 얼굴에 몇 방울 튀었다. 브루노는 누나에게 핀잔을 줄까 하다가 그만두었다.

"그런 지루한 책은 뭐 하러 읽니?"

"지루하긴? 전혀 지루하지 않아. 이건 모험 이야기야. 적어도 인형 따위를 갖고 노는 것보다는 훨씬 더 재미있다고!"

그레텔은 동생의 가시 돋친 말에도 아랑곳하지 않고 다시 물었다.

"너 지금 뭐 하니?"

"방금 말했잖아. 책 읽는다니까."

브루노가 뿌루퉁한 목소리로 말했다.

"내가 보기엔 책 읽는 것 같지 않은데."

"책 읽는다니까. 제발 방해하지 말아 줘."

"너무 심심하다. 난 비가 정말 싫어."

그레텔이 중얼거렸다.

브루노는 그렇게 말하는 누나가 우스웠다. 모험을 즐기고 곳곳을 탐험하여 새 친구까지 사귄 브루노에 비해 그레텔은 무척이나 답답한 생활을 했다. 그레텔은 평소에도 집 밖에 나가는 일이 거의 없었다. 그런데도 마치 비가 와서 어쩔 수 없이 집에 틀어박혀 있는 것처럼 말하다니, 브루노는 한마디 쏘아 주고 싶었다. 하지만 그렇게 하면 또 말싸움이 날 것 같았다. 브루노는 가끔씩 남매가 서로를 향한 발톱을 감춘 채 교양 있는 대화를 나눌 필요도 있다고 생각했다. 그래서 일단 누나의 말에 맞장구를 치기로 했다.

"나도 비가 정말 싫어."

"비가 안 왔으면 좋겠어."

"나도 그래. 지금쯤 쉬뮈엘과 함께 있을 텐데, 비 때문에…… 아마 내가 자기와의 약속을 잊었다고 생각할 거야."

브루노는 엉겁결에 쉬뮈엘 이야기를 꺼내고 말았다. 그리고 실수를 깨달은 순간, 입술을 꽉 깨물었다.

'바보같이 왜 쉬뮈엘 얘기를 꺼냈담!'

브루노는 스스로에게 화가 났다.

그레텔이 물었다.

"누구와 함께 있을 거라고? 대체 그게 무슨 말이야?"

"응? 뭐가?"

브루노는 자기도 모르게 눈을 껌벅거렸다.

"방금 전 누구와 함께 있을 거라고 그랬잖아?"

"아, 그건……."

브루노는 생각할 시간을 벌기 위해 애를 썼다.

"그건, 뭐? 얼버무릴 생각하지 말고 똑바로 말해. 넌 분명히 누구와 '함께 있을 텐데.'라고 말했어. 그게 누구야?"

그레텔이 브루노의 얼굴을 뚫어져라 쳐다보며 큰 소리로 물었다.

"그런 말 안 했는데……."

"안 했다고? 네 입으로 분명히 그렇게 말했어. '내가 자기와의 약속을 잊었다고 생각할 거야.'라고도 말했고."

"내가 언제 그런 말을 했다는 거야?"

"야, 브루노!"

그레텔이 눈을 부라리며 으르렁거렸다.

"왜 그러는 거야? 누나, 지금 미쳤어?"

브루노는 그레텔이 스스로 착각을 했다고 믿게끔 정색을 하고 말했다. 하지만 브루노는 할머니 같은 배우가 아니었다. 그래서 연기가 자연스럽지 못했다.

"브루노, 발뺌하지 말고 빨리 실토해! 조금 전에 뭐라고 그랬지?"

그레텔이 찌를 듯이 손가락으로 브루노의 얼굴을 가리키며 다그쳤다.

"넌 분명히 누군가와 함께 있을 거라고 그랬어. 그게 누구야? 어서 말하지 못해! 이 주위에는 너와 함께 놀 사람이 아무도 없어. 그런데 함께 있을 거라니, 그게 대체 누구냐 말이야?"

브루노는 어떻게 하면 이 위기에서 벗어날 수 있을까 하고 고민하기 시작했다. 언뜻 뇌리에 한 가지 방법이 떠올랐다. 그것은 그레텔을 정신이 약간 이상한 사람으로 모는 것이었다. 그렇게 받아치면 효과가 있을 것 같았다. 그레텔도 어른이 아니었다. 브루노처럼 아이였다. 따라서 그레텔 역시 아우비츠에서 사는 것이 지루하고, 그런 만큼 무척 외로울 터였다. 베를린에서 살 때는 힐다와 이소벨, 루이즈 같은 친구들이 있었다. 브루노에게는 생각하기도 싫은 불쾌한 소녀들이지만, 그레텔에게는 둘도 없는 소중한 친구들이었다. 그러나 아우비츠로 이사를 온 뒤 그레텔이 같이 놀 수 있는 상대는 생명이 없는 인형들뿐이었다. 그러므로 그레텔의 정신이 약간 이상해졌다고 해도 그리 이상한 일은 아닐 터였다. 어쩌면 그레텔 스스로 인형들과 대화를 나눌 수 있다고 생각할지도 모르는 일이었다.

그러나 누나를 정신 이상자로 모는 것은 아무리 생각해도 옳지 못한 행동 같았다. 브루노는 그레텔에게 모든 것을 솔직하게 말하면 어떨까 하고 생각했다. 하지만 쉬뮈엘은 어디까지나 브루노의 친구였다. 결코 그레텔과 새 친구를 공유하고 싶지 않았다. 결국 브루노가 택한 것은 거짓말이었다. 쉬뮈엘을 독차지하는 방법은 오직 하나, 거짓말을 하는 것뿐이었다.

"사실은 얼마 전에 새 친구가 생겼어."

브루노가 입을 열었다.

"우리는 매일 만나. 지금도 그 애가 나를 기다리고 있을 거야. 하지만 이 사실을 절대 아무에게도 말하면 안 돼."

"왜 안 되는데?"

브루노가 심각한 목소리로 말했다.

"그 애는 상상 속의 친구니까. 우리는 매일 만나서 같이 놀아."

그레텔은 어안이 벙벙한 표정으로 브루노를 바라보았다. 그러다 갑자기 깔깔거리고 웃기 시작했다.

"상상 속의 친구라고? 한마디로 어처구니가 없다. 한심하기도 하고. 아홉 살이나 돼서도 아직 그런 친구를 만든단 말이야?"

브루노는 자신의 거짓말을 좀 더 그럴 듯하게 포장하기 위해서 당황해하고 부끄러워하는 듯한 표정을 지었다. 그러고는 이

불 속에 얼굴을 파묻어 그레텔의 시선을 피했다. 이번 연기는 그런대로 성공적이었다.

'이 정도의 연기 실력이면 충분히 배우가 될 수 있을 거야.'

브루노는 자신에게 배우의 소질이 있다고 생각했다.

'부끄러움에 얼굴까지 빨갛게 변한다면 더욱 완벽한 연기가 될 텐데…….'

하지만 그것은 생각만큼 쉽지 않았다. 브루노는 궁리 끝에 지난 몇 년 동안 겪었던 부끄럽고 난처한 일에 대한 기억을 떠올려 보기로 했다.

언젠가는 욕실 문을 잠그는 것을 잊어버렸다가 할머니가 벌컥 문을 열고 들어오는 바람에 그만 알몸을 고스란히 들킨 적이 있었다. 그리고 수업 중에 선생님을 '엄마'라고 잘못 불러서 같은 반 아이들의 비웃음을 산 적도 있었다. 생각해 보니 부끄러운 기억이 한두 가지가 아니었다. 한번은 여자 애들 앞에서 자전거 묘기를 보여 주겠다고 잘난 척하다가 엎어지는 바람에 무릎이 까져 엉엉 소리 내어 운 적도 있었다.

그러한 기억들을 떠올려서인지 마침내 브루노의 얼굴이 조금씩 붉어지기 시작했다.

"어머, 얘 좀 봐! 얼굴이 빨개졌네."

브루노가 얼굴을 슬며시 들자 그레텔이 말했다. 브루노는 속으로 쾌재를 불렀다.

'내 연기에 완전히 속아 넘어갔어.'

브루노는 계속 연기하기로 하고 짐짓 투덜거렸다.

"내가 이래서 누나한테 말 안 하려고 했던 거야!"

"상상 속의 친구라……. 브루노, 너야말로 진짜 못 말리는 애야."

브루노는 잘난 척하며 자신을 놀려 대는 누나 앞에서 빙그레 웃었다. 혼자만 알고 있는 두 가지 사실 때문이었다. 두 가지 사실이란 거짓말이 성공했다는 것, 그리고 진짜 못 말리는 아이는 그레텔이라는 것이었다.

브루노가 말했다.

"제발 나를 그냥 내버려 둬. 나는 지금 책을 읽고 싶단 말이야."

"왜? 그냥 가만히 드러누워서 눈을 감고 상상 속의 친구를 불러내 봐. 그 친구한테 책을 읽어 달라면 될 거 아냐?"

그레텔은 혼자 신이 나서 떠들어 댔다. 동생의 결정적인 약점을 잡은 이상 쉽게 물러설 그레텔이 아니었다.

"너는 손가락 하나 까딱하지 않아도 되니까 한결 편할 거야."

"그 친구에게 누나 인형들을 모두 창밖에 내다 버리라고 부탁할 수도 있어."

"그래? 어디 한번 그렇게 해 봐. 어서!"

브루노는 그레텔을 자극해 봤자 좋을 게 없다는 생각을 했다.

"야, 브루노. 너와 그 상상 속의 친구가 만나면 대체 무슨 얘기를 하니? 그 친구의 어디가 좋아서 만나는 거야?"

브루노는 그레텔의 질문을 받고 곰곰이 생각했다.

'솔직하게 쉬뮈엘에 대한 이야기를 해 버릴까?'

아무래도 그렇게 하는 것이 나을 것 같았다. 그레텔은 성격이 집요했다. 그리고 의심을 하기 시작하면 끝이 없었다. 그렇기 때문에 모든 것을 솔직하게 말하는 것이 좋을 듯했다.

"우리는 서로 여러 가지 얘기를 해. 나는 그 애한테 우리가 살던 베를린의 집과 이웃들, 거리 풍경, 카페 등에 대해 얘기했어. 채소와 과일을 파는 노점상에 대해서도 말했고, 토요일에 시내에 나가면 너무 복잡해서 이리저리 떠밀리기 일쑤라는 것도 말했지. 물론 내 인생에서 가장 소중한 친구들인 칼과 다니엘, 마틴에 대한 얘기도 했고."

"꽤 재미있는 얘기를 했구나."

그레텔이 비꼬는 투로 말했다. 얼마 전 열세 번째 생일을 맞은 그레텔은 비꼬듯이 말하는 것이 가장 세련된 화법이라고 굳게 믿고 있었다.

"그럼 그 애는 무슨 얘기를 했니?"

"그 친구는 내게 자기 가족과 친구들에 대해 얘기해 줬어. 여기 오기 전에는 시계방 위층에서 살았대. 그리고 이곳 아우비츠까지 오는 동안 겪었던 희한한 일들과 여기서 만난 사람들에 대해서도 말해 줬어. 얼마 전까지만 해도 여기서 사귄 친구들에 대해 자랑하듯 얘기하곤 했어. 그런데 요즘엔 더 이상 친구들 얘기를 안 해. 그 애들이 잘 있으라는 인사조차 없이 갑자기 사라져 버렸대."

"얘기가 제법 흥미롭네. 그 애가 내 상상 속의 친구였으면 좋겠다."

"어제는 그 애의 할아버지가 며칠째 보이지 않는다고 말했어. 어디 가셨는지는 아무도 모른대. 그 애가 자기 아버지한테 할아버지가 어디 가셨냐고 묻자, 아버지가 울면서 말없이 그 애를 꽉 끌어안더래. 숨 막혀 죽는 건 아닌지 걱정이 될 만큼 세게 말이야."

브루노는 자신의 목소리가 점점 작아지고 있는 것을 깨달았다. 쉬뮈엘에게 할아버지 이야기를 직접 들었을 때, 브루노는 그 일로 친구의 마음이 얼마나 아플지 전혀 생각하지 못했다. 그런데 그레텔에게 쉬뮈엘이 들려준 이야기를 하다 보니, 그 애를 따뜻하게 위로해 주지 못한 것이 몹시 후회스러웠다. 브루노는 속으로 다짐했다.

'나는 쉬뮈엘을 위로하기는커녕 탐험 같은 엉뚱한 이야기만 늘어놓았어. 내일 쉬뮈엘을 만나면 꼭 미안하다고 사과해야지.'

그레텔이 말했다.

"네가 상상 속의 친구와 얘기를 나눈다는 걸 아버지가 아시면, 가만히 계시지 않을 거야. 내 생각에는 그 친구를 더 이상 만나지 않는 게 좋겠다."

"왜?"

"그건 정상적인 행동이 아니야. 정신병의 초기 증세라고."

브루노가 그 말에 고개를 끄덕였다. 한동안 둘 사이에 침묵이 흘렀다.

"이제는 안 만날 수가 없을 것 같아. 그 애와 헤어지고 싶지 않아."

브루노가 침묵을 깨고 시무룩하게 말했다.

"그래. 그건 나도 이해해."

그레텔이 동정 어린 말투로 말했다. 웬일인지 그레텔은 조금씩 친절해지고 있었다.

"내가 너라도 그런 일은 혼자만의 비밀로 간직할 거야."

"누나 말이 맞아. 나 혼자만의 비밀로 간직하고 싶어. 누나, 아무한테도 말 안 할 거지?"

브루노는 한껏 슬픈 표정을 지었다.

"그래. 말 안 할게. 내 상상 속의 친구만 빼고."

브루노는 누나의 말에 깜짝 놀랐다.

"상상 속의 친구라니, 누나한테도 그런 친구가 있단 말이야?"

브루노는 그레텔이 철조망을 사이에 두고 같은 또래의 소녀와 서로 비꼬는 투로 대화를 나누는 모습을 머릿속에 그려 보았다.

그레텔이 웃음을 터뜨렸다.

"아냐, 이 바보야! 난 열세 살이야! 너처럼 유치한 짓을 할 나이가 아니라고!"

그레텔은 그렇게 말하고 방에서 나갔다. 잠시 후 브루노는 복도 맞은편의 방에서 들려오는 누나의 말소리를 들었다.

"너희들, 이게 뭐야? 내가 자리만 비우면 어째서 이렇게들

뒤죽박죽 아무렇게나 섞여 있니?"

누나가 인형들을 나무라고 있었다.

"아휴, 내가 너희들 때문에 정말 못살아!"

누나는 그렇게 큰 소리로 말하고는 인형들을 정리하기 시작했다.

브루노는 다시 책을 읽으려 했지만 더 이상 흥미가 일지 않았다. 그래서 비 내리는 창밖을 바라보며 쉬뮈엘을 생각했다.

'지금쯤 쉬뮈엘도 오늘 나와 못 만나는 걸 안타깝게 생각하고 있을까?'

15
배신

비는 그 후로 몇 주 동안이나 계속해서 오락가락 내렸다. 그 때문에 브루노와 쉬뮈엘은 생각만큼 자주 만날 수 없었다. 어느 날, 브루노는 오랜만에 만난 친구의 모습을 보고 깜짝 놀랐다. 쉬뮈엘이 눈에 띄게 말라 있었다. 얼굴빛도 잿빛에 가깝게 변해 있었다.

브루노는 가끔씩 쉬뮈엘에게 줄 빵 조각을 챙겨 갔다. 매우 드문 일이기는 하지만, 초콜릿 케이크를 주머니에 숨겨서 갈 때도 있었다. 브루노의 집에서 약속 장소까지는 꽤나 먼 거리였다. 브루노는 가끔씩 쉬뮈엘을 만나러 가는 도중에 지독한 허기를 느끼기도 했다. 그럴 때마다 주머니 속에 든 케이크를 꺼내어 조금씩 먹었다. 어느 날인가는 그렇게 조금씩 먹다 보니 케이크가 한 입도 안 되는 크기로 작아졌다. 브루노는 쉬뮈엘에게 조금밖에 남지 않은 케이크를 주는 것은 안 주는 것만 못하다고 생각했다. 한 입도 안 되는 케이크가 무슨 도움이 되겠나 싶었던 것이다. 오히려 먹으면 더 배가 고프고, 단 몇 초밖에 맛볼 수 없는 달콤한 맛 때문에 괴로울 것 같았다. 결국 브루노는 어쩔 수 없이 남은 케이크 조각을 입에 넣었다.

어머니가 분주해졌다. 아버지의 생일이 코앞으로 다가왔기 때문이었다. 아버지는 요란스럽게 준비할 것 없다고 말했지만, 어머니 생각은 달랐다. 어머니는 아우비츠에서 근무하는 모든 장교들을 초대해 근사한 생일 파티를 벌이기로 마음먹었다. 어머니는 코틀러 중위와 머리를 맞대고 앉아서 어떻게 파티를 준비할 것인지 상의했다. 두 사람은 준비할 것들을 목록으로 작성했는데, 시간이 지날수록 거기에는 점점 더 많은 항목이 추가되었다.

브루노도 목록을 만들었다. 그것은 파티에 관련된 목록이 아니었다. 브루노가 코틀러 중위를 싫어하는 이유가 적힌 목록이었다. 내용은 이러했다.

첫째, 코틀러 중위는 결코 웃는 법이 없음. 웃기는커녕 누군가에게서 트집 잡을 만한 것이 없는지 찾아내려고 혈안이 되어 있는 듯, 항상 굳은 표정임.

둘째, 코틀러 중위는 내게 거의 말을 걸지 않음. 그런 터에 어쩌다 말을 걸면, 꼭 '꼬맹이'라는 호칭을 사용함. 정말 기분 나쁨.

셋째, 코틀러 중위는 걸핏하면 거실에서 어머니와 마주 앉아 우스갯소리를 주고받음. 그런 모습을 보면 몹시 불쾌함. 어머니는 아버지와 있을 때보다 코틀러 중위와 있을 때 더 즐거워하는 것 같음.

브루노가 코틀러 중위를 싫어하는 이유는 그뿐만이 아니었다. 어느 날, 브루노는 자신의 방 창문을 통해 철조망 부근을 지켜보고 있었다. 그때 개 한 마리가 철조망 근처에 다가가서 시끄럽게 짖어 댔다. 잠시 후 그 소리를 들은 코틀러 중위가 달려 나왔다. 그는 개를 보자마자 권총을 뽑아서 쏘아 죽였다. 그것은 브루노에게 두 번 다시 떠올리고 싶지 않은 끔찍한 기억이었다.

그레텔이 코틀러 앞에만 서면 유난히 이상한 짓을 하는 것도 브루노가 중위를 싫어하는 이유 중 하나였다. 그러나 브루노가 무엇보다도 잊을 수 없는 것은 코틀러가 파벨에게 한 짓이었다. 한때 의사였던 파벨이 실수로 제복에 포도주를 엎질렀을 때, 새 파랗게 젊은 코틀러 중위는 무섭게 화를 냈다. 하지만 아무리 화가 나더라도 어떻게 그렇게 사람을 때릴 수가 있단 말인가. 브루노는 코틀러가 파벨에게 한 짓을 도저히 이해할 수가 없었다.

아버지가 베를린으로 일박 이 일 동안 출장을 가면, 코틀러 중위가 어김없이 브루노의 집으로 찾아오는 것도 기분 나빴다. 중위는 마치 자기가 아버지를 대신해야 할 책임이 있는 듯, 브루노가 잠들 때부터 다음 날 아침 일어날 때까지 집에 머물렀다.

브루노가 코틀러 중위를 싫어하는 이유는 그 외에도 수없이 많았다. 그러나 당장 생각나는 것은 대충 그 정도였다.

드디어 아버지의 생일이었다. 파티를 몇 시간 앞둔 오후, 브루노는 문을 열어 둔 채 제 방 안에 있었다. 아래층에서 코틀러 중위의 목소리가 들려왔다. 중위가 누군가에게 말을 하고 있었지만, 상대방의 목소리는 들리지 않았다. 몇 분 뒤, 브루노는 아래층으로 내려가다가 어머니의 목소리를 들었다. 어머니는 중위에게 파티 준비에 필요한 몇 가지 사항을 지시하고 있었다.

어머니의 말에 중위가 자신 있게 대답했다.

"걱정 마십시오. 이 녀석도 어떻게 처신하는 게 자기한테 득이 되는지는 알 테니까요."

중위는 그렇게 말하면서 비열한 웃음을 터뜨렸다.

브루노는 얼마 전 아버지가 새로 사다 준 『보물섬』이라는 책을 들고 거실로 향했다. 거실에 앉아서 한두 시간쯤 책을 읽을 생각이었다. 그런데 운 나쁘게도 때마침 부엌에서 나오는 코틀러 중위와 마주쳤다.

"안녕, 꼬맹아?"

중위가 평소와 다름없이 브루노를 깔보는 듯한 미소를 지으며 말했다.

"안녕하세요?"

브루노는 저절로 표정이 일그러졌다.

"아래층에는 무슨 볼일이냐?"

브루노는 중위의 얼굴을 올려다보며 그가 싫은 이유를 일곱 가지쯤 더 생각해 냈다.

"거실에서 책을 읽으려고요."

브루노의 말이 떨어지기 무섭게 중위가 한마디 말도 없이 그의 손에 들린 책을 덥석 낚아챘다. 그러고는 거만한 태도로 책장을 넘겨 보며 물었다.

"『보물섬』이라……. 무슨 내용이지?"

브루노는 중위가 이해할 수 있도록 천천히 말했다.

"섬이 하나 있는데요, 그 섬에 보물이 숨겨져 있어요."

"그 정도는 나도 짐작할 수 있어, 이 꼬맹아."

코틀러 중위가 브루노를 위아래로 훑어보며 중얼거렸다. 교활하게 반짝이는 눈에는 브루노가 사령관의 아들만 아니라면 꿀밤이라도 한 대 먹였을 텐데 하는 아쉬움이 담겨 있었다.

"내가 짐작하기 힘든 내용을 말해 봐."

"그 책에는 해적도 나와요. 롱 존 실버라는 해적이에요. 그리고 짐 호킨스라는 소년도 나오고요."

"짐 호킨스라면 영국 소년이냐?"

"네."

"쳇. 독일 소년도 있는데, 왜 하필이면 영국 소년이야."

코틀러 중위가 투덜거렸다.

브루노는 책을 빨리 돌려 달라는 눈빛으로 중위를 올려다보았다. 중위는 특별히 그 책에 관심이 있는 것 같지도 않았다. 그런데도 브루노가 책을 향해 손을 뻗자 냉큼 팔을 위로 치켜들며 약을 올렸다.

"자, 받아!"

코틀러 중위가 그렇게 말하면서 책을 내밀었다. 하지만 브루노가 손을 뻗자 또다시 팔을 위로 치켜들었다.

"이번에는 진짜 줄게. 자, 받아!"

중위는 한 번 더 책을 내밀었다. 그러고는 아까처럼 브루노가 손을 뻗으려는 순간에 팔을 치켜들려고 했지만 이번에는 실패했다. 브루노가 먼저 잽싸게 책을 낚아챘던 것이다.

"이것 봐라! 꼬맹이가 쥐새끼처럼 꽤나 민첩하군."

코틀러가 말했다.

브루노는 그의 말을 무시한 채 거실 쪽으로 걸음을 옮기려고 했다. 그런데 무슨 꿍꿍이속인지 중위가 평소와 다르게 계속해서 말을 걸어 왔다.

"이제 파티 준비는 다 된 거지?"

중위가 물었다.

"저야 다 됐죠. 중위님은 어떤지 모르겠지만요."

브루노가 비꼬는 투로 말했다. 브루노는 최근 들어 그레텔과 많은 시간을 보낸 덕분에 어떤 때 비꼬는 말투로 말해야 하는지 알고 있었다.

"오늘은 손님들이 아주 많이 올 거야."

코틀러 중위가 심호흡을 하며 집 안을 둘러보았다. 마치 자기 집이라도 되는 듯 거만한 태도였다.

"손님들 앞에서 깍듯하게 행동할 수 있지?"

"저는 그럴 거예요. 중위님은 어떨지 모르겠지만요."

"꼬맹아, 어른한테 그런 식으로 말하면 안 돼. 알았어?"

코틀러 중위가 야비한 미소를 지으며 말했다.

'어른이라고? 자기가 무슨 어른이야?'

브루노는 속으로 중위를 비웃었다. 그러면서 자기가 중위보다 키도 더 크고, 힘도 더 세고, 나이도 더 많으면 얼마나 좋을까 하고 생각했다. 브루노는 중위를 마음껏 비웃어 주고 싶었다.

'자기가 뭔데 나한테 된다 안 된다 충고하는 거야?'

생각할수록 기분이 나빴다. 어머니와 아버지한테는 그런 충고를 얼마든지 달게 들을 수 있었다. 하지만 코틀러 같은 인간한테 충고 따위를 듣다니, 그런 건 손톱만큼도 듣고 싶지 않았다.

"어머, 코틀러! 아직 여기 있었군요. 휴우, 다행이네!"

어머니가 부엌에서 나오다가 코틀러를 보고는 반색을 하며 말했다.

"지금부터는 시간 여유가 좀 있을 것 같은데 우리 함께……. 어머!"

어머니는 코틀러 중위 옆에 서 있는 브루노를 발견하고 깜짝 놀랐다.

"브루노! 너 거기서 뭐 하는 거니?"

"거실에 가서 책을 읽으려던 참이었어요. 방해하는 사람만 없다면요."

"그래? 그럼 잠시 부엌에 들어가 있어라. 엄마는 코틀러 중위님과 단둘이 할 얘기가 있으니까."

어머니와 젊은 중위가 거실 쪽으로 걸어갔다. 잠시 후 중위는 브루노가 보는 앞에서 거실 문을 소리 나게 닫았다.

브루노는 화를 억누르며 부엌으로 향했다. 이윽고 브루노는 부엌문을 열고 안으로 한 걸음 내딛었다.

"악!"

브루노는 외마디 비명을 질렀다. 너무 놀라서 하마터면 뒤로 자빠질 뻔했다. 부엌 한가운데에 놓인 테이블 앞에 쉬뮈엘이 앉아 있었다. 브루노는 자기 눈을 의심하지 않을 수 없었다.

"쉬뮈엘!"

브루노가 이름을 부르자 쉬뮈엘이 고개를 들었다. 공포에 질려 있던 쉬뮈엘의 얼굴이 브루노를 본 순간 환한 미소로 물들었다.

"브루노!"

"쉬뮈엘, 대체 어떻게 된 거야?"

브루노는 철조망 너머에서 어떤 일이 벌어지고 있는지 정확히 모르고 있었다. 그러나 그곳에 사는 사람들이 이 집에 올 수 없다는 사실만은 어렴풋이 알고 있었다. 그래서 이렇게 느닷없이 쉬뮈엘을 보게 된 게 더욱 이해되지 않았다.

"그 사람이 나를 이리로 데려왔어."

쉬뮈엘이 말했다.

"그 사람이라니? 누구? 설마 코틀러 중위를 말하는 건 아니겠지?"

"맞아, 그 사람이야. 내가 이 집에서 해야 할 일이 있대."

브루노는 그제야 테이블 위에 놓인 작은 유리컵들을 바라보았다. 예순네 개나 되었다. 그 유리컵들은 어머니가 약으로 포도주를 마실 때 사용하는 것이었다. 유리컵 옆에는 따뜻한 비눗물이 담긴 대접과 함께 종이 냅킨이 수북하게 쌓여 있었다.

"그래서 넌 지금 뭘 하는 건데?"

브루노가 물었다.

"이 유리컵들을 반짝반짝 윤이 나게 닦으랬어. 컵들이 작은 만큼 아무래도 손가락이 가느다란 아이가 닦는 게 쉬울 거라고 하면서 말이야."

쉬뮈엘은 자기의 말을 증명이라도 하듯, 브루노 앞에 한쪽 손을 내밀었다. 그 손은 언젠가 리스트 선생님이 해부학 수업을 하기 위해서 가져온 표본용 해골의 손과 크게 다르지 않았다.

"네 손이 이 정도인지는 정말 몰랐어……."

브루노가 믿을 수 없다는 표정으로 나직하게 중얼거렸다.

"응? 지금 뭐라고 그랬어?"

쉬뮈엘이 되물었다.

브루노는 대답 대신에 자기 손을 내밀었다.

"네 손과 내 손을 비교해 봐. 서로 너무 다르잖아. 직접 한번 봐!"

아이들은 동시에 손을 내려다보았다. 두 손은 누가 보아도 금방 알 수 있을 정도로 차이가 났다. 브루노도 또래에 비해 체구가 작았고 결코 뚱뚱한 편은 아니었다. 그러나 쉬뮈엘의 손과 비교하니 브루노의 손이 무척 포동포동하고 건강해 보였다. 반면 쉬뮈엘의 손은 파란 핏줄이 울룩불룩하게 솟아 있고, 손가락은 죽은 나뭇가지처럼 비쩍 말라 있었다.

"어쩌다가 이렇게 된 거야?"

브루노가 물었다.

"나도 몰라. 내 손도 원래는 너와 비슷했어. 하지만 나도 모르는 사이 이렇게 변해 버렸지. 철조망 너머에 사는 사람들의 손은 모두 내 손과 비슷해."

쉬뮈엘의 말에 브루노가 얼굴을 찌푸렸다. 무언가 크게 잘못되었다는 느낌이 들었다. 브루노는 줄무늬 파자마를 입은 사람들과 아우비츠에 대해서 생각했다.

'대체 철조망 너머에서는 어떤 일이 벌어지고 있는 걸까? 그곳 사람들이 쉬뮈엘처럼 건강하지 못하다면, 무언가 잘못된 게 아닐까?'

브루노로서는 아무리 생각해도 뭐가 뭔지 이해할 수가 없었다. 그저 막연하게 철조망 너머에서 무언가 좋지 않은 일이 벌어지고 있다는 생각이 들었다. 브루노는 더 이상 쉬뮈엘의 손을 바라볼 수가 없어서 몸을 돌려 냉장고로 향했다. 갑자기 허기가 느껴졌기 때문이었다. 냉장고 문을 열고 무언가 먹을 게 없는지 살펴보았다. 마침 점심 때 먹다 남은 닭고기가 눈에 들어왔다. 브루노는 기쁨에 눈이 번쩍 뜨이는 것 같았다. 허브와 양파로 속을 채워 요리한 닭고기는 브루노가 가장 좋아하는 음식 중 하나였다. 특히 차갑게 식었을 때 먹으면 더욱 맛이 좋았다. 브루노는 서랍 속에서 나이프를 꺼내 닭고기를 두툼하게 몇 조각 베어 낸 뒤 접시에 담고 그 위에 야채를 곁들여 담았다. 그리고 접시를 들고 다시 쉬뮈엘 쪽으로 갔다.

"너를 여기서 보니 무척 반가워."

브루노가 입 안에 닭고기를 가득 넣은 채 우물거리며 말했다.

"네가 유리컵들을 닦지 않아도 된다면 얼마나 좋을까? 그럼 내 방을 구경시켜 줄 수도 있을 텐데."

"코틀러 중위가 여기서 꼼짝하지 말라고 그랬어. 안 그러면 가만 안 둔대."

"나는 그 사람 하나도 안 무서워. 여긴 우리 집이야. 그 사람 네 집이 아니라고. 아버지가 집을 비울 때는 내가 이 집의 대장이야."

브루노가 짐짓 용감한 척 말하고는 쉬뮈엘에게 물었다.

"그런데 너『보물섬』이라는 책 읽어 봤어?"

쉬뮈엘은 브루노의 말을 건성으로 듣고 있었다. 쉬뮈엘의 시선은 브루노가 먹고 있는 닭고기와 야채에 꽂혀 있었다. 브루노는 그제야 눈치를 챘다. 갑자기 친구에게 미안한 생각이 들었다.

브루노가 재빨리 말했다.

"미안해, 쉬뮈엘. 너한테도 닭고기를 줬어야 했는데……. 너 배고프지?"

"그걸 꼭 말로 표현해야 하니?"

쉬뮈엘은 그레텔을 한 번도 만난 적이 없으면서도 어디서 배웠는지 약간 비꼬는 투로 말했다.

"잠깐만 기다려. 내가 금방 갖다 줄게."

브루노는 서둘러 냉장고를 열고 닭고기를 두툼하게 세 조각 베어 냈다.

"안 돼! 그가 돌아오기라도 하면 큰일 나."

쉬뮈엘이 도리질을 치며 부엌문 쪽을 살폈다.

"누가 돌아온다는 거야? 코틀러 중위?"

"난 이 집에 유리컵들을 닦으러 온 거야. 딴 짓을 하면 안 돼. 공연히 음식을 얻어먹었다가는 큰일이 날 거야."

쉬뮈엘은 절망에 찬 표정으로 자기 앞에 놓인 물그릇과 브루노가 내민 닭고기를 번갈아 쳐다보았다.

"걱정 마. 코틀러 중위도 크게 뭐라고 하진 않을 거야."

브루노는 쉬뮈엘이 그토록 불안해하는 것을 결코 이해할 수 없었다.

"그래 봤자 그냥 음식일 뿐이잖아."

"아니, 안 먹을래."

쉬뮈엘이 고개를 저으며 말했다. 금방이라도 울음을 터뜨릴 듯한 표정이었다.

"중위가 금방 들이닥칠 거야. 꼭 그럴 것 같아. 네가 아까 닭고기를 내밀었을 때 곧바로 먹었어야 했는데…… 지금은 너무 늦었어. 내가 고기를 받는 순간, 그가 들이닥쳐서……."

쉬뮈엘은 계속 안절부절못했다.

"쉬뮈엘, 그러지 말고 어서 먹어!"

브루노는 한 걸음 더 바짝 다가가서 닭고기를 친구의 손에 쥐어 주었다.

"그냥 먹으라니까. 고기는 아직 많아. 우리 식구들이 먹을 만큼 충분히 남아 있다고. 그러니 너는 걱정하지 않아도 돼."

쉬뮈엘이 손에 쥐어진 닭고기를 잠시 들여다보다 고개를 들어 브루노를 바라보았다. 커다란 두 눈에는 고마움과 두려움의 빛이 동시에 서려 있었다. 쉬뮈엘은 부엌문 쪽을 다시 한 번 쳐다보고는 결심을 한 듯, 재빨리 닭고기 세 쪽을 한꺼번에 입 안에 쑤셔 넣었다. 그러고는 단 이십 초 만에 꿀꺽 삼켰다.

"그렇게 급히 먹지 않아도 돼, 쉬뮈엘. 그러다 체하면 어쩌려고."

"상관없어. 고마워, 브루노."

쉬뮈엘이 씩 웃으며 말했다.

브루노도 빙긋 웃었다. 브루노는 친구에게 음식을 더 가져다 주려고 뒤돌아섰다. 바로 그때, 부엌문이 벌컥 열리면서 코틀러 중위가 들어섰다. 그는 두 소년이 얘기를 하고 있었다는 걸 눈치 채고 그 자리에 멈춰 섰다. 실내 공기가 갑자기 싸늘하게 변했다. 브루노는 숨을 죽인 채 중위의 얼굴을 똑바로 바라보았다. 어깨가 축 처진 쉬뮈엘이 유리컵 하나를 집어서 닦기 시작했다. 코틀러 중위가 브루노를 무시한 채 곧장 쉬뮈엘 앞으로 저벅저벅 걸어가서 그 애를 무섭게 쏘아보았다.

"지금 뭐 하는 거지? 내가 유리컵들을 닦으라고 명령하지 않았나?"

중위의 질문에 쉬뮈엘은 재빨리 고개를 끄덕였다. 브루노는 냅킨을 집어 물에 적시는 쉬뮈엘의 손이 부들부들 떨리는 것을 눈치 챘다.

"이 부엌 안에서 얘기를 해도 좋다고 누가 허락했지?"

코틀러 중위가 계속해서 다그쳤다.

"네가 감히 내 명령에 불복하는 거냐?"

"아니에요. 잘못했습니다."

쉬뮈엘이 기어드는 목소리로 대답했다. 그러고는 천천히 고개를 들어 중위의 얼굴을 올려다보았다. 순간 중위의 얼굴이 험악하게 일그러졌다. 소년의 입가에 붙어 있는 조그만 야채 조각이 그의 눈에 띄었던 것이다.

"너 방금 뭔가 먹었지?"

중위가 나지막한 목소리로 물었다. 쉬뮈엘이 말없이 도리질을 쳤다.

"아니, 분명히 먹었어. 저 냉장고에서 몰래 훔쳐 먹었지?"

쉬뮈엘이 말을 하려고 입을 열었다가 이내 다물었다. 몇 초후에 다시 입을 열어 무언가를 말하려 했지만, 적당한 대답이 떠오르지 않는 모양이었다. 쉬뮈엘은 도와 달라는 애원의 눈빛으로 브루노를 바라보았다.

"어서 대답해!"

코틀러 중위가 무섭게 윽박질렀다.

"아닙니다. 브루노가 제게 준 거예요. 우리는 친구거든요."

쉬뮈엘이 급기야 눈물을 뚝뚝 흘리며 옆에 서 있는 브루노를 손으로 가리켰다.

"뭐, 뭐라고?"

코틀러 중위가 몹시 당황한 얼굴로 브루노를 쳐다보았다. 그는 잠시 머뭇거리며 생각에 잠겼다.

"친구라니, 대체 이게 무슨 소리지? 브루노, 너 이 녀석을 알아?"

브루노는 입을 벌렸다. 하지만 말이 나오지 않았다. '네'라는 말을 할 때 어떻게 입을 움직여야 하는지 기억해 내려고 애를 썼지만 소용이 없었다. 도무지 기억이 나지 않았다. 코틀러 중위와 눈이 마주친 순간, 브루노는 왜 자신이 그를 두려워하는지 분명히 알 수 있을 것 같았다.

한편, 쉬뮈엘의 얼굴은 파랗게 질려 있었다. 그 얼굴은 사람이 극도의 무서움을 느꼈을 때 어떤 표정을 짓는지 여실히 보여 주고 있었다. 브루노는 모든 사실을 낱낱이 밝히고 싶었지만, 그럴 수가 없었다. 브루노도 쉬뮈엘만큼이나 잔뜩 겁에 질려 있었던 것이다.

코틀러 중위가 목소리를 높였다.

"어서 말해! 이 녀석을 알아? 너 지금까지 포로들과 얘기를 나누었던 거냐?"

브루노가 떨리는 목소리로 대답했다.

"저, 저는…… 아, 아니, 제가 부엌에 들어와 보니 저 애가 여기 있었어요. 여기서 유리컵을 닦고 있더라고요."

"내 질문은 그게 아니잖아! 이 녀석을 전에 만난 적이 있어? 얘기를 나눈 적이 있냐고? 왜 이 녀석이 네가 자기 친구라고 말하는 거냔 말이다."

브루노는 그 자리에서 도망치고 싶었다. 머릿속에는 코틀러 중위가 개를 총으로 쏘아 죽이는 장면과 화풀이로 파벨을 몹시 때리던 잔인한 모습이 자꾸만 떠올랐다.

"어서 말해, 브루노!"

중위가 소리쳤다. 그의 얼굴은 금방이라도 폭발할 것처럼 벌겋게 달아올라 있었다.

"나는 세 번씩이나 똑같은 말은 안 하는 사람이야!"

"저 애와 얘기를 나눠 본 적은 없어요. 태어나서 처음 본 아이예요. 저런 애 몰라요."

브루노가 엉겁결에 말했다.

코틀러 중위는 브루노의 대답이 만족스러운 듯 고개를 끄덕였다. 잠시 후 그는 쉬뮈엘 쪽으로 천천히 눈길을 돌렸다. 쉬뮈엘은 어느새 눈물을 그치고 부엌 바닥만 내려다보고 있었다. 브루노는 쉬뮈엘의 얼굴을 흘낏 바라보았다. 무언가를 갈망하는 표정이었다. 마치 자신의 영혼이 작은 몸뚱이에서 빠져나가 하늘 높이 떠 있는 구름 사이로 멀리멀리 사라져 버리기를 바라는 듯했다.

"일단 유리컵 닦는 일을 다 끝내라."

코틀러 중위가 브루노의 귀에 잘 들리지 않을 만큼 아주 작은 목소리로 쉬뮈엘에게 말했다. 목소리로 보아서는, 조금 전까지 중위의 가슴속에서 끓어오르던 분노가 차분하게 누그러진 것 같았다. 하지만 그것은 어디까지나 착각이었다. 오히려 그 분노는 브루노가 전혀 예측할 수 없는 무시무시한 감정으로 변해 가고 있었다.

"일을 다 마치고 나면 내가 와서 너를 수용소로 다시 데려갈 거다. 거기서 도둑질을 한 녀석을 어떻게 다루어야 할지 나와 함께 진지하게 한번 생각해 보자. 알아들었냐?"

쉬뮈엘은 말없이 고개를 끄덕이고는 새 종이 냅킨을 집어 유리컵을 닦았다. 쉬뮈엘의 손은 여전히 부들부들 떨고 있었다. 브루노는 쉬뮈엘의 가느다란 손가락을 걱정스러운 눈길로 바라보았다.

'손을 떨다가 컵을 놓쳐서 깨뜨리면 어쩌지?'

쉬뮈엘이 그런 실수를 할까 봐 브루노의 마음은 조마조마했다. 브루노는 시선을 다른 데로 돌리고 싶었다. 하지만 뜻대로 되지 않았다.

"자, 꼬맹아! 우리는 그만 가자."

코틀러 중위가 브루노에게 다가와서 친한 척 어깨에 팔을 둘렀다.

"너는 거실로 가서 책을 읽도록 해. 이 쥐새끼 같은 녀석은 자기 일을 끝내도록 내버려 두고 말이야."

브루노는 말없이 고개를 끄덕였다. 그러고는 몸을 돌려 밖으로 나갔다. 갑자기 구역질이 났다. 뱃속이 마구 울렁거렸다. 병이 난 것 같은 느낌이 들었다. 태어나서 처음으로 자신이 부끄럽게 느껴졌다.

'내가 그렇게 잔인한 짓을 하다니……'

브루노는 자신의 행동을 이해할 수 없었다. 스스로를 믿을 수도 없었다. 이제까지 브루노는 스스로를 착하다고 믿었다. 그런데 어떻게 친구 앞에서 그토록 비겁하게 행동할 수 있었는지, 아무리 생각해도 납득이 되지 않았다.

브루노는 거실에 앉아서 몇 시간 동안 그 문제에 대해 곰곰이 생각했다. 책에 집중할 수도, 그렇다고 부엌에 돌아가 친구의 얼굴을 다시 볼 용기도 없었다. 결국 그날 저녁 늦게 코틀러 중위가 와서 쉬뮈엘을 철조망 너머로 다시 데려갈 때까지, 브루노는 아무것도 하지 못한 채 멍하니 거실에 앉아 있었다.

부엌에서의 일이 있고 난 후에도 브루노는 매일 오후에 철조망 앞의 약속 장소로 갔다. 쉬뮈엘은 나와 있지 않았다. 쉬뮈엘을 못 본 지 거의 일주일이 가까워지자, 브루노는 친구가 자신의 비겁한 행동을 용서하지 않는 것이라고 믿기 시작했다. 그런데 꼭 일주일이 되는 날이었다. 브루노가 약속 장소로 가고 있을 때, 저 멀리 철조망 앞에 앉아 있는 쉬뮈엘의 모습이 보였다. 예전과 다름없이 다리를 꼰 채 땅바닥에 앉아서 가만히 흙을 내려다보고 있었다. 그 모습을 본 순간, 브루노는 가슴이 터질 것처럼 벅찼다.

"쉬뮈엘!"

브루노는 그렇게 소리치며 재빨리 달려갔다. 이윽고 브루노는 철조망을 사이에 두고 쉬뮈엘과 마주보고 앉았다. 안도감과 후회가 뒤섞여 눈물이 쏟아질 것 같았다.

"미안해, 쉬뮈엘. 나도 내가 왜 그랬는지 모르겠어. 제발 날 용서해 줘."

"괜찮아."

쉬뮈엘이 고개를 들어 친구의 얼굴을 똑바로 바라보았다. 쉬뮈엘의 얼굴은 온통 멍투성이였다. 브루노는 자기도 모르게 얼굴을 찌푸렸다.

'대체 무슨 일이 있었던 거야?'

가슴이 철렁 내려앉는 기분이었다. 용서를 구하는 건 잠시 뒤로 미루었다. 무슨 일이 일어났는지 궁금해서 견딜 수 없었다.

"어떻게 된 거니?"

브루노는 그렇게 묻고는 쉬뮈엘이 대답할 틈도 주지 않고 또 물었다.

"자전거 타다가 그런 거지? 나도 이 년 전 베를린에서 그런 적이 있어. 너무 속도를 많이 내다가 자전거에서 떨어져 땅바닥에 고꾸라졌지. 그 때문에 몇 주 동안 여기저기 멍투성이로 지냈어. 어때, 많이 아프니?"

"이제는 별로 아픈지도 모르겠어."

쉬뮈엘이 대답했다.

"무척 아플 것 같은데?"

"더 이상 아무 느낌도 안 들어."

"그나저나 지난주에 있었던 일은 정말 미안해. 나도 코틀러 중위가 무척 싫어. 그 사람은 자기가 대장인 줄 알지만, 사실은 그렇지 않아."

브루노는 잠시 말을 멈추고 머뭇거렸다. 이야기가 엉뚱한 길로 새는 것 같았기 때문이었다. 브루노는 진심을 담아서 마지막으로 한 번 더 진지하게 사과하기로 했다.

"쉬뮈엘, 정말 미안해. 내가 잘못했어. 코틀러 중위 앞에서 사실대로 말하지 못한 건 정말 어처구니없는 행동이었어. 나는 지금껏 한 번도 친구를 실망시킨 적이 없었는데, 그런 바보 같은 행동을 하다니……. 쉬뮈엘, 난 나 자신이 너무나 부끄러워."

브루노의 진심 어린 사과에 쉬뮈엘이 빙그레 웃으면서 고개를 끄덕였다. 그제야 브루노는 자신이 용서를 받았다는 것을 깨닫고 안도의 한숨을 내쉬었다. 바로 그때, 쉬뮈엘이 전혀 예상치 못한 행동을 했다.

쉬뮈엘은 브루노가 먹을 것을 전해 줄 때 하던 대로, 철조망 아랫부분을 위로 들어 올렸다. 그러고는 그 틈새로 손을 내밀었다. 브루노도 손을 내밀어 쉬뮈엘의 손을 잡았다. 두 소년은 서로의 얼굴을 마주 보며 활짝 웃었다.

16

삭발한 브루노

학교에서 돌아온 브루노가 짐을 꾸리는 마리아를 본 이래로 거의 일 년이 흘렀다. 이제 베를린에서의 추억은 브루노의 머릿속에서 거의 지워졌다. 가장 소중하다고 생각했던 세 친구들을 떠올려 봐도 모든 것이 희미했다. 생각나는 이름도 칼과 마틴뿐이었다. 나머지 한 친구의 이름은 아무리 애를 써도 기억나지 않았다. 시간은 그렇게 과거의 일을 지우면서 흘러갔다. 그러던 어느 날, 브루노는 아우비츠를 떠나 베를린으로 가게 되었다. 할머니가 갑작스럽게 세상을 떠났기 때문이었다. 브루노뿐만 아니라 가족들 모두 할머니의 장례식에 참석하기 위해 이틀 동안 고향에 머물렀다.

브루노는 베를린을 떠나온 이래로 한 번도 할머니를 만나지 못했지만, 매일 할머니와의 추억을 떠올렸다. 가장 많이 생각나는 것은 할머니랑 그레텔과 함께 준비했던 연극 공연이었다. 세 사람은 매년 크리스마스와 가족들의 생일에 연극 공연을 했다. 할머니는 그때마다 브루노가 맡은 역할에 어울리는 멋진 의상을 마련해 주었다. 이제 다시는 그러한 공연을 할 수 없다고 생각하자 브루노는 가슴이 찢어질 듯 아팠다.

베를린에서 지낸 이틀은 무척이나 슬픈 시간이었다. 장례식 때 브루노와 그레텔, 아버지, 어머니는 할아버지와 함께 맨 앞줄에 앉았다. 아버지는 여전히 풀을 먹여 빳빳하게 다린, 장식이 화려한 제복을 입고 있었다. 나중에 어머니는, 아버지가 할머니의 주검 앞에서 몹시 애통해했다고 말했다. 아버지는 베를린을 떠나올 때 할머니와 크게 다투고 난 뒤로 화해를 하지 못했던 것이다.

브루노는 베를린에 와서 한 가지 깨달은 것이 있었다. 일 년 전 베를린을 떠날 때에 비해서 키가 부쩍 커진 것이다. 옛집의 꼭대기 층에 있는 창문을 내다보려면 전에는 까치발을 딛고 서야 했는데, 이제는 그러지 않고도 베를린 풍경을 한눈에 굽어볼 수 있었다.

장례식장은 이런저런 사람들이 할머니의 죽음을 애도하는 뜻으로 보내온 화환들로 넘쳐 났다. 그중에는 퓨리 씨가 보내온 화환도 있었는데, 아버지는 그것을 무척이나 자랑스럽게 여겼다. 그러나 어머니는 죽은 할머니가 그 화환을 보면 관 속에서 벌떡 일어날 것이라며 사람을 시켜서 치워 버렸다.

이틀 뒤, 브루노는 가족들과 함께 아우비츠로 돌아왔다. 아우비츠의 집에 도착하니 오히려 마음이 편했다. 이제는 아우비츠에 있는 집이 진짜 집처럼 느껴졌다. 베를린의 집만큼 넓지 않아도 괜찮았다. 이제 그런 것은 아무런 문제도 되지 않았다. 군인들이 마치 제 집인 양 밤낮없이 드나드는 것도 참을 만했다. 마침내 브루노는 아우비츠에서 사는 것이 그다지 나쁘지만은 않다고 생각하기에 이르렀다. 특히 쉬뮈엘을 알게 된 뒤로는 그런 생각이 자주 들었다.

마음이 편해서일까, 브루노는 기분이 좋았다. 게다가 기뻐할 만한 일이 많이 생겼다. 먼저 아버지의 표정이 무척 밝아 보였다. 어머니 또한 예전처럼 자주 낮잠을 자거나 포도주를 마시지 않아도 항상 생기가 넘쳐흘렀다. 그레텔도 달라졌다. 사춘기에

접어들어서인지, 더 이상 동생의 일에 참견하지 않았다.

브루노가 기뻐할 만한 일은 또 있었다. 코틀러 중위가 전출 명령을 받고 아우비츠를 떠났다. 그러므로 중위가 브루노를 괴롭히거나 화나게 할 일은 더 이상 없었다. 코틀러 중위의 전출 소식은 전혀 예상치 않았던 것이었다. 전출 명령이 내려진 날 밤, 아버지와 어머니는 큰 소리로 한참 동안 다투었다. 코틀러 중위 때문인 것 같았다. 어쨌거나 중위는 아우비츠를 떠났고, 다시 돌아올 가능성은 없었다. 물론 그레텔은 중위와 떨어지게 된 걸 몹시 슬퍼했다. 며칠 동안 슬픔에 잠긴 채 아무 말도 하지 않았다.

브루노는 스스로 행복하다고 생각했다. 무엇보다도 쉬뮈엘이라는 친구가 있기 때문이었다. 브루노는 오후만 되면 변함없이 철조망을 따라 한참 동안 걸어가서 쉬뮈엘을 만났다. 쉬뮈엘도 전과 다르게 기분이 좋아 보였다. 두 눈이 퀭하게 들어가 보이지도 않았다. 그러나 몸은 여전히 꼬챙이처럼 비쩍 말랐고, 얼굴도 칙칙한 잿빛이었다.

어느 날, 두 소년은 평소처럼 철조망을 사이에 두고 마주 앉았다.

브루노가 말했다.

"나는 이런 식으로 친구와 함께 얘기하는 건 처음이야."

쉬뮈엘이 눈을 동그랗게 뜨고 물었다.

"그게 무슨 뜻이야?"

"예전에 사귄 친구들과는 함께 어울려서 뛰어놀았어. 우리처럼 이렇게 앉아 있지 않고 말이야. 너도 알다시피 우리는 뛰어놀 수가 없어. 우리가 할 수 있는 일이라곤 그저 이렇게 앉아서 얘기하는 것뿐이지."

"나는 이렇게 마주 앉아서 얘기하는 게 좋은데."

"물론 나도 좋아. 하지만 가끔씩, 좀 더 신나는 일을 하지 못하는 게 안타까워. 예를 들면 탐험 같은 거 말이야. 축구도 얼마나 재미있는데. 따지고 보면, 우리는 이 철조망 없이 직접 만나본 적이 한 번도 없잖아."

브루노는 쉬뮈엘을 만날 때마다 그와 같은 말을 했다. 사실 브루노가 그런 말을 하는 데는 이유가 있었다. 요컨대 그렇게 말함으로써 몇 달 전 자신이 쉬뮈엘을 모른다고 했던 일을 아예 없었던 것처럼 지워 버리고 싶었던 것이다. 쉬뮈엘은 고맙게도 그 일을 모두 잊은 듯했지만, 브루노는 아직도 그날만 떠올리면 부끄러워서 고개를 들 수가 없었다.

"언젠가는 신나게 놀 수 있는 날이 오겠지."

쉬뮈엘이 조그마한 목소리로 덧붙였다.

"군인들이 우리를 여기서 내보내 주면 말이야."

그 후로 브루노는 철조망 너머의 사람들에 대해 점점 더 자주, 그리고 깊이 생각하게 되었다. 우선 그곳에 철조망이 있어야 하는 이유가 무엇인지 궁금했다.

'아버지나 어머니에게 여쭤 볼까?'

하지만 그런 말을 하면 부모님이 화를 낼 수도 있을 뿐더러, 어쩌면 쉬뮈엘과 그의 가족에 대해 좋지 않은 이야기를 듣게 될지도 모른다는 생각이 들었다. 브루노는 그 궁금증을 풀 방법을 놓고 한참 동안 궁리한 끝에 의외의 결정을 내렸다. 골칫덩어리 그레텔에게 물어보기로 한 것이다.

그레텔의 방은 지난번에 보았을 때와 전혀 달랐다. 무엇보다 방 안에 인형이 없었다. 단 한 개도 눈에 띄지 않았다. 대략 한 달 전이었다. 코틀러 중위가 아우비츠를 떠나고 나서 얼마 지나지 않았을 때, 그레텔은 커다란 봉투를 네 개나 동원해 인형들을 모조리 쓸어 담았다. 그리고 그걸 모두 쓰레기통에 버렸다. 특별한 이유는 대지 않았다. 그저 인형들이 싫어졌다고만 했다. 그레텔은 인형들이 있던 자리에 아버지가 준 유럽 지도를 걸어

놓았다. 가끔씩 지도 위에 압핀 같은 것을 꽂아서 표시를 하기도 했다. 그것이 무엇을 의미하는지는 알 수 없었다. 아무튼 압핀들의 위치는 매일 아침에 배달되는 신문의 기사 내용에 따라서 조금씩 바뀌었다.

'저러다 정신이 이상해지는 거 아냐.'

브루노는 신문과 지도에 몰두하는 그레텔을 볼 때마다 고개를 갸우뚱거렸다. 어쨌거나 그레텔은 예전처럼 동생을 괴롭히거나 놀리지 않았다. 그래서 브루노는 가끔씩 누나의 방에 들어갔다. 물론 들어가기 전에는 항상 노크를 했다. 노크를 하지 않고 벌컥 문을 열면 미친 듯이 화를 낼 것이기 때문이었다.

"누나……."

브루노가 부드럽게 입을 열었다.

"왜? 내게 무슨 할 말이라도 있어?"

그레텔은 화장대 앞에 앉아 있었다.

"아니, 그냥."

"할 말 없으면 나가."

"알았어."

브루노는 그렇게 말하며 고개를 끄덕이면서도 밖으로 나가지 않고 오히려 방 안으로 깊이 들어가서는 침대 모서리에 걸터앉았다. 그레텔이 그런 브루노를 곁눈질로 쳐다보았다. 하지만 더 이상 나가라는 말은 하지 않았다.

"누나, 뭐 하나 물어봐도 돼?"

"간단한 거면 물어도 돼."

"이곳 아우비츠에는……."

브루노가 말을 꺼내자마자 그레텔이 그의 말을 가로막았다.

"야, 브루노! 아우비츠가 뭐니? 발음이 틀렸잖아."

그레텔은 그것이 세계 역사상 가장 중대한 실수라도 되는 것처럼 버럭 화를 냈다.

"왜? 아우비츠가 아니야?"

"아니야."

그레텔은 동생에게 그곳의 정확한 이름을 또박또박 말했다.

"나도 그렇게 발음했는데?"

"아니, 그렇게 안 했어. 넌 아우비츠라고 했어."

"그렇게 안 한 것 같은데……."

"분명히 그렇게 발음했다니까! 됐어, 그 얘긴 그만해! 그런 걸로 너와 입씨름하고 싶지 않아."

그레텔은 여전히 씩씩거렸다. 원래 참을성이 거의 없는 편이기는 하지만, 요즘은 대단하지도 않은 일에 걸핏하면 화를 내고 흥분했다.

"그래서 뭐가 어쨌다는 거야? 알고 싶은 게 뭔데?"

"나는 밖에 있는 저 철조망에 대해서 알고 싶어."

브루노가 단호한 목소리로 말했다.

"누나, 왜 철조망이 저기 있는 거야?"

그때까지 등을 돌린 채 앉아 있던 그레텔이 뒤를 돌아보며 동생을 호기심에 찬 눈으로 바라보았다.

"정말 그 이유를 몰라서 묻는 거야?"

"응, 정말 몰라. 나는 왜 우리가 철조망 너머로 가면 안 되는지도 모르겠어. 우리가 뭘 잘못했기에 그쪽에 가서 놀면 안 된다는 거지?"

그레텔은 동생의 얼굴을 빤히 바라보다가 갑자기 웃음을 터뜨렸다. 그러나 브루노의 표정이 진지하면서도 심각하다는 것을 깨닫고 금세 웃음을 거두었다.

그레텔은 브루노가 세상에서 가장 당연한 것을 물었다는 듯이 말했다.

"야, 브루노, 철조망은 우리를 그쪽으로 못 건너가게 하기 위해서 있는 게 아니야. 그쪽 사람들이 이리로 못 넘어오게 하기 위해 있는 거라고."

브루노는 그레텔의 말을 곰곰이 되새겨 보았다. 그러나 무슨 말인지 감조차 잡히지 않았다. 생각할수록 머릿속만 점점 더 혼란스러워질 뿐이었다.

"왜 못 오게 하는데?"

"왜긴 왜야? 그 사람들은 그 사람들끼리 모여 있어야 하니까 그렇지."

그레텔이 설명했다.

"가족들하고 말이야?"

"가족뿐만이 아니라 같은 종족끼리 모여 있어야 해."

"같은 종족이 무슨 뜻이야?"

그레텔은 브루노의 잇따른 질문에 한숨을 내쉬었다.

"같은 종류의 사람들, 그러니까 유태인 말이야. 브루노, 넌 그것도 몰랐니? 그 사람들은 모두 유태인이라서 함께 모여 있는 거야. 우리와는 섞일 수 없다고."

"유태인……."

브루노는 그 단어를 되뇌었다.

"유태인……. 그러니까 철조망 너머에 있는 사람들은 모두 유태인이라는 거지?"

"그래."

"우리도 유태인이야?"

그레텔은 동생의 질문에 뺨을 한 대 얻어맞은 사람처럼 입을 떡 벌렸다.

"아니야, 브루노. 절대 아니야. 아니고말고……. 너 어디 가서 그런 말하면 안 돼. 알았지? 그런 말 절대 하지 마!"

"왜? 그럼 우리는 뭔데?"

"우리는……."

그레텔은 말을 하려다 말고 잠시 생각에 잠겼다.

"우리는 말이지……."

그레텔은 또다시 입을 다물었다. 자신도 그 질문에 대한 답을 정확히 몰랐기 때문이었다.

"어쨌든 우린 유태인은 아니야."

그레텔은 그것이 만족할 만한 대답이 아니라는 것을 알면서도 그렇게 대답할 수밖에 없었다.

브루노가 실망한 표정으로 말했다.

"그건 나도 알아. 내가 물어본 건, 유태인이 아니면 대체 우리는 뭐냔 말이야?"

"우리는 유태인의 반대편이야."

그레텔이 말했다. 순간적으로 떠올려 입 밖에 낸 그 말은 스스로가 듣기에도 괜찮았다. 적어도 아까의 궁색한 설명보다는 훨씬 나은 대답인 것 같았다.

"그래, 맞아. 브루노, 우리는 유태인하고 반대편 사람이야."

"아, 이제 알겠다. 반대편 사람은 이쪽에 살고, 유태인은 철조망 건너에 사는 거구나."

브루노는 그제야 머릿속이 정리가 되는 듯해서 기분이 좋았다.

"그래. 바로 그거야, 브루노."

"그럼 유태인들은 반대편 사람을 싫어해?"

"아니야. 우리가 그들을 싫어하는 거야. 그런 것도 모르니? 넌 정말 바보구나."

브루노는 바보라는 말에 얼굴을 찌푸렸다. 그레텔은 어머니로부터 동생을 바보라고 부르지 말라는 말을 귀에 못이 박히도록 들었다. 그런데도 그 말버릇을 여전히 고치지 않고 있었다.

"우린 왜 그 사람들을 싫어하는데?"

브루노가 물었다.

"유태인이니까 그렇지."

"그럼, 유태인과 반대편 사람들은 서로 친하지 않은 거야?"

"그, 그래."

그레텔이 갑자기 얼굴을 찌푸리며 말을 더듬었다. 머리카락 사이에서 무언가 기분 나쁜 것을 발견했기 때문이었다. 그레텔은 그걸 자세히 들여다보았다. 그다지 보기 좋게 생긴 것은 아니었다.

"누군가가 양쪽 사람들을 한데 모아서 사이좋게 지내……."

"꺅!"

브루노의 말이 채 끝나기도 전에 그레텔이 날카로운 비명을 내질렀다. 그 소리에 낮잠을 자던 어머니가 벌떡 일어났다. 어머니는 아이들 중 하나가 죽기라도 한 줄 알고 기겁해서 딸의 방으로 달려왔다.

그레텔이 머리를 빗다가 발견한 머리카락 사이의 생물은 깨알보다도 작았다. 그레텔은 그것을 어머니에게 보여 주었다. 그러자 어머니가 재빨리 딸의 머리채를 한 움큼 잡고 자세히 들여다보았다. 그러더니 이번에는 브루노에게 다가가 똑같이 머리카락 사이를 이리저리 살폈다.

"어머, 난 몰라! 이런 끔찍한 곳으로 이사를 올 때부터 언젠가 이런 일이 생길 줄 알았어!"

어머니가 화난 목소리로 외쳤다.

그레텔과 브루노의 머리카락 사이에 있는 것은 다름 아닌 서

캐(이의 알./옮긴이)였다. 더 자세히 살펴보니 서캐만이 아니었다. 이도 있었다. 그레텔은 곧장 지독한 냄새가 풍기는 특수 샴푸로 머리를 감아야 했다. 머리를 감고 난 그레텔은 자기 방에 틀어박힌 채 몇 시간 동안 엉엉 울었다.

브루노도 특수 샴푸로 머리를 감았다. 그것은 말이 샴푸이지 살충제나 다름없었다. 그런데 아버지는 아예 면도칼로 브루노의 머리카락을 모두 밀어야 한다고 어머니에게 말했다. 브루노는 그 말을 듣고 울음을 터뜨렸다.

삭발을 하는 데는 오래 걸리지 않았다. 브루노는 잘린 머리카락이 발 앞에 뚝뚝 떨어지는 것을 지켜보면서 훌쩍거렸다. 아버지는 어쩔 수 없는 일이라며 브루노를 위로했다.

잠시 후, 브루노는 욕실 거울에 자기 모습을 비추어 보았다. 삭발을 한 탓에 얼굴 전체가 흉측해 보였다. 눈도 얼굴에 비해 지나치게 큰 것처럼 느껴졌다. 브루노는 속이 상해 미칠 것 같았다. 분명히 자기 얼굴인데도 계속 바라볼 수가 없었다. 무섭다는 느낌마저 들었다.

"걱정 마라, 브루노."

아버지가 부드러운 목소리로 말했다.

"머리카락은 금방 다시 자랄 거야. 몇 주만 기다리면 될 거다.”

“더러운 주변 환경 때문에 그런 게 생긴 거예요.”

옆에서 지켜보던 어머니가 불만에 가득 찬 목소리로 말했다.

“베를린에 있는 내 친구들이 우리가 어떤 곳에서 사는지 알면 모두 놀라 자빠질걸요. 정말 어처구니없어요.”

어머니는 계속해서 투덜거렸다.

거울에 비친 자신의 모습을 본 순간, 브루노가 떠올린 사람이 있었다. 쉬뮈엘이었다. 머리를 깎은 브루노의 모습은 쉬뮈엘과 꼭 닮아 있었다. 그렇다면 철조망 너머의 사람들도 머리에 서캐나 이가 생겨서 모두 삭발을 한 것일까?

다음 날 오후, 쉬뮈엘은 삭발한 브루노를 보자마자 웃음을 터뜨렸다. 그렇지 않아도 점점 자신감을 잃어 가던 브루노는 더욱 맥이 빠졌다.

“이제 나도 너랑 똑같아 보이지?”

브루노가 기운 없는 목소리로 물었다. 쉬뮈엘이 활짝 웃으며 말했다.

“네가 나보다 조금 더 통통하다는 것만 빼고는 그런 것 같아.”

17

다시 베를린으로?

브루노가 삭발을 한 뒤로, 어머니는 아우비츠에 사는 것을 더욱더 못 견뎌했다. 브루노는 그 이유를 너무나도 잘 알고 있었다. 처음 베를린에서 이사를 왔을 때, 브루노는 아우비츠가 무척 싫었다. 베를린의 집과 비교하여 새집은 초라하기 짝이 없었고, 같이 놀 만한 친구들도 없었기 때문이었다. 그러나 시간이 지남에 따라 조금씩 생각이 변해 갔다. 브루노가 아우비츠에 정을 붙이게 된 데는 쉬뮈엘이 결정적인 역할을 했다. 이제 브루노에게 쉬뮈엘은 칼과 다니엘, 마틴보다 훨씬 더 중요한 존재가 되었다.

하지만 어머니에게는 쉬뮈엘 같은 친구가 없었다. 대화를 나눌 만한 상대도 없었다. 그나마 친하게 지냈던 코틀러 중위도 전출 명령을 받고 다른 곳으로 가 버렸다.

브루노는 부모가 나누는 대화를 몰래 엿들을 만큼 버릇없는 소년이 아니었다. 물론 우연히 두 사람의 대화를 들을 수는 있었다. 그날 오후도 그런 경우였다. 브루노는 아버지의 서재 앞을 지나다가 정말 우연히 어머니와 아버지가 나누는 이야기를 듣게 되었다. 결코 그럴 생각이 없었지만, 부모님의 목소리가 무척 컸기 때문에 어쩔 수 없이 엿듣는 꼴이 되고 말았다.

어머니가 말했다.

"정말 지긋지긋해요. 이제 더 이상은 견딜 수가 없어요. 이건 사는 게 아니에요."

"우리에겐 선택의 여지가 없잖소. 이것이 우리의 임무……."

"아뇨. 그건 당신의 임무예요. 우리의 임무가 아니라 당신 혼자만의 임무라고요. 그러니 원한다면 당신 혼자서나 계속 여기에 있어요."

"당신과 아이들만 베를린으로 돌려보내고 나 혼자 여기 있으라고? 그걸 말이라고 하는 거요? 그렇게 하면 사람들이 우리를 어떻게 생각하겠소? 사람들은 특히 이번 직무에 대한 나의 수행 능력에 의문을 품을 거요."

"직무라고요? 지금 직무라고 했나요?"

어머니가 앙칼지게 소리쳤다.

"그렇소. 군인으로서의 직무. 당신도 알다시피 나는 명령에 이의를 제기할 수 없는 입장이오. 나는 군인이잖소."

브루노는 계속해서 대화에 귀를 기울일 수 없었다. 방 안에서 들리는 목소리가 점점 더 문 쪽에 가까워지고 있었다. 어머니가 금방이라도 문을 열고 나올 것만 같았다. 브루노는 재빨리 이 층으로 올라갔다.

"곧 베를린으로 돌아가게 생겼는걸."

브루노는 무심결에 그렇게 중얼거렸다. 아무래도 가족들이 베를린으로 돌아갈 것 같았다. 그런데 베를린으로 돌아가는 것이 마냥 기쁘게만 생각되지가 않았다. 아니, 그것을 어떻게 받아들여야 할지 혼란스럽기만 했다.

브루노의 기억 속에 있는 베를린 생활은 행복 그 자체였다. 그러나 지금의 베를린은 그때와 사뭇 다를 것이었다. 칼과 나머지 두 친구들 역시 그를 완전히 잊어버렸을지도 몰랐다. 브루노는 그 두 친구의 이름도 이젠 기억하지 못했다. 게다가 할머니는 이미 세상을 떠났고, 할아버지의 소식은 끊긴 지 오래였다. 아버지의 말에 따르면, 할아버지는 너무 노쇠해서 제대로 움직이지도 못한다고 했다.

반면에 브루노는 이제 아우비츠의 환경에 상당히 익숙해졌다. 리스트 선생님도 나쁘지 않았고, 가정부 마리아와도 베를린에서 살 때보다 훨씬 더 가까워졌다. 그레텔은 여전히 사춘기라서 여간해서는 동생 일에 간섭하지 않았다. 그런 데다 이제는 골칫덩어리 짓도 별로 하지 않았다. 물론 브루노에게 그 무엇보다도 좋은 것은 쉬뮈엘이라는 친구가 있다는 것이었다. 매일 오후 쉬뮈엘과 만나는 시간이 되면, 브루노의 마음은 터질 듯한 행복감으로 부풀어 올랐다.

브루노는 베를린과 아우비츠 중 어느 곳에서 사는 것이 좋을지 생각해 보았지만, 좀처럼 결론이 나지 않았다. 결국 브루노는 부모님의 결정에 따르기로 마음먹었다.

그 후 몇 주 동안은 아무런 일도 일어나지 않았다. 브루노의 하루하루는 평소와 다름없이 계속 이어졌다.

아버지는 하루의 대부분을 서재 안이나 철조망 건너편에서 보냈다.

어머니는 하루 종일 거의 말을 하지 않았다. 그런데 오후에는 오랫동안 낮잠을 잤다. 때로는 점심 전부터 잘 때도 있었다. 브루노는 어머니의 건강이 걱정되었다. 어머니가 약으로 마시는 포도주의 양이 갈수록 점점 더 늘기 때문이었다.

그레텔은 항상 자기 방에 틀어박혀 있었다. 그레텔의 관심을 끄는 것은 벽에 붙은 지도뿐이었다. 그레텔은 몇 시간씩 신문을 꼼꼼히 읽은 뒤, 지도에 꽂아 둔 작은 압핀들을 조금씩 이동시켰다. 리스트 선생님은 그런 그레텔을 흡족한 표정으로 바라보았다.

브루노는 부모님이나 선생님이 시키는 일을 꼬박꼬박 했다. 사소한 말썽도 부리지 않았다. 그러면서 자기에게 아무도 모르는 비밀 친구가 있다는 사실에 늘 흐뭇해했다.

어느 날, 아버지가 브루노와 그레텔을 서재로 불렀다.

"거기들 앉아라."

아버지가 커다란 가죽 소파를 가리키며 말했다. 브루노는 소파 앞에서 잠시 머뭇거렸다. 그동안 한 번도 앉아 본 적이 없는 소파이기 때문이었다. 아버지는 때가 탄다면서 그 소파에는 절대로 앉지 못하게 했다.

"엄마와 나는 몇 가지 변화를 꾀하기로 했다."

평소처럼 책상 앞 의자에 앉은 아버지가 말했다. 브루노의 눈에는 아버지의 얼굴이 약간 슬퍼 보였다.

"오늘은 서로 솔직하게 얘기하도록 하자. 너희 둘, 이곳에서 지내는 게 행복하니?"

"그럼요, 아버지."

그레텔이 자신 있게 대답했다.

"저도예요, 아버지."

브루노가 말했다.

"그럼 베를린으로 돌아가고 싶은 마음은 전혀 없는 거냐?"

그 질문에 아이들은 잠시 머뭇거렸다. 둘은 서로의 얼굴을 바라보며 상대방의 눈치를 살폈다.

그레텔이 먼저 입을 열었다.

"아뇨, 저는 가고 싶어요. 거기서 친구들을 다시 사귀고 싶어요. 친구들이 있으면 무척 즐거우니까요."

누나의 말에 브루노는 혼자만의 비밀을 떠올리며 씩 웃었다.

"친구라……."

아버지가 고개를 끄덕였다.

"그래, 나도 그 문제에 대해서 자주 생각해 봤단다. 너희들도 이곳에 살면서 가끔씩은 쓸쓸했겠지."

"아주 많이 쓸쓸했어요."

그레텔이 다부진 목소리로 말했다. 아버지가 이번에는 브루노를 향해 물었다.

"브루노 너도 베를린의 친구들이 보고 싶니?"

"베를린의 친구들요? 음…… 보고 싶어요."

브루노는 신중하게 생각한 끝에 덧붙였다.

"하지만 어디를 가든 지난 시절이 그립기는 마찬가지일 것 같아요."

이것은 쉬뮈엘의 존재를 간접적으로 드러내는 말이었다. 사실 브루노는 쉬뮈엘에 대해 얼마쯤 밝히고 싶었다. 하지만 그것은 어디까지나 잠깐씩 불쑥 이는 충동에 불과했다. 쉬뮈엘이란 친구가 있다는 게 알려지면 일이 얼마나 복잡해지는지 브루노는 너무나 잘 알고 있었다.

"그 말은 기회만 있으면 베를린으로 돌아가고 싶다는 뜻이냐?"

아버지가 물었다.

"우리 가족 모두 가는 거예요?"

브루노는 대답 대신 질문을 던졌다. 아버지는 아들의 질문에 깊은 한숨을 내쉬고는 천천히 고개를 저었다.

"아니야. 너와 엄마, 그레텔 세 사람만 가는 거야. 예전에 우리 가족이 살던 베를린의 옛집으로. 어때? 가고 싶니?"

브루노는 잠시 생각한 끝에 대답했다.

"아버지가 안 가시면 저도 가기 싫어요."

그 말은 진심이었다.

"그럼 너는 나와 함께 여기 남겠다는 거냐?"

"저는 우리 네 식구 모두 같이 살았으면 좋겠어요."

브루노는 썩 내키지 않았지만 그레텔도 포함시켰다.

"우리 가족이 함께 모여 살 수 있다면, 그곳이 베를린이든 아우비츠든 상관없어요."

"야, 브루노!"

그레텔이 화가 나서 소리쳤다. 브루노는 누나가 소리치는 이유가 베를린으로 돌아가는 일을 방해해서인지, 아니면 이곳의 이름을 틀리게 발음했기 때문인지 알 수 없었다.

아버지가 말했다.

"안 됐지만, 지금 당장은 다 함께 모여 사는 게 불가능할 듯싶구나. 퓨리 씨가 아직은 내 근무지를 바꾸어 주실 의향이 없는 것 같다. 하지만 네 엄마는 지금이 셋이 고향으로 돌아가기에 가장 적당한 시기라고 생각한단다. 나도 그 문제에 대해 생각을 해 봤는데……."

아버지는 잠시 머뭇거리다가 왼쪽으로 고개를 돌려 창밖을
바라보았다. 창밖으로는 철조망 너머의 풍경이 을씨년스럽게
펼쳐져 있었다.

"내 생각에도 너희 엄마 말이 맞는 것 같다. 이곳은 아이들이
자라기에 적당한 곳이 아니야."

"하지만 여기엔 아이들이 수백 명이나 살잖아요. 모두 철조
망 너머에 살고 있지만 말예요."

브루노는 별 생각 없이 말했다.

하지만 서재 안은 갑자기 찬물을 끼얹은 듯 조용했다. 아버
지와 그레텔이 브루노의 얼굴을 빤히 쳐다보았다. 브루노는 자
기 말에 놀라서 눈만 깜박거렸다.

아버지가 물었다.

"철조망 너머에 아이들이 수백 명이나 산다는 게 무슨 뜻이
지? 그쪽 상황을 네가 어떻게 안다는 거냐?"

브루노는 대답을 하려고 입을 열었다. 그러나 말이 나오지
않았다.

"내 질문에 대답해 봐라, 브루노."

아버지가 나지막이 말했다. 브루노는 아무 말이든 해야겠다
고 생각했다. 하지만 함부로 말을 했다가는 더 큰 곤경에 빠질

거라는 생각이 들었다.

브루노가 천천히 말했다.

"제 방 창문을 통해서 봤어요. 물론 아주 멀리서 본 거라 확실치는 않지만, 대강 수백 명쯤 되는 것 같았어요. 그런데 모두 줄무늬 파자마를 입고 있었어요."

아버지가 고개를 끄덕였다.

"줄무늬 파자마라……. 그러니까 네가 지금까지 줄곧 그쪽을 지켜보았단 말이지?"

"지켜봤다기보다는 그냥 본 거예요. 두 가지 말이 똑같은 건지는 잘 모르겠지만요."

그 말에 아버지가 빙그레 미소를 지었다.

"좋아, 브루노. 그냥 본 거라고 치자. 물론 지켜보는 거와 그냥 보는 건 다르지."

아버지는 잠시 생각에 잠긴 표정을 지었다가 고개를 끄덕였다. 무언가 최종적인 결정을 내리기라도 한 것 같았다.

"그래, 네 엄마 말이 옳다."

아버지는 자신 있는 목소리로 말하면서도 아이들과 눈을 마주치지는 않았다.

"암, 옳고말고. 너희들은 이곳에서 지낼 만큼 지냈어. 이제는 집으로 돌아갈 때다."

결국 아버지를 제외한 나머지 가족들은 베를린으로 돌아가기로 결정이 났다. 아버지는 사람들을 베를린으로 보내 옛집을 말끔히 단장하도록 했다. 그 사람들은 집 안 구석구석을 깨끗이 청소하고, 계단 난간에 페인트칠을 했다. 그리고 커튼이며 침대 시트를 새것으로 바꾸었다. 그리하여 어머니와 그레텔, 브루노는 일주일 내에 베를린으로 돌아갈 예정이었다.

그런데 브루노는 베를린의 집으로 돌아갈 날이 기다려지지 않았다. 그렇다고 딱히 돌아가기 싫은 것은 아니지만, 쉬뮈엘에게 그 소식을 전할 생각을 하니 두려움이 앞섰다.

18

탐험 계획

아버지로부터 베를린으로 돌아간다는 말을 들은 날, 브루노는 쉬뮈엘을 만나지 못했다. 쉬뮈엘이 약속 장소에 나타나지 않았던 것이다. 다음 날에도 쉬뮈엘의 모습은 보이지 않았다. 사흘째 되는 날이었다. 브루노는 혹시나 하는 기대를 품고 나갔지만 안타깝게도 약속 장소에는 아무도 없었다. 브루노는 친구의 얼굴을 못 본 채 아우비츠를 떠나게 되는 것은 아닌지 무척 걱정이 되었다. 그런데 브루노가 십 분 정도 기다린 뒤 포기하고 돌아서려는 순간, 저 멀리 점 하나가 보였다. 잠시 후 그 점은 점점 커져서 물방울 모양이 되었다가 마침내 줄무늬 파자마를 입은 소년으로 변했다.

브루노는 소년이 자신을 향해 다가오는 것을 보고 기쁨의 미소를 지었다. 그리고 얼른 땅바닥에 자리를 잡고 앉아 호주머니에서 빵과 사과를 꺼냈다. 쉬뮈엘에게 주려고 챙겨 온 것이었다. 그런데 멀리서 보기에도 쉬뮈엘의 표정이 유난히 어두웠다. 이윽고 쉬뮈엘이 철조망 앞에 바짝 다가왔다. 확실히 쉬뮈엘은 여느 때와 달랐다. 전에는 기대에 찬 눈빛으로 음식을 받으려고 손을 내밀었는데, 지금은 그렇게 하지도 않았다.

브루노가 말했다.

"나는 이제 네가 더 이상 여기 안 나오는 줄 알았어. 어제도, 그제도 못 만났잖아."

"미안해. 그럴 일이 좀 있었어."

쉬뮈엘이 힘없는 목소리로 중얼거렸다. 브루노는 그런 쉬뮈엘의 얼굴을 찬찬히 살펴보았다.

'혹시 쉬뮈엘도 나처럼 자기 집으로 돌아가야 한다는 말을 들은 건 아닐까?'

그런 우연의 일치는 얼마든지 있을 수 있었다. 브루노와 쉬뮈엘이 똑같은 해, 똑같은 날에 태어난 것만 보아도 충분히 그럴 만했다.

브루노가 물었다.

"왜? 무슨 일 있었니?"

쉬뮈엘이 대답했다.

"우리 아빠……. 아빠를 찾을 수가 없어."

"찾을 수가 없다니? 그게 무슨 소리야? 아버지가 사라지셨단 말이야?"

"그런 것 같아. 월요일까지만 해도 분명히 여기에 계셨어. 그날 아빠는 다른 몇몇 어른들과 함께 작업을 나가셨어. 그런데 그 어른들 중에 돌아온 사람이 아직까지 아무도 없어."

"그동안 편지도 없었어? 언제쯤 돌아온다고 쪽지를 남겨 두고 가셨을 수도 있는데, 그런 것도 없니?"

"응, 없어."

"그것 참 이상하네……. 틀림없이 아버지를 잘 찾아봤니?"

쉬뮈엘이 말없이 고개만 끄덕이고는 한숨을 내쉬었다.

"네가 늘 얘기하는 걸 이번에 나도 직접 해 봤어. 탐험 말이야."

"그런데 아무 흔적도 찾지 못했어?"

"응."

"그렇다면 정말 이상한데……. 혹시 이러신 건 아닐까? 내 생각엔 아무래도 네 아빠가 이러신 것 같아."

"이러시다니?"

쉬뮈엘이 절박한 목소리로 물었다.

"다른 도시로 일을 하러 가신 거지. 다른 도시로 가셨는데, 일을 마칠 때까지 며칠 동안 그곳에 계실 수도 있잖아. 틀림없이 그러실 거야. 그리고 편지 같은 게 없는 건 이곳의 우편 사정이 좋지 않아서 그럴 거고. 내 생각엔 하루 정도 더 기다리면 분명히 돌아오실 것 같아."

"네 말처럼만 되면 얼마나 좋을까……. 아빠가 영원히 돌아오시지 않으면…… 그때는 나 혼자서 어떻게 살아가야 할지 정말 막막해."

쉬뮈엘은 금방이라도 울음을 터뜨릴 것 같은 표정이었다.

"원한다면 내가 네 아빠에 대해 우리 아버지께 여쭤 볼 수도 있는데."

브루노가 조심스럽게 말했다. 말은 그렇게 했지만, 브루노는 속으로 쉬뮈엘이 '그렇게 하지 않아도 돼.' 하고 사양하기를 바랐다.

"그건 좋은 생각이 아닌 것 같아."

쉬뮈엘이 말했다. 실망스럽게도 그것은 단순한 사양의 말이
아니었다.

"왜? 우리 아버지는 이 철조망 너머에서 일어나는 일들에 대
해 아주 잘 알고 계셔."

"군인들은 우리를 좋아하지 않아."

쉬뮈엘이 다소 차갑게 말하더니 한 번 더 강조했다.

"그래. 확실히 그들은 우리를 좋아하지 않아. 우리를 싫어한
다고."

브루노는 쉬뮈엘의 단호한 말투에 너무 놀라 주춤했다.

"아니야. 군인들은 너희를 싫어하지 않아."

"싫어한다니까!"

쉬뮈엘이 눈을 가늘게 뜬 채 얼굴을 앞으로 바짝 들이대며
말했다. 쉬뮈엘의 입술은 화가 난 것처럼 약간 뒤틀려 있었다.

"어쨌든 나는 그들이 싫어. 군인들을 증오한다고!"

쉬뮈엘이 다부진 목소리로 덧붙였다.

브루노가 떨리는 목소리로 물었다.

"그럼, 너, 우리 아버지도 싫어하니? 아니지?"

쉬뮈엘은 입술을 깨문 채 대답하지 않았다. 사실 쉬뮈엘은
철조망 울타리 안에서 브루노의 아버지를 몇 차례 본 적이 있

었다. 그때마다 저렇게 악랄한 군인에게 어떻게 그토록 친절하고 다정한 아들이 있을 수 있는지 의문을 품곤 했다.

"저기 있잖아……."

브루노가 얼마 동안 침묵을 지킨 끝에 다시 입을 열었다. 브루노는 더 이상 쉬뮈엘의 아버지에 대해서는 이야기하고 싶지 않았다.

"나도 너한테 할 말이 있어."

"그래? 뭔데?"

쉬뮈엘의 두 눈에 가벼운 희망의 빛이 어렸다.

"있지, 나 베를린으로 떠나."

쉬뮈엘은 놀라서 입을 다물지 못했다.

"언제?"

쉬뮈엘은 목이 멘 듯했다.

"오늘이 목요일이지? 아마 일요일에 떠나게 될 것 같아. 점심을 먹은 다음에 말이야."

"얼마나 오래 있다가 돌아오니?"

쉬뮈엘이 물었다.

"안 돌아와. 영원히 안 돌아올 거야. 우리 엄마가 아우비츠를 싫어하셔서. 엄마 말씀으로는 이곳은 아이들을 키울 만한 곳이 못

된대. 그래서 나와 엄마, 그레텔 누나, 이렇게 세 사람은 집으로 돌아가고, 아버지만 여기 남아서 일을 하시기로 했어. 퓨리 씨가 아버지에 대해 어떤 중요한 계획을 세우고 있다고 했거든."

브루노는 '집'이라는 표현을 쓰기는 했지만, 베를린과 아우비츠 중 어느 곳이 진짜 자신의 '집'인지 혼란스러웠다.

"그럼 우리는 다시 못 만나는 거야?"

쉬뮈엘이 안타까운 눈초리로 물었다.

"아니, 언젠가는 만나겠지. 쉬뮈엘 네가 휴일에 베를린으로 놀러오면 되잖아. 너도 영원히 여기서 살지는 않을 거 아냐? 그렇지?"

쉬뮈엘은 고개를 저었다. 그리고 슬픈 목소리로 말했다.

"잘 모르겠어. 네가 떠나고 나면 나는 앞으로 누구와도 얘기를 나누지 않을 거야."

"정말?"

브루노는 '네가 보고 싶을 거야.'라고 덧붙이고 싶었지만, 쑥스러운 생각이 들어서 그만두었다.

"내일이 우리가 만날 수 있는 마지막 날이 될 거야. 작별 인사는 내일 하도록 하자. 내가 특별히 더 맛있는 걸 챙겨 올게, 쉬뮈엘."

쉬뮈엘은 슬픔을 어떻게 표현해야 할지 몰라 말없이 고개만 끄덕거렸다.

브루노가 잠시 뜸을 들였다가 말했다.

"우리가 함께 놀 수 있으면 얼마나 좋을까? 딱 한 번만이라도. 추억으로 남기기 위해서 말이야."

"나도 그러고 싶어."

"지금까지 일 년 넘게 지나도록 우리는 만나서 얘기만 나누었지 한 번도 같이 놀지는 못했어. 그리고 말이야……."

브루노가 계속해서 말했다.

"사실 나는 지금까지 내 방 창문을 통해서 네가 사는 곳을 지켜봐 왔어. 하지만 이 안의 실제 생활이 어떤지는 전혀 볼 수가 없었어."

"직접 봐도 그다지 좋을 건 없을 거야. 네가 사는 곳이 훨씬 더 좋아."

쉬뮈엘은 브루노의 집에 가 본 적이 있었다. 브루노가 쉬뮈엘과 친구가 아니라고 코틀러에게 말했던 바로 그날이었다. 하지만 두 소년 모두 그날 있었던 일에 대해서는 더 이상 말을 꺼내지 않았다.

"그래도 한번 보고 싶어."

브루노가 말했다.

쉬뮈엘은 잠시 생각에 잠겼다. 이윽고 쉬뮈엘은 땅바닥에 납작 엎드려서 철조망 아랫부분을 들어 올려 틈을 만들었다. 그러자 브루노가 통과하기에 딱 알맞은 크기의 공간이 생겼다.

쉬뮈엘이 말했다.

"자, 어서 이리 들어와."

브루노는 눈을 깜박이며 머뭇거렸다.

"아무래도 이러면 안 될 것 같은데……."

"사실 너는 내가 있는 이쪽으로 넘어와서도 안 되고, 나와 매일 만나서 얘기를 나누어서도 안 돼. 그런데도 지금까지 나를 만나 왔잖아. 안 그래?"

"하지만 들키는 날에는 호되게 꾸중을 들을 거야."

브루노는 어머니나 아버지가 이 일을 절대 허락하지 않으리라는 것을 잘 알고 있었다.

"당연히 그렇겠지."

쉬뮈엘은 힘없이 말하며 철조망을 들어 올렸던 손을 놓았다. 그러고는 고개를 숙인 채 땅바닥만 내려다보았다. 잠시 후 다시 고개를 든 쉬뮈엘의 두 눈에는 눈물이 가득 고여 있었다.

"그럼, 브루노, 내일 만나서 작별 인사를 하도록 하자."

두 소년 모두 한동안 아무 말이 없었다. 갑자기 브루노에게 기막힌 생각이 떠올랐다.

"만약에 말이야……"

브루노는 말을 멈추고 머릿속으로 생각을 정리했다. 우선 손을 뻗어 머리를 만져 보았다. 탐스러운 머리카락이 있어야 할 자리가 까슬까슬하니 느낌이 이상했다. 그레텔의 머릿니 사건 이래로 박박 밀어 버린 브루노의 머리카락은 아직 완전히 자라지 않은 상태였다.

"쉬뮈엘, 지난번 네가 우리가 서로 닮았다고 말했던 거 기억하니? 내가 머리카락을 완전히 밀어 버렸을 때 말이야"

"응. 네가 나보다 조금 더 통통한 것 빼고는 닮았다고 했어."

"그게 사실이라면, 내가 너처럼 줄무늬 파자마를 입고 네가 사는 곳에 가도 되지 않을까? 아무도 나를 알아보지 못할 거잖아."

그 말에 쉬뮈엘의 얼굴이 환하게 빛났다.

"와, 정말? 너 진짜로 그렇게 해 볼래?"

"그래, 한번 해 보고 싶어. 아주 대단한 모험이 될 거야. 우리의 마지막 모험이지. 마침내 탐험을 할 수 있다고 생각하니 정말 신나는데!"

"그럼 내가 아빠를 찾는 일을 도와줄 수도 있겠네?"

"못할 것도 없지. 함께 주변을 돌아보면서 네 아빠의 흔적일 만한 게 있는지 찾아보는 거야. 탐험은 원래 그렇게 하는 거거든. 문제는 어떻게 줄무늬 파자마를 구하냐는 건데……."

"아니, 그런 건 문제가 안 돼."

쉬뮈엘이 자신 있게 말했다.

"파자마를 보관하는 오두막이 따로 있어. 내가 가서 내 것과 비슷한 치수로 한 벌 골라 올게. 그럼 네가 그 옷으로 갈아입고, 나와 함께 아빠를 찾으러 가는 거야."

"와, 그거 정말 신나겠는걸! 이제부터 구체적으로 계획을 세워야겠어!"

브루노가 흥분하여 소리쳤다.

"일단 내일 똑같은 시간에 여기서 만나자."

"쉬뮈엘, 너 이번에는 늦으면 안 돼. 알았지? 줄무늬 파자마 챙겨 오는 것도 절대로 잊지 마."

브루노가 자리에서 일어서서 엉덩이에 묻은 흙먼지를 털어 내며 말했다.

그날 오후, 두 소년은 한껏 기분이 고조되어 각자의 집으로 돌아갔다.

브루노는 뛸 듯이 기뻤다. 베를린으로 돌아가기 전, 그토록 궁금했던 철조망 너머의 세계를 구경할 기회를 얻었다. 그런 데다 그야말로 탐험다운 탐험을 할 수 있게 되었다. 그러니 기쁘지 않을 수가 없었다. 브루노의 가슴은 부풀대로 부풀어 올랐다.

쉬뮈엘도 가슴이 부풀기는 마찬가지였다. 쉬뮈엘은 브루노의 도움을 받아 아빠를 찾을 수 있는 기회를 얻었다. 결국 이번 일은 여러 가지 면에서 매우 뜻 깊은 것이었다.

19
탐험

다음 날인 금요일에는 아침부터 비가 쏟아졌다. 브루노는 잠에서 깨자마자 창밖을 내다보고는 크게 실망했다. 그날이 쉬뮈엘과 함께 지낼 수 있는 마지막 날만 아니었다면, 브루노는 모든 일정을 포기하고 다음 주의 한가한 날을 골라서 다시 계획을 잡았을 것이다. 그러나 그날은 쉬뮈엘을 만날 수 있는 마지막 날인 데다 흥미진진한 모험이 기다리고 있었다.

"줄무늬 파자마로 변장하기로 했는데……."

브루노는 창밖을 바라보며 그렇게 중얼거렸다.

시간은 자꾸만 흐르는데, 브루노가 할 수 있는 일은 아무것도 없었다. 물론 아직은 이른 아침이므로 약속 시간인 늦은 오후까지는 얼마든지 날씨가 바뀔 가능성이 있었다. 그때쯤이면 비가 완전히 그칠지도 몰랐다.

브루노는 리스트 선생님과 함께하는 오전 수업 내내 창밖을 내다보았다. 물론 비가 그치기를 바라고 또 바랐다. 하지만 빗줄기는 좀처럼 가늘어질 기미를 보이지 않았다. 그러기는커녕 점점 더 굵어져서 요란하게 창문을 때려 댔다.

지리와 역사를 배우는 오후 수업 시간에는 빗줄기가 창문을 깨고 들이칠 것처럼 더욱 거세졌다. 브루노는 귀가 먹먹할 정도로 시끄러운 빗소리를 들으면서 절망스러운 표정을 지었다.

그런데 리스트 선생님이 수업을 마치고 돌아갈 즈음, 신기하게도 비가 뚝 그쳤다. 브루노는 주위에 아무도 없을 때까지 기다렸다가 장화를 신고 두툼한 우비를 걸치고 집을 나섰다.

비가 와서 땅이 질척질척했다. 장화가 푹푹 빠질 정도였다. 하지만 브루노는 그 어느 때보다 신이 났다. 한 걸음 한 걸음 옮길 때마다 몸이 휘청거리면서 앞으로 고꾸라질 것 같았지만, 브루노는 절대로 고꾸라지지 않았다. 한번은 왼쪽 다리를 들어 올리자 장화가 진흙 속에 박힌 채 발만 쑥 빠지고 말았는데, 그때도 브루노는 기막히게 몸의 균형을 잡아서 진흙에 코를 처박지 않았다. 아마 다른 아이였다면 코뿐만 아니라 얼굴 전체를 처박았을 텐데 말이다.

질척질척한 진흙을 빠져나온 뒤, 브루노는 하늘을 올려다보았다. 하늘은 여전히 잔뜩 찌푸린 채 잿빛을 띠고 있었다. 하지만 비는 더 올 것 같지 않았다. 브루노는 입고 있는 옷을 살펴보았다. 나중에 집에 돌아갔을 때, 어머니에게 왜 그렇게 옷이 지저분한지 설명할 생각을 하니 조금은 걱정이 되었다. 하지만 어머니의 말대로 브루노는 전형적인 말썽꾸러기 꼬마였다. 그렇기 때문에 그때 가서 대충 둘러대면 크게 문제가 되지 않을 것이었다. 더욱이 어머니는 요즘 며칠 동안 기분이 좋아서 화를 내거나 잔소리를 일절 하지 않았다. 어머니의 기분이 좋은 것은 이미 세 식구의 이삿짐을 실은 트럭이 베를린으로 떠났기 때문이었다.

브루노가 약속 장소에 도착해 보니, 언제 왔는지 쉬뮈엘이 벌써 기다리고 있었다. 쉬뮈엘은 여느 때처럼 땅바닥에 앉아 있지 않고, 고개를 숙인 채 철조망에 기대어 서 있었다.

"안녕, 브루노?"

쉬뮈엘이 먼저 인사를 건넸다.

"안녕, 쉬뮈엘?"

"너를 못 만나는 건 아닌지 걱정했어. 날씨가 이 모양이라서 말이야. 비 때문에 네가 집 밖으로 나오지 못할 거라고 생각했거든."

"사실은 여기까지 오느라고 꽤 힘들었어. 진흙 때문에 말이야. 무슨 날씨가 이런지 모르겠어."

쉬뮈엘은 친구의 말에 고개를 끄덕였다. 이윽고 쉬뮈엘이 브루노에게 무언가를 내밀었다. 순간 브루노의 얼굴이 환해졌다. 입도 활짝 벌어졌다. 브루노는 한동안 벌린 입을 다물 줄 몰랐다.

쉬뮈엘이 내민 것은 그가 입고 있는 것과 똑같은 줄무늬 바지와 줄무늬 윗도리, 그리고 줄무늬 헝겊 모자였다. 그것들은 그다지 깨끗해 보이지 않았다. 하지만 어차피 변장을 위한 것이므로 조금 더러워도 상관없었다. 브루노는 오히려 약간 더러워 보이는 것이 좋다고 여겼다. 진정한 탐험가는 좀 더러워 보이는 옷을 입어야 제격인 법이었다.

"나를 도와 우리 아빠를 찾아 주겠다는 생각, 아직도 변함없지?"

쉬뮈엘이 조심스럽게 물었다. 브루노는 재빨리 고개를 끄덕였다.

"그럼, 당연하지."

사실 브루노의 머릿속은 쉬뮈엘의 아버지를 찾는 일보다는 철조망 너머의 세계를 탐험한다는 기대감으로 가득 차 있었다. 그렇지만 친구 앞에서 그렇게 말할 수는 없었다.

"절대 너를 실망시키지 않을게."

쉬뮈엘은 철조망 아랫부분을 들어 올렸다. 그러고는 땅바닥과 철조망 사이에 생긴 틈으로 줄무늬 파자마를 밀어 넣었다. 브루노는 진흙이 묻지 않도록 그것을 조심스레 받았다.

"고마워."

브루노가 까슬까슬한 머리를 긁적이며 말했다. 그런데 옷을 갈아입으려고 보니, 입고 온 옷을 담을 만한 것이 없었다.

'봉투를 가져와야 했는데……'

브루노는 봉투를 챙겨 오지 않은 것을 후회했다. 질척한 땅 위에 옷을 벗어 놓으면 진흙이 온통 옷에 묻을 게 뻔했다. 결국 진흙투성이가 되도록 옷을 땅 위에 그냥 벗어 두든지, 아니면 모든 계획을 취소하든지 둘 중 하나를 선택해야 했다. 브루노는 어느 것을 선택해야 할지 몰라서 고민했다. 그러나 대부분의 진정한 탐험가들이 그렇듯, 브루노도 길게 고민하지 않았다.

브루노가 엉거주춤한 자세로 말했다.

"쉬뮈엘, 뒤로 좀 돌아. 네게 옷 갈아입는 모습을 보이고 싶지 않아서 그래."

쉬뮈엘이 뒤로 돌아서자, 브루노는 우비와 셔츠를 벗었다. 그리고 진흙이 묻어도 조금만 묻도록 땅바닥 위에 살그머니 내려놓았다. 갑자기 옷을 벗은 탓에 추웠다. 브루노는 몸을 부르르 떨면서 줄무늬 파자마 윗도리를 머리 위로 뒤집어썼다. 그런데 윗도리 목 구멍으로 얼굴을 내밀기 전에 그만 숨을 크게 들이쉬고 말았다. 지독한 냄새가 코를 찔렀다.

"윽. 이 옷 세탁한 지 얼마나 된 거야?"

브루노의 말에 쉬뮈엘이 뒤를 돌아다보았다. 누구라도 그런 상황에서는 뒤를 돌아보았을 것이다. 상대방의 얼굴을 보지 않고 등을 돌린 채 말을 하는 것은 무례한 짓이다.

"아마 한 번도 세탁한 적이 없을걸."

"돌아서라니까!"

브루노가 소리쳤다. 쉬뮈엘은 잠자코 돌아섰다. 브루노는 주위에 사람이 있는지 다시 한 번 살폈다. 쉬뮈엘 말고는 아무도 없었다. 브루노는 다리를 번갈아 들어 올려 가며 바지를 벗기 시작했다. 사방이 훤히 보이는 야외에서 바지를 벗자니 기분이 묘했다.

'만약 누군가가 이런 내 모습을 본다면 어떻게 생각할까?'
브루노는 문득 그것이 궁금했다.

"이제 돌아봐도 돼."

브루노가 옷을 모두 갈아입고는 말했다. 브루노의 이마에는
땀방울이 송글송글 맺혀 있었다.

쉬뮈엘이 돌아봤을 때, 브루노는 줄무늬 모자를 머리에 쓴
채 새로 갈아입은 파자마의 매무새를 가다듬고 있었다. 쉬뮈엘
은 눈을 깜박거리며 고개를 설레설레 흔들었다. 쉬뮈엘은 도무
지 이해할 수가 없었다. 줄무늬 파자마를 입은 브루노는 철조망
안에 사는 소년들과 똑같았다. 단지 비쩍 마르지 않고, 안색이
창백하지 않은 점만 다를 뿐이었다. 그런데 도대체 무슨 이유로
브루노는 철조망 밖에서 생활하고, 쉬뮈엘 자신은 안에서 생활
해야 할까?

"이 옷을 입으니 누가 생각나는지 알아?"

브루노가 말했다.

"누가 생각나는데?

"우리 할머니가 생각나. 지난번 내가 할머니에 대해 얘기했
는데 기억나니? 얼마 전에 돌아가셨다고 했잖아."

쉬뮈엘이 대답 대신 고개를 끄덕였다. 지난 일 년 동안 브루

노는 쉬뮈엘에게 할머니에 대한 이야기를 자주 들려주었다. 할머니를 무척 사랑했으며, 돌아가시기 전에 자주 편지를 쓰지 못해 아쉽다는 말도 했다.

"할머니와 그레텔 누나, 나, 이렇게 세 사람이 연극을 했던 게 생각나."

브루노는 잠시 베를린에서 살던 시절을 떠올렸다.

"할머니는 언제나 내 역할에 딱 맞는 옷을 만들어 주셨어. 왕의 옷을 입으면, 왕이 된 듯한 기분이 든다고 말씀하시면서 말이야. 지금 내 기분이 그래. 내가 정말 철조망 안에 사는 사람이 된 듯한 기분이야."

"유태인을 말하는 거니?"

쉬뮈엘이 물었다.

"그, 그래. 유태인."

브루노가 어색하게 발을 옮겨 디디며 말했다.

쉬뮈엘이 브루노의 발을 가리켰다. 브루노는 무거운 장화를 신고 있었다. 물론 그 장화는 집에서부터 신고 온 것이었다.

"그 장화도 벗어."

쉬뮈엘이 말했다. 그러자 브루노가 몹시 당황한 표정을 지어 보였다.

"장화를 벗으라고? 그럼 나더러 이런 진창 속에서 맨발로 다니란 말이야?"

"그걸 신고 갔다간 금방 눈에 띌 거야. 어쩔 수 없어."

쉬뮈엘이 단호하게 말했다.

"알았어. 벗을게."

브루노는 장화와 양말을 벗었다. 그러고는 그것들을 땅바닥에 벗어 놓은 옷가지 옆에 가지런히 놓았다. 이윽고 브루노는 맨발로 몇 걸음 걸어 보았다. 진흙을 밟는 느낌이 이상했다. 발바닥이 간지럽기도 했다. 걸음을 옮길 때마다 발 전체가 진흙 속에 푹 파묻혔다. 그래서 처음에는 걷기가 무척 힘들었다. 하지만, 차츰 익숙해져서 나중에는 재미있다는 생각마저 들었다.

쉬뮈엘이 허리를 굽혀 철조망 아랫부분을 들어 올렸다. 철조망은 정강이 높이까지밖에 들어 올려지지 않았다. 결국 브루노는 줄무늬 파자마에 진흙을 잔뜩 묻히며 땅바닥과 철조망 틈새로 기어 들어갔다.

철조망을 겨우 겨우 통과하고 나서 브루노는 자기의 모습을 살펴보았다. 그러자 웃음이 터져 나왔다. 그야말로 더럽기 짝이 없었다. 브루노는 태어나서 그렇게 더러운 자기의 모습을 본 적이 한 번도 없었다. 그런데 진흙으로 엉망이 된 기분이 그렇게 나쁘지는 않았다.

쉬뮈엘도 브루노를 보고 빙그레 웃었다. 두 아이 모두 한동안 어색한 자세로 서 있었다. 두 소년은 아직 자신들이 철조망의 같은 편에 서 있다는 걸 제대로 느끼지 못하고 있었다.

브루노는 미소를 지으며 쉬뮈엘을 바라보았다. 갑자기 쉬뮈엘을 꼭 끌어안고 싶었다. 브루노는 그런 식으로나마 자신이 그 친구를 얼마나 좋아하는지, 지난 일 년 동안 그 애와 함께한 시간이 얼마나 즐거웠는지 알려 주고 싶었다.

쉬뮈엘도 브루노를 꼭 안아 주고 싶었다. 번번이 맛있는 음식을 챙겨다 준 친구의 따뜻한 마음이 고마웠다. 아빠를 찾는 일을 도와주겠다는 말도 고맙기 그지없었다.

그러나 두 소년은 쭈빗거리기만 할 뿐, 선뜻 서로를 끌어안지 못했다. 이윽고 둘은 말없이 수용소를 향해 걷기 시작했다. 그 길은 브루노에게는 낯설지만 쉬뮈엘에게는 낯익을 대로 낯익은 길이었다. 지난 일 년 동안 쉬뮈엘은 거의 매일 그 길을 오갔다. 일 년 전 어느 날, 쉬뮈엘은 군인들의 눈을 피해 수용소 밖으로 빠져나왔다. 그리고 비교적 감시를 덜 받을 것 같은 철조망 부근의 한 지점을 찾아냈다. 지치고 힘든 몸을 잠시 쉬기에 적당한 곳이었다. 그런데 바로 그곳에서 운 좋게도 브루노

같은 좋은 친구를 만나게 된 것이다.

쉬뮈엘이 사는 곳은 철조망에서 그리 멀리 떨어져 있지 않았다. 브루노는 눈앞에 펼쳐진 풍경에 깜짝 놀랐다. 브루노의 두 눈이 휘둥그레졌다. 집에서 창문을 통해 바라보았을 때와는 달라도 너무 달랐다. 집에서 봤을때는 오두막집들이 평온해 보였다. 그래서 오두막집마다 행복한 가족이 도란도란 살고 있을 것이라고 상상했다. 저녁이면 어른들은 집 앞에 놓인 흔들의자에 앉아 한가로이 어린 시절을 회상하고, 아이들은 삼삼오오 모여서 테니스나 축구, 줄넘기, 사방치기 등을 하며 노는 것이 브루노가 머릿속에 그렸던 풍경이었다. 브루노는 베를린의 경우처럼 동네 한가운데에 상점과 작은 카페가 적어도 한 곳은 있을 것이라고 생각했다. 어쩌면 싱싱한 과일과 채소를 파는 노점상도 있을지 몰랐다.

그런데 눈앞에 펼쳐진 풍경은 상상했던 것과 전혀 달랐다. 단 한 가지도 일치하는 것이 없었다. 현관 앞 흔들의자도, 거기 앉아 있는 어른도, 삼삼오오 모여서 노는 아이들도 없었다. 과일과 채소를 파는 노점상은커녕 그 흔한 카페도 찾아볼 수 없었다.

브루노는 몇 명씩 무리를 지은 채 쭈그리고 앉아 있는 사람들을 바라보았다. 그들의 눈동자는 한결같이 텅 비어 있고 생기라고는 찾아볼 수 없었다. 그들의 얼굴도 등골이 서늘해질 만큼 슬퍼 보였다. 모든 사람들이 꼬챙이처럼 비쩍 마른 데다 눈이 퀭하니 들어가 있었다. 그리고 똑같이 삭발을 하고 있었다. 브루노는 그곳에도 머릿니가 퍼진 것이 틀림없다고 생각했다.

한쪽에서는 군인들이 둥그렇게 모여 선 채 낄낄거리고 있었다. 그들은 자기들끼리 이야기를 나누다가 갑자기 총을 들어 아무 데나 겨누었다. 그러나 실제로 총을 쏘지는 않았다.

브루노는 그곳에서 두 가지 부류의 사람들을 보았다. 하나는 행복한 표정으로 아무 데나 총을 함부로 겨누는 제복 차림의 군인들이고, 또 하나는 불행한 표정으로 힘없이 앉아 있는 줄무늬 파자마 차림의 사람들이었다. 파자마를 입은 사람들은 마치 눈을 뜬 채 잠든 사람처럼 멍하니 허공을 바라보고 있었다.

브루노가 먼저 입을 열었다.

"여긴 별로 좋은 곳이 아닌 것 같아."

쉬뮈엘이 말했다.

"나도 그렇게 생각해."

"아무래도 이제 그만 집에 돌아가야겠어."

브루노의 말에 쉬뮈엘이 걸음을 멈추고 친구를 빤히 쳐다보았다.

"그럼 우리 아빠는? 아빠 찾는 일을 도와준다고 했잖아."

브루노는 잠시 생각에 잠겼다. 쉬뮈엘에게 절대 실망시키지
않겠다고 약속한 데다 이날은 친구와 보내는 마지막 날이었다.
앞으로 두 번 다시 쉬뮈엘을 만나지 못할 수도 있었다.

"그래, 알았어."

브루노가 말했다. 하지만 자신이 없었다. 막상 철조망 안에 들
어와 보니, 쉬뮈엘의 아버지를 찾고 싶은 마음이 들지 않았다.

"그런데 어디부터 찾아봐야 하지?"

"우선 아빠의 흔적을 찾아야 한다고 지난번에 네가 그랬잖
아."

쉬뮈엘은 내심 불안했다. 브루노가 아버지를 찾는 일을 도와
주지 않을 수도 있기 때문이었다. 쉬뮈엘이 믿는 사람은 오직
브루노뿐이었다. 브루노가 아닌 다른 사람에게 도움을 청한다
는 것은 상상도 못할 일이었다.

"흔적? 그래, 맞아. 어서 흔적을 찾아보자."

두 소년은 쉬뮈엘의 아버지가 남긴 흔적을 찾기 위해서 한
시간 반 동안 수용소 곳곳을 돌아다녔다. 하지만 흔적을 찾기란
그리 쉬운 일이 아니었다. 게다가 둘은 자신들이 정확히 무엇을

찾고 있는지도 몰랐다.

브루노는 속으로 이렇게 중얼거렸다.

'훌륭한 탐험가는 일단 뭔가를 발견하면 그것이 지닌 가치를 금방 알아낼 수 있어.'

그러나 결국 두 소년은 아무것도 알아내지 못했다. 쉬뮈엘의 아버지가 왜, 어떻게 실종되었는지 알아내려고 애썼지만 허사였다.

어느새 날이 어두워지기 시작했다. 브루노는 하늘을 올려다보았다. 금방이라도 또 한 차례 비가 쏟아질 것 같았다.

"미안해, 쉬뮈엘. 아무것도 못 찾아 줘서 정말 미안해."

브루노의 말에 쉬뮈엘이 슬픈 표정으로 고개를 끄덕였다. 쉬뮈엘은 처음부터 큰 기대를 하지 않았다. 그렇기 때문에 크게 실망하지도 않았다. 쉬뮈엘은 자기가 사는 곳에 친구가 와 있는 것만으로도 기쁜 일이라고 생각했다.

"이제는 정말 집에 돌아가야 할 것 같아. 철조망 앞까지 바래다 줄래?"

브루노가 말했다.

그때였다. 고막을 찢을 듯한 호루라기 소리와 함께 군인 열 명이 순식간에 주변을 둘러쌌다. 브루노와 쉬뮈엘이 서 있는 바로 그 자리였다.

"무슨 일이야? 왜 이래?"

브루노가 귓속말로 물었다.

"가끔씩 이런 일이 있어. 사람들에게 행진을 시키려는 거야."

"행진이라고? 나는 행진 대열에 낄 수 없어. 저녁 먹기 전에 집으로 돌아가야 한단 말이야. 오늘은 엄마가 로스트비프를 만들어 주신댔어."

브루노가 몹시 당황한 표정으로 말했다.

쉬뮈엘이 손가락을 입술에 대고 속삭였다.

"쉿! 조용히 해. 말소리를 내면 군인들이 화를 내."

브루노는 왠지 좀 불안했다. 주위에는 줄무늬 파자마를 입은 사람들이 무척 많았다. 그래서 한편으로는 안심이 되었다. 이루 헤아릴 수 없을 정도로 많은 사람들이 있으니 특별하게 나쁜 일은 일어날 것 같지 않았다. 군인들은 오두막집에서 사람들을 강제로 끌고 나오기도 했다. 브루노와 쉬뮈엘은 사람들 틈에 끼어 있었다. 그래서 군인들의 눈에 띄지 않았다. 브루노는 사람들이 왜 한결같이 공포에 질린 표정을 짓고 있는지 이해할 수 없었다. 브루노가 아는 한, 행진은 그런 표정을 지을 만큼 힘들고 괴로운 일이 아니었다. 브루노는 주위 사람들에게 걱정할 것 없다고 말해 주고 싶었다. 사령관인 아버지가 해가 될 만한 일을 시킬 리 없다고 말하고 싶었다.

또 한 차례 호루라기 소리가 났다. 백여 명의 사람들이 느릿느릿 행진을 하기 시작했다. 브루노와 쉬뮈엘은 행렬의 한가운데에 끼어 있었다. 갑자기 뒤쪽 어딘가에서 소동이 벌어졌는지 시끄러운 소리가 들렸다. 몇몇 사람들이 행진을 거부하는 것 같았다. 브루노와 쉬뮈엘은 무슨 일인지 제대로 알고 싶었지만, 키가 작은 탓에 뒤를 돌아보아도 소용이 없었다. 그저 소리로만 무슨 일이 벌어졌는지 추측할 뿐이었다. 시끄러운 소리가 잠잠해지는가 싶더니 이번에는 요란한 소음이 울려 퍼졌다. 그것은 언뜻 듣기에 총소리 같았지만, 정말 그런 건지는 잘 알 수 없었다.

"행진하는 데 시간이 오래 걸리니?"

브루노가 쉬뮈엘에게 작은 목소리로 속삭였다. 브루노는 슬슬 배가 고프기 시작했다.

"아마 그렇지는 않을 거야. 지금껏 행진을 하러 간 사람들을 다시 본 적이 없어서 자세한 건 나도 몰라. 그렇지만 내 생각에는 금방 끝날 것 같아."

브루노는 또다시 얼굴을 찌푸리며 하늘을 올려다보았다. 바로 그때, 또 한 번 요란한 소리가 울려 퍼졌다. 이번에는 하늘에서 나는 천둥 소리였다. 천둥 소리와 함께 하늘이 갑자기 시커멓게 변하면서 비가 퍼붓기 시작했다. 아침에 내린 것보다 훨씬 더 강한 폭우였다. 브루노는 잠시 눈을 감고 온몸을 적시는 차가운 빗물의 감촉을 느꼈다. 이윽고 브루노가 다시 눈을 떴을 때는 행진을 한다기보다 인파에 떠밀려 몸이 저절로 움직이고 있었다. 몸이 온통 진흙투성이였다. 게다가 비에 젖은 파자마가 몸에 찰싹 달라붙어 무척이나 처량해 보였다. 브루노는 집으로 돌아가고 싶은 생각이 간절했다. 철조망 너머의 풍경은 멀리서 지켜보는 편이 훨씬 좋았다. 막상 그 풍경의 한가운데에 있어 보니 기분이 좋지 않았다.

브루노가 쉬뮈엘에게 말했다.

"이만하면 구경은 충분히 한 것 같아. 이러다 감기에 걸리겠어. 이제 그만 집에 돌아갈래."

그 말을 하면서도 브루노의 발은 의지와 상관없이 계속해서 한 방향으로 움직이고 있었다. 잠시 후, 브루노는 더 이상 빗방울이 머리 위로 떨어지지 않는다는 것을 깨달았다. 행진하던 사람들이 기다란 방 안으로 들어와 있었던 것이다. 방 안은 무척이나 따뜻했다. 빗물이 전혀 새어 들어오지 않는 것으로 보아 꽤 견고하게 만든 것 같았다. 보다 정확하게 말하자면, 그 방은 완벽하게 밀폐된 공간이었다.

"와, 참 신기하다!"

브루노가 말했다. 브루노는 폭우를 피할 수 있어서 다행이라고 생각했다.

"비가 그칠 때까지 여기서 기다렸다가 집에 돌아가면 되겠어."

하지만 쉬뮈엘은 기뻐하지 않았다. 그저 브루노의 팔에 찰싹 달라붙어 공포에 질린 눈빛으로 브루노를 바라보았다.

브루노가 말했다.

"네 아빠를 찾아 주지 못해 미안해, 쉬뮈엘."

"괜찮아."

"오늘 제대로 놀지 못한 게 아쉽기는 해. 하지만 네가 베를린으로 오면 그때 같이 신나게 놀자. 그때는 내가 너한테……. 이런, 그 애들 이름이 뭐였더라?"

브루노는 인생에서 가장 소중한 친구들이라고 믿었던 세 아이의 이름이 기억 속에서 완전히 지워진 것을 깨닫고 크게 실망했다. 친구들의 이름은 물론이고 얼굴조차 떠오르지 않았다.

브루노가 쉬뮈엘을 보며 말했다.

"까짓, 이름을 기억 못하면 어때? 기억 못해도 괜찮아. 이제

나의 가장 소중한 친구는 그 애들이 아니니까 말이야."

브루노는 그렇게 말하면서 쉬뮈엘의 작고 앙상한 손을 꼭 쥐었다. 그것은 브루노 자신도 예상치 못한 뜻밖의 행동이었다.

"이제는 네가 내 가장 소중한 친구야, 쉬뮈엘. 그 무엇과도 바꿀 수 없는 친구, 인생에서 가장 의미 있는 친구라고."

그 말에 쉬뮈엘이 입을 열어 무어라고 중얼거렸다. 그러나 브루노는 쉬뮈엘의 말을 알아들을 수 없었다. 쉬뮈엘이 말을 하는 순간, 갑자기 출입문이 쿵 닫히면서 요란한 쇳소리가 들렸기 때문이었다. 아마도 밖에서 문을 잠근 것 같았다. 그런데 그 소리와 함께 방 안에 있는 사람들이 일제히 절망적으로 울부짖었다.

무슨 일인지 영문을 모르는 브루노는 버릇처럼 눈썹을 올렸다. 그리고 사람들이 감기에 걸릴까 봐 더 이상 비를 맞지 않게 하기 위해 밖에서 문을 닫은 것이라고 생각했다.

그런데 문소리가 나고 몇 초 뒤의 일이었다. 별안간 방 안이 칠흑같이 어두워지면서 사람들이 비명을 질러 대기 시작했다. 방 안은 말 그대로 아수라장이었다. 사람들이 아우성을 치는 가운데에서도 브루노는 여전히 쉬뮈엘의 손을 꼭 붙잡고 있었다. 브루노는 그렇게 손을 꼭 잡은 채 마음속으로 다짐했다. 무슨 일이 있어도 친구의 손을 절대로 놓지 않겠다고.

20

마지막 이야기

그 후로 브루노의 모습은 보이지 않았다.

브루노가 사라진 날 저녁부터 군인들은 브루노의 집 안팎을 샅샅이 수색하기 시작했다. 그들은 또 브루노의 사진을 들고 주변 마을을 돌아다니며 탐문 조사를 벌였다. 며칠 뒤, 한 군인이 철조망 근처에서 브루노의 옷과 장화를 발견했다. 군인은 그 사실을 곧장 사령관에게 보고했다. 사령관은 옷가지가 발견된 현장으로 달려갔다. 그는 한참 동안 철조망 주변을 둘러보았다. 특별히 눈에 띄는 것은 없었다. 사령관은 막막했다. 아들에게 무슨 일이 일어난 것인지 도무지 알 수 없었다. 아무리 생각해도 감이 잡히지 않았다. 옷과 신발만 땅에 남겨 둔 채 어디론가 연기처럼 사라진 아들이 못내 야속하기만 했다.

어머니는 하루라도 빨리 베를린으로 돌아가고 싶었지만, 그럴 수 없었다. 브루노 때문이었다. 어머니는 몇 달 동안 아우비츠에 남아서 아들의 소식을 애타게 기다렸다. 그러던 어느 날이었다. 어머니는 문득 브루노가 혼자 베를린의 집으로 돌아갔을지도 모른다고 생각했다. 그래서 부랴부랴 베를린으로 향했다.

'브루노가 현관 앞 계단에 앉아서 나를 기다리고 있을 거야.'

어머니는 그렇게 생각하며 애써 불안을 억눌렀다.

그러나 브루노는 그곳에 없었다. 베를린의 오 층 집 구석구석을 뒤져 봤지만 소용이 없었다.

어머니와 함께 베를린으로 돌아온 그레텔은 방 안에 틀어박혀 하루 종일 울기만 했다. 인형들을 모두 내다 버려서도 아니고, 아우비츠에 지도를 두고 와서도 아니었다. 하나뿐인 동생 브루노가 몹시 걱정되었기 때문이었다. 그레텔은 브루노가 태어난 후 처음으로 동생을 그리워했다.

아버지는 그 후로도 일 년 동안 아우비츠에 남아 있었다. 군인들은 더 이상 사령관을 좋아하지 않았다. 사령관은 전과 달리

부하들을 매섭게 다루었다. 아무것도 아닌 일에 화를 내기도 했다. 그는 밤마다 브루노를 생각하며 잠들었다. 그리고 새벽마다 브루노를 생각하며 잠자리에서 일어났다. 그러던 어느 날이었다. 사령관은 아들의 실종과 관련하여 무언가 짚이는 것이 있어서 철조망으로 달려갔다. 그가 멈춰 선 곳은 일 년 전 아들의 옷가지가 발견되었던 바로 그 자리였다.

사령관은 그 주위를 유심히 살펴보았다. 지난번과 마찬가지로 특별히 눈에 띄는 것은 없었다. 그는 한참 동안 이곳저곳을 둘러본 끝에 고개를 푹 숙이고 한숨을 내쉬었다. 그때 코앞에 있는 철조망의 아랫부분이 눈에 띄었다.

그는 허리를 굽혀 그 부분을 자세히 살펴보았다. 그곳의 철조망 아랫부분은 땅바닥에 완전히 닿아 있지 않은 상태였다. 사령관은 그 부분을 살며시 들어 올렸다. 그러자 몸집이 작은 아이가 기어서 통과할 만한 공간이 생겼다.

브루노의 아버지는 아들의 옷가지가 왜 그 자리에서 발견되었는지, 그리고 왜 철조망 아랫부분이 약간 들려 있는지 생각했다. 길게 생각할 것도 없었다. 몇 초 뒤, 아버지는 다리에 힘이 풀린 듯 휘청거리다가 그 자리에 털썩 주저앉고 말았다.

몇 달 뒤, 다른 지역에서 군인 한 무리가 브루노의 아버지를 데려가기 위해 아우비츠로 왔다. 브루노의 아버지는 상부의 명령에 따라 아무런 저항 없이 기꺼이 군인들을 따라갔다. 그는 앞으로 어떤 일을 당하든 상관이 없었다. 그로서는 차라리 그렇게 끌려가는 게 기뻤다.

브루노와 그의 가족에 대한 이야기는 여기서 끝난다. 물론 이 모든 것은 오래전에 일어난 일이다. 그리고 두 번 다시 일어나서는 안 될 일이다. 적어도 우리가 사는 지금, 이 시대에서는 일어나지 않아야 할 일인 것이다.

슬프고도 아름다운 두 소년의 우정 이야기

2차 세계 대전 때의 일입니다. 히틀러가 이끄는 독일의 독재 정당인 나치스는 곳곳에 수용소를 세워 놓고 유태인들을 닥치는 대로 잡아들였습니다. 그러고는 강제 노동을 시키고 남자와 여자, 어른과 아이를 가리지 않고 무차별적으로 학살했습니다. 유태인들은 열등한 데다 해를 끼치는 종족으로, 언젠가는 그들이 독일을 멸망시킬 것이라는 이유에서였습니다. 그런데 수용소 중에서도 특별히 악명 높은 곳이 있었는데 바로 폴란드에 있는 아우슈비츠입니다. 나치스는 이 수용소에 가스실까지 만들어 놓았습니다. 비용이 적게 드는 데다 신속하고 효과적인 방법으로 사람을 죽일 수 있기 때문이었습니다. 유럽의 각지에서 수많은 유태인들이 아우슈비츠 수용소로 끌려왔습니다.

그들은 대부분 아우슈비츠가 어떤 곳인지도 모른 채 끌려와서는 죽임을 당했습니다. 나치스는 유태인들을 한꺼번에 수천 명씩 가스실에 집어넣고 살해했습니다. 기록에 의하면 2차 세계 대전 중에만 아우슈비츠의 가스실에서 150만 명이나 죽었다고 합니다. 아우슈비츠 학살의 만행은 세계사에서 가장 비극적인 사건으로 남아 있습니다.

이 작품『줄무늬 파자마를 입은 소년』은 바로 그 같은 끔찍한 만행이 벌어진 아우슈비츠를 배경으로 쓴 것입니다. 이 작품에 나오는 아홉살 소년 브루노는 우리 주위에서도 쉽게 만날 법한 아주 평범한 아이입니다. 공부보다는 친구들과 함께 뛰어놀기를 좋아하고, 가끔씩 말썽을 부리기도 하는 꼬마입니다. 하지만 무엇이 옳고 그른지 알며, 불쌍한 사람을 가련하게 여길 줄도 아는 착한 소년입니다. 브루노의 꿈은 탐험가가 되는 것입니다. 그런 만큼 브루노는 호기심과 모험심이 강한 소년이기도 합니다. 베를린에서 살던 브루노는 어느 날 영문도 모른 채 낯설고 황량한 땅으로 이사를 하게 됩니다. 주위에 보이는 것이라고는 철조망과 그 안에 들어서 있는 야트막한 오두막집, 을씨년스러운 콘크리트 건물, 그리고 줄무늬 파자마에 헝겊 모자를 쓴 사람들뿐입니다.

그곳은 브루노가 '아우비츠'라고 칭하는 아우슈비츠 수용소입니다. 브루노의 아버지는 퓨리 씨(히틀러를 가리킵니다)의 부하로, 수용소의 책임자입니다. 그러니까 브루노는 수용소로 발령이 난 아버지를 따라 아우슈비츠에 오게 된 것입니다.

브루노는 하루빨리 베를린으로 돌아가고 싶어 합니다. 새로 이사 온 곳에는 재미있는 일이 없기 때문입니다. 그나마 브루노의 호기심을 끄는 게 하나 있습니다. 그것은 철조망 너머의 세계입니다. 브루노는 자기 방의 창가에 서서 철조망 쪽을 바라보며 '저 너머에서는 어떤 일이 벌어지고 있을까?' 하고 궁금해 합니다. 결국 브루노는 용기를 내어 철조망 쪽으로 갑니다. 그리고 그곳에서 줄무늬 파자마를 입은 쉬뮈엘이란 아이를 만납니다. 공교롭게도 둘은 생년월일이 똑같습니다. 대부분의 아이들이 그렇듯 브루노와 쉬뮈엘은 만나자마자 친구가 됩니다. 둘은 철조망을 사이에 두고 이런저런 이야기를 나눕니다. 브루노는 제대로 먹지 못해 비쩍 마른 쉬뮈엘에게 빵과 치즈 같은 먹을 것을 가져다줍니다. 그러던 어느 날, 브루노는 아버지만 남고 나머지 가족은 베를린 집으로 돌아간다는 말을 듣습니다. 브루노의 마음은 어수선하기만 합니다. 그동안 정이 들대로 든 쉬뮈엘과 헤어져야 하기 때문입니다.

브루노는 하는 수 없이 쉬뮈엘과 작별 인사를 하기로 마음먹습니다. 그런 터에 쉬뮈엘에게서 슬픈 소식을 듣습니다. 쉬뮈엘의 아버지가 어디론가 사라졌다는 것입니다. 철조망 안에서는 그런 일이 자주 일어납니다. 몇 시간 전까지만 해도 옆에 있던 사람이 갑자기 사라져서는 돌아오지 않는 것입니다. 쉬뮈엘의 할아버지도 그렇게 사라져서는 돌아오지 않았습니다.

아무튼 브루노는 슬픔에 잠겨 있는 쉬뮈엘을 돕기로 합니다. 철조망 안으로 들어가서 함께 쉬뮈엘의 아버지를 찾아보기로 한 것입니다. 브루노의 마음은 잔뜩 부풀어 있습니다. 철조망 너머의 세계가 궁금하던 차에 마침내 그곳을 탐험하게 되었기 때문입니다.

브루노는 쉬뮈엘이 준비해 온 줄무늬 파자마와 헝겊 모자로 변장하고는 철조망 아랫부분을 통해 그 안으로 들어갑니다. 그러고는 쉬뮈엘의 아버지를 찾기 시작합니다. 하지만 아무리 찾아도 쉬뮈엘의 아버지는 보이지 않습니다. 이윽고 날이 어둑해지자 브루노는 그만 집으로 돌아가려고 합니다. 그런데 그때 호루라기 소리와 함께 군인들이 나타납니다. 군인들은 줄무늬 옷을 입은 사람들을 줄지어 세우고는 행진하게 합니다. 브루노와 쉬뮈엘은 엉겁결에 행진 대열에 끼게 됩니다. 그것은 가스실로 향하는 행렬입니다. 하지만 두 소년은 그 사실을 까맣게 모릅니다. 행렬에 끼어 기다란 방에 들어왔는데도, 쾅 하고 문 닫는 소리가 났는데도 그곳이 어딘지 전혀 눈치를 채지 못합니다. 브루노는 오히려 이렇게 생각합니다. 비가 오니까 사람들이 감기에 걸리지 않도록 방으로 들여놓고 밖에서 문을 닫은 것이라고 말입니다. 그런데 별안간 방 안이 캄캄해지면서 사람들이 비명을 지르기 시작합니다. 브루노는 문득 불길한 예감에 사로잡힙니다. 정체를 알 수 없는 공포가 온몸을 휘감습니다. 사람들이 미친 듯이 아우성을 칩니다. 브루노는 극도의 공포를 느끼며 쉬뮈엘의 손을 꼭 잡습니다. 그러면서 속으로 이렇게 다짐합니다.

'무슨 일이 있어도 친구의 손을 절대로 놓지 않을 거야.'

이 작품의 줄거리는 대강 이렇습니다.

우리는 서로 경쟁하는 시대에 살고 있습니다. 좋은 성적을 얻기 위해서, 좋은 학교에 진학하기 위해서, 좋은 직장에 들어가기 위해서 심지어 친구끼리도 경쟁하는 게 우리의 현실입니다. 그래서 이 작품의 마지막 부분이 더 인상적인지도 모릅니다. 친구란 무엇일까요? 우정은 또 무엇일까요? 그것은 브루노와 쉬뮈엘처럼 서로 손을 잡고, 무슨 일이 있어도 그 맞잡은 손을 놓지 않는 것이 아닐까요?

이 작품은 여러 가지를 생각하게 합니다. 특히 친구와 우정에 대해 생각하게 합니다. 부디 많은 사람들이 이 작품을 읽음으로써 친구와 우정의 의미를 되새겼으면 하는 바람입니다.

정희성

블루픽션 23

줄무늬 파자마를 입은 소년

1판 1쇄 펴냄—2007년 7월 20일
1판 39쇄 펴냄—2024년 7월 29일
지은이/ 존 보인
옮긴이/ 정회성
펴낸이/ 박상희
펴낸곳/ **(주)비룡소**
출판등록/ 1994. 3. 17.(제16-849호)
주소/ 06027 서울시 강남구 도산대로1길 62 강남출판문화센터 4층
전화/ 02)515-2000
팩스/ 02)515-2007
홈페이지/ www.bir.co.kr
제품명 어린이용 반양장 도서 제조자명 **(주)비룡소** 제조국명 대한민국 사용연령 3세 이상

ISBN 978-89-491-2077-5 44800
ISBN 978-89-491-2053-9 (세트)

| 블루픽션 시리즈

1. 스켈리그 데이비드 알몬드 글/ 김연수 옮김
안데르센 상, 엘리너 파전 문학상, 카네기 상, 휘트브레드 상, 마이클 L.프린츠 상,
어린이도서연구회 권장 도서, 책교실 권장 도서, 중앙독서교육 추천 도서

2. 운하의 소녀 티에리 르냉 글/ 조현실 옮김
소르시에르 상, 어린이도서연구회 권장 도서

5. 희망의 섬 78번지 우리 오를레브 글/ 유혜경 옮김
안데르센 상 수상 작가, 밀드레드 L. 배첼더 상, 머더카이 상, 아침햇살 선정 좋은 어린이 책,
중앙독서교육 추천 도서, 책교실 권장 도서, 책따세 추천 도서

6. 뢱스 극장의 연인 자닌 테송 글/ 조현실 옮김
프랑스 '올해의 청소년 책', 소르시에르 상, 어린이도서연구회 권장 도서, 열린 어린이가 뽑은 좋은 책

7. 시인 X 엘리자베스 아체베도 글/ 황유원 옮김
카네기상, 내셔널 북 어워드, 마이클 L. 프린츠 상, 보스턴 글로브 혼 북 상, 골든 카이트 어워드,
아침독서 추천 도서

9. 이매지너리 프렌드 매튜 딕스 글/ 정회성 옮김

10. 초콜릿 전쟁 로버트 코마이어 글/ 안인희 옮김
미국 도서관 협회 선정 도서, 뉴욕타임스 선정 도서, 어린이도서연구회 권장 도서

11. 전갈의 아이 낸시 파머 글/ 백영미 옮김
뉴베리 상, 국제 도서 협회 선정 도서, 마이클 L. 프린츠 상, 책교실 권장 도서, 어린이도서연구회 권장 도서

13. 나의 산에서 진 C. 조지 글/ 김원구 옮김
뉴베리 상, 미국 도서관 협회 선정 도서, 어린이도서연구회 권장 도서,
열린 어린이가 뽑은 좋은 책, 책교실 권장 도서

15. 우리 형은 제시카 존 보인 글/ 정회성 옮김
줏대있는 어린이 추천 도서

18. 킬리만자로에서, 안녕 이옥수 글
학교도서관저널 추천 도서

20. 기억 전달자 로이스 로리 글/ 장은수 옮김
뉴베리 상, 보스턴 글로브 혼 북 명예상, 어린이도서연구회 권장 도서,
열린 어린이가 뽑은 좋은 책, 교보문고 추천 도서

22. 내 인생의 스프링캠프 정유정 글
세계청소년문학상, 문화관광부 교양 도서, 어린이도서연구회 권장 도서,
교보문고 추천 도서, 학도넷 추천 도서

23. 줄무늬 파자마를 입은 소년 존 보인 글/ 정회성 옮김
아일랜드 '오늘의 책', 행복한 아침독서 추천 도서, 교보문고 추천 도서

25. 파랑 채집가 로이스 로리 글/ 김옥수 옮김
어린이도서연구회 권장 도서

26. 하이킹 걸즈 김혜정 글

블루픽션상, 한국문화예술위원회 우수문학도서, 책따세 추천 도서, 학도넷 추천 도서

27. 지구 아이 최현주 글

제11회 블루픽션상 수상작

28. 나는 브라질로 간다 한정기 글

황금도깨비상 수상 작가, 소년조선일보 추천 도서, 중앙일보 추천 도서

29. 키싱 마이 라이프 이옥수 글

한국문화예술위원회 우수문학도서, 어린이도서연구회 권장 도서, 교보문고 추천 도서,
전국독서새물결모임 추천 도서, 학교도서관저널 추천 도서

30. 꼴찌들이 떴다! 양호문 글

블루픽션상, 행복한 아침독서 추천 도서, 교보문고 추천 도서, 책따세 추천 도서,
경기도도서교도서관사서협의회 추천 도서, 중앙일보 북클럽 추천 도서

31. 우연한 빵집 김혜연 글

문학나눔 선정 도서, 학교도서관저널 추천 도서, 책따세 추천 도서, 아침독서 추천 도서,
어린이도서연구회 추천 도서

32. 생쥐와 인간 존 스타인벡 글/ 정영목 옮김

미국 도서관 협회 선정 도서, 국립어린이청소년도서관 추천 도서

33. 두 개의 달 위를 걷다 사론 크리치 글/ 김영진 옮김

뉴베리 상, 미국 어린이 도서상, 스마티즈 북 상, 영국독서협회 상 수상작,
경기도학교도서관사서협의회 추천 도서, 학도넷 추천 도서

36. 서쪽 마녀가 죽었다 나시키 가오 글/ 김미란 옮김

소학관 문학상, 일본 아동문학가협회 신인상, 한국간행물윤리위원회 청소년 권장 도서,
어린이도서연구회 권장 도서, 아침독서 추천 도서, 책따세 추천 도서

37. 닌자걸스 김혜정 글

전국학교도서관담당교사모임 추천 도서, 아침독서 추천 도서

38. 첫사랑의 이름 아모스 오즈 글/ 정회성 옮김

안데르센 상, 제브 상

39. 하니와 코코 최상희 글

블루픽션상, 사계절문학상 수상 작가, 학교도서관저널 추천 도서

40. 파랑 치타가 달려간다 박선희 글

제3회 블루픽션상 수상작, 학교도서관저널 추천 도서, 아침독서 추천 도서,
어린이도서연구회 권장 도서, 책따세 추천 도서, 문화체육관광부 우수교양도서

41. 나는, K다 이옥수 글

학교도서관저널 추천 도서

42. 어쩌자고 우린 열일곱 이옥수 글

한국도서관협회 우수문학도서, 학교도서관저널 추천 도서

43. 앉아 있는 악마 김민경 글

44. 최후의 Z 로버트 C. 오브라이언 글/ 이진 옮김

뉴베리 상 수상 작가

46. 줄리엣 클럽 박선희 글

제3회 블루픽션상 수상 작가, 대한출판문화협회 선정 올해의 청소년 도서,
한국도서관협회 선정 우수문학도서

47. 번데기 프로젝트 이제미 글

제4회 블루픽션상 수상작

49. 파랑 피 메리 E. 피어슨 글/ 황소연 옮김

미국학교도서관저널, 미국도서관협회 선정 청소년 분야 '최고의 책',
학교도서관저널 추천 도서, 책따세 추천 도서

50. 판타스틱 걸 김혜정 글

제1회 블루픽션상 수상 작가, 대한출판문화협회 선정 올해의 청소년 도서,
고래가 숨쉬는 도서관 선정 도서, 한국도서관협회 선정 우수문학도서,
경기도학교도서관사서협의회 추천 도서

51. 어쨌거나 스무 살은 되고 싶지 않아 조우리 글

제12회 블루픽션상 수상작

52. 우리들의 짭조름한 여름날 오채 글

마해송 문학상 수상 작가, 한국도서관협회 선정 우수문학도서,
국립어린이청소년도서관 추천 도서, 경기도학교도서관사서협의회 추천 도서,
2017 순천시 One City One Book 선정 도서

53. 웰컴, 마이 퓨처 양호문 글

제2회 블루픽션상 수상 작가, 대한출판문화협회 선정 올해의 청소년 도서,
경기도학교도서관사서협의회 추천 도서

56. 메신저 로이스 로리 글/ 조영학 옮김

뉴베리 상, 보스턴 글로브 혼 북 명예상 수상 작가, 경기도학교도서관사서협의회 추천 도서

61. 개 같은 날은 없다 이옥수 글

2013 서울 관악의 책 , 목포시립도서관 추천 도서 , 울산남부도서관 올해의 책,
책따세 추천 도서, 한국간행물윤리위원회 청소년 권장 도서, 한국도서관협회 우수문학도서,
국립어린이청소년도서관 추천 도서

63. 명탐정의 아들 최상희 글

제5회 블루픽션상 수상 작가, 문화체육관광부 우수교양도서

68. 반드시 다시 돌아온다 박하령 글

제10회 블루픽션상 수상작, 학교도서관저널 추천 도서, 세종도서 문학나눔 선정 도서

69. 원더랜드 대모험 이진 글

제6회 블루픽션상 수상작, 국립어린이청소년도서관 추천 도서, 아침독서 추천 도서

71. 칸트의 집 최상희 글

제5회 블루픽션상 수상 작가, 아침독서 추천 도서, 세종도서 문학나눔 선정 도서

72. 태양의 아들 로이스 로리 글/ 조영학 옮김

뉴베리 상, 보스턴 글로브 혼 북 병예상 수상 작가